조폭사 1

組暴史 조폭사

忠

이원호 지음

저자의 말

『밤의 대통령』 이후 나는 본격적인 폭력 소설을 쓰지 않았습니다. 단순하고, 쉽게 죽이거나 다치며 폭력적인 장면에 스스로도 싫증이 났기 때문입니다. 그러나 '폭력소설'은 나름대로의 '장점'을 보유하고 있습니다.

그것은 忠과 義, 信과 覇를 극명하게 구분지울 수 있다는 것입니다. 사나이들의 우정과 '사내다움'이 마음껏 드러날 수도 있습니다.

그래서 쓰는 동안에는 신바람이 납니다. '권선징악', '전화위복', '인과응보'의 장면이 이어지면서 '맨몸'의 입신(立身)이 이곳에서는 능력에 따라 거침없이 발생되는 것입니다.

『조폭사』는 그런 의미에서 여러분께 대리만족용 소설이 될 것입니다. 재미있게 읽어 주시기를 바랍니다.

2010년 10월 이원호

목차

저자의 말 · 5

1장 청모골 · 9

2장 새 세상으로 · 40

3장 야차 · 66

4장 풍운의 도시 · 100

5장 좌절 · 136

6장 재기 · 168

7장 한을 품고 · 203

8장 복수 · 242

1장
청모골

　부엉이 울음소리가 가깝게 들렸으므로 경철은 몸을 더욱 움츠렸다. 점퍼를 두 벌이나 껴입어서 추위는 느끼지 못했지만 아까부터 온몸이 가늘게 떨리고 있다. 이름도 모르는 이곳 산 속으로 들어온 지 오늘로 10일째였는데 인도자님은 아직 떠날 계획이 없는 것 같다. 경철은 산이 싫다. 여름에 바닷가의 아파트에서 두 달을 보냈을 때는 행복했다.
　어른들이 기도하는 틈을 타서 미나와 함께 바닷가에 나가 게를 잡고 조개껍데기를 줍곤 했는데 인도자님도 잔소리를 하지 않았다. 바닷가에서 미나가 소라 껍데기를 주워들고 기뻐하던 모습이 떠올랐으므로 경철의 떨리던 몸이 멈추었다. 그때는 언제나 쫓아다니면서 훼방을 놓던 고석규도 없었다. 천막의 천 조각이 바람에 흔들리다가 지붕을 가끔씩 쳤고 계곡에서부터 솟아오는 바람이 마치 파도 같은 소리를 냈다.

옆에서 부스럭거리는 소리가 들리더니 천막의 문이 열리면서 바람이 휘몰려왔다. 어둠 속이었지만 들어선 사람이 장집사인 것은 알 수 있었다.

"경철아, 자냐?"

허리를 굽힌 그가 낮게 물었다.

"일어나라, 네 엄마가 보잔다."

경철이 벌떡 일어났으므로 그는 입맛을 다셨다. 이제 인도자를 제외하고 네 명밖에 남지 않은 어른들 중에서 아이들에게 신경을 써주는 사람은 장집사 뿐이었다. 10살 안팎의 세 아이 중에서 경철만이 무리 속에 어머니가 있었지만 그저 얼굴을 볼 뿐이지 잠도 따로 자고 생활도 엄격하게 구분되었다. 장집사를 따라 천막 밖으로 나가던 경철은 구석에서 자던 고석규가 머리를 드는 것을 보았다. 이런 일은 처음인 것이다. 인도자를 따라 2년 동안 각지를 떠돌면서 어떤 때는 천막 하나에서 십여 명이 누워 잤지만 아이들은 부모와 분리되었다. 신심(信心)이 흐트러진다는 인도자의 명령 때문이었다. 세상의 종말이 오면 부모와 자식은 영원하게 새 세상에서 함께 할 터이니 그때까지 참으라는 것이다.

장집사를 따라 옆쪽 천막으로 들어서자 구석에 세워진 촛불 빛으로 안에 무여 앉은 사람들의 윤곽이 다 드러났다. 어머니는 누워 있었는데 인도자가 옆에 앉았고 장집사와 강도사, 박도사는 뒤쪽에 앉아 있었다. 인도자가 경철을 보더니 손짓으로 옆에 와 앉으라는 시늉을 했다.

"네 어머니가 먼저 하나님을 만나러 가신다."

경철의 손을 쥔 인도자가 말했다.

"하나님께 내 말을 전하러 가시는 거야."

어머니는 눈을 감고 있었는데 숨도 쉬는 것 같지가 않았다. 눈은 움푹 패어진데다 마른 입술이 갈라졌고 헝클어진 머리칼이 이마를 덮었다. 경철은 10살이었지만 어머니가 곧 죽을 것이라는 것을 알았다. 어머니는 넉 달쯤 전인 여름부터 밥도 제대로 먹지 못했던 것이다. 그러나 하루에 세 번씩 열리는 기도회에는 꼭 참석했다. 미친 듯이 소리를 지르며 기도하고 나서는 탈진해서 쓰러졌는데 기도 시간이 되면 다시 일어났다. 그런 어머니가 무서워서 경철은 한 달 가깝게 말을 붙이지 않았지만 가끔 어머니의 강한 시선이 자신을 향해져 있다는 것은 느낄 수 있었다. 경철의 시선을 받은 어머니가 눈을 떴다. 흰 창이 많은데다 습기가 가득차 있어 경철은 어머니의 눈빛이 전과는 다른 것을 알았다. 어머니의 시선에 초점이 잡혀지더니 갈라진 입술이 열렸다.

"경철 아빠, 미안해요."

눈만 껌뻑이는 경철을 향해 어머니가 이를 드러내고 웃었다.

"경철아, 이리와."

그리고는 다시 눈을 감았으므로 인도자가 정색하고 말했다.

"돌아가서 자라."

다음날 아침에 어른들은 죽은 어머니를 천막 바로 옆의 숲 속에 묻었다. 경철은 풀숲에 앉아 어머니의 시체가 천막 깔판에 말려 구덩이에 묻히는 것을 보았는데 오늘은 고석규도 가까이 와서 치근대지 않았다. 미나는 경철의 주위를 맴돌면서 눈치를 살피더니 구덩이에 흙이 덮이고 나서 인도자가 큰 소리로 기도를 시작할 때 점퍼를 가져와 경철의 등에 씌워 주고는 도망갔다. 그날 오후에 어른 한 명이 줄어든 일행 일곱은 산을 떠났다. 12월 중순이었지만 빗발이 뿌렸으므로 산을 내려오던 경철은 흠뻑 젖었다.

닷새 후에 인도자인 배국청이 지리산 산줄기가 가라앉은 남원 근처의 외딴 폐가에서 눈을 떴을 때 그의 주위에는 세 아이만 남아 있었다. 2년 전에 종말일을 맞으려고 127명의 신도와 함께 속세를 떠났던 그였으나 마지막으로 남아있던 세 신도마저 종말이 오기 전에 떠난 것이다.

"가자."

얼음장처럼 차가운 방바닥에 웅크리고 앉은 세 아이를 향해 그가 눈을 번들거리며 말했다.

"천국의 문은 좁다. 너희들만 남은 것이 다행이야. 종말이 오면 너희들은 문제없이 내가 인도해 준다."

배국청이 세 아이를 인도한 곳은 전라도와 경상도 접경지역의 첩첩산중이었다. 한나절을 걸어야만 산 아래쪽 마을로 나올 수 있는 산속의 빈집을 거처로 삼았는데 화전민이 버리고 간 폐가였다. 40대 중반의 배국청은 기이한 전력의 소유자였다. 20대에서 30대 후반까지 10여 년 동안을 계룡산에서 역술과 무술을 독학으로 수련한 다음 속세로 나와 한때 철학원장으로 이름을 날리기도 했다. 그러다가 종말론의 교리에 빠져 스스로 인도자로 칭하고 새 세상을 맞을 신도들을 모았던 것이다. 한번 보면 즉시로 그 사람의 전력은 물론이고 전생까지 알아내는 그의 신비한 재능과 물만 마시면서 한 달씩을 버티며 강론하는 초인성에 끌려 신도수가 3천여 명에 이를 때도 있었지만 예고했던 종말일이 세 번을 지나가 버리자 신도 수는 급격히 줄어들었다. 그리고는 열성 신도 127명을 이끌고 네 번째 종말을 맞으려고 속세를 떠난 것이 인도자 역할의 마지막이 되어 버렸다. 네 번째 종말일도 한 달이나 지났고 남은 것은 세 아이 뿐이었던 것이다.

"너희들은 이곳에서 수련을 한다."

폐가에서 밤을 지낸 다음날 아침, 세 아이를 나란히 앉혀 놓고 배국청이 엄숙하게 선언했다.

"나는 너희들에게 세상을 인도할 능력을 전수하겠다."

고석규는 11살로 경철보다 한살 위였지만 체격은 비슷했다. 그러나 일곱 살 때부터 배국청에게 길러진 터라 눈치가 빠른데다 천성이 교활했다. 그는 갓난아이 때부터 고아원에서 자랐는데 여섯 살 때 도망 나와 일 년간 앵벌이 조직에 끌려 들어가 별 짓을 다 했다는 것이 자랑이었다. 일곱 살이 되었을 때 거리에서 만난 배국청이 자기 양아들이 되라고 제의하자 그 자리에서 조직을 탈출할 만큼 다부진 성격이었다. 고석규는 말끔한 얼굴에 피부도 고와서 흰옷을 입히면 마치 천사 같았다. 그래서 배국청은 가끔 큰 기도 때 그를 천사 대용으로 썼는데 잘 어울렸다. 서울에서 큰 빌딩을 빌려 교세가 컸을 때 고석규는 언제나 배국청과 함께 갔다.

가끔 배국청이 여자를 불러 들였을 때는 옆방에서 잤지만 잔심부름은 도맡았고 신도들도 인도자의 아들로 대접해 주었던 것이다. 그러나 종말일을 맞으려고 유랑생활을 하면서부터 고석규의 처지는 전락되었다. 배국청은 고석규를 방으로 불러들이지 않았으므로 신도들의 아이와 똑같은 취급을 당하게 된 것이다.

"너는 전생에 열여섯 번 살인을 했고 한번은 폭군이었다."

언젠가 배국청이 말해 주었을 때 고석규가 눈을 반짝이며 물었다.

"아버님, 폭군이 뭔가요?"

"포악한 왕이지. 제 마음에 안 들면 가차 없이 죽이는 무서운 왕이다."

배국청의 설명에 고석규는 만족했다. 배국청이 엄격한 수련일과표를 알려 주었을 때도 기쁘게 받아들였다. 그는 사람들이 두려워하는 존재가 다시 되고 싶었던 것이다.

"한 달 안에 외우도록 해라."

배국청이 던져준 책은 얇았지만 한문이 가득 쓰인 주역책이었다.

"모르는 한자는 내가 설명해 주겠다."

아침 6시부터 9시까지 3시간 동안은 주역과 역술의 공부였고 오전에는 무술, 오후에는 초등학교 전 과목의 공부였다. 그렇다고 배국청이 세 아이에게 항상 붙어 있는 것만은 아니었다. 열흘이나 보름에 한번 꼴로 한나절도 더 걸리는 산 아래의 마을로 내려가 그곳에서 다시 버스를 타고 하동 군내의 평촌이라는 곳에 가서 필요한 주부식과 책, 생필품을 사왔는데 꼭 하룻밤은 묵고 돌아왔다. 봄이

가고 여름이 되었을 때 경철은 키가 부쩍 자랐고 얼굴에도 화색이 돌았다.

규칙적인 생활과 운동 때문이었다. 초등학교 1학년을 겨우 마친 터라 한글을 겨우 읽는 정도였던 것이 반년도 되지 않아 초등학교 3학년 과정을 모두 외웠을 뿐만 아니라 한문 실력도 늘어났다. 배국청의 혹독한 수련방법 때문이었다. 그는 어떤 과목이건 간에 암기부터 시켰는데 그것이 자신의 노고를 더는 방법이기도 했다. 경철은 주역을 술술 외우게 되었지만 뜻은 거의 몰랐다. 배국청의 설명을 이해할 수준이 아니었던 것이다. 여름날의 오후, 무술 훈련을 마친 경철이 계곡의 물웅덩이에 들어가 목욕을 하고 있을 때 고석규가 바위 위로 나타났다.

"너, 밤에 주술을 외우지 마라."

고석규가 내려다보며 말하자 경철은 머리를 끄덕였다.

"알았어, 형."

"아버님이 뭘 물어도 모른다고 해라."

"그럴게, 형"

경철이 선선히 대답한 때문인지 고석규는 바위 뒤쪽으로 사라졌다. 그렇게 되면 배국청에게 심한 매를 맞게 될 것이었다. 배국청은 세 아이에게 오래된 주술을 외우게 했는데 열흘 만에 한번 꼴로 내용이 바뀌었다. 오늘은 귀신을 집밖으로 내모는 주술을 외우는 날이었다. 웅덩이에서 나온 경철은 벌거벗은 몸을 바위 위에 누워 말렸다. 고석규는 자주 그런 일을 시켰고 며칠 전에는 배국청에게 태견의 시범을 보일 적에도 동작을 빼먹으라고 했다. 그래서 배국청에게 산꼭대기까지 뛰어갔다 오라는 벌을 받았지만 오히려 그편이 고석규의 말을 듣지 않고 보복을 당하는 것보다는 나았다.

"오빠?, 저녁준비 해야지."

아래쪽에서 미나가 소리쳐 말했다.

"벌써 다섯 시 반이야."

"알았어."

상반신을 일으킨 경철은 서둘러 옷을 꿰었다. 식사당번은 고석규와 경철이 둘이서 번갈아 맡고 있었지만 거의 경철의 몫이었다. 고석규가 배국청 모르게 일을 떠넘겼기 때문인데 미나는 자주 경철을 도와주었다. 그것이 고석규를 더 화나게 만들었지만 미나에게 화풀이는 못했다. 배국청이 양딸 미나를 아끼고 있었기 때문이다.

양미나는 경철이 어머니를 따라 배국청이 속세를 떠나는 일행에 참가했을 때 대구의 어느 고아원에서 데려온 아이였다. 배국청은 고석규와 짝이 맞는 여자아이 천사를 필요로 했고 그래서 고아원에 장집사를 보내 그림으로 그린 것처럼 예쁜 양미나를 데려온 것이다. 양미나는 얼굴만 예쁜 것이 아니라 마음씨도 고왔다. 그래서 배국청은 물론이고 모든 신도들의 사랑을 받았다. 갈수록 기도가 격렬해지면서 거친 성격을 내보이는 배국청도 양미나를 보면 진정이 되었던 것이다. 남녀의 구분이 엄격한 교리에 따라 양미나는 여신도들과 함께 행동했는데 경철의 어머니 오미영을 제일 따랐다. 경철은 작년 봄에 양미나가 오미영에게 엄마라고 부르는 것을 듣고는 놀라 가슴이 뛴 적이 있었다. 그러나 나쁜 기분은 아니었다.

"너는 전생에 왕비를 지냈고 다섯 번은 공주 신분이었다."

눈을 가늘게 뜬 배국청이 양미나를 바라보며 말했었다.

"두 번은 무당이었지만 한번은 불에 타서 죽었구나."

그렇게 배국청이 말했을 때는 작년 여름이었다. 그러자 양미나가 맑은 눈을 크게 뜨고 물었다.

"아버지, 그럼 그 왕은 누구였어요?"

"꼭 네 앞에 나타나게 되어있다."

엄숙하게 말한 배국청이 엄지로 자신을 가리켰다가 곧 밖으로 향했다.

"그것이 나 일수도 있고 석규나 경철이가 될 수도 있지. 전생의 인연은 후생에서 꼭 부딪치는 법이다."

그때부터 양미나는 사람들을 유심하게 관찰하는 버릇이 붙었다. 행동도 더 조신해져서 고석규도 감히 장난을 걸어오지 못했다.

자신의 이름자를 따서 청모골이라고 부르는 골짜기에 은거한 후부터 배국청은 전혀 종말일 따위는 입에 올리지도 않았다. 어디에다 숨겨 놓았는지 성경책이나 화려한 인도자의 제복 등도 보이지 않았으며 기도조차 하지 않았다. 그 대신으로 읍내에서 가져온 역학이나 주술 책을 탐독했으며 특히 자신이 개발해 낸 무술에 전념했다. 그것은 택견과 중국의 태극권을 혼합시킨 것이었지만 아이들에게는 신비롭게 보였다. 그는 두 사내아이에게 대련을 시켜 보이고는 잘못된 것을 고치거나 새로운 동작을 찾아내었는데 그것이 고석규와 경철의 수련에 크게 도움이 되었다. 그들도 청모술이라고 이름지은 이 새

무술의 공동 개발자나 마찬가지였던 것이다.

깊은 산중이어서 1년에 두어 번쯤 길을 잃은 등산객이나 약초꾼들을 만나는 생활이었으나 세 아이는 감기 한번 걸리지 않고 성장했다. 4년이 지났을 때 배국청은 세 아이를 데리고 읍내로 내려가 중학 과정 검정고시를 치르게 했고 모두 합격했다. 세 아이에게는 4년 만에 속세로 내려온 셈이었다. 그리고 다시 1년 반이 지났을 때 그들은 고등학교 과정을 마친 다음 대입 검정고시에 나란히 합격했다. 경철이 18세, 고석규가 19세, 양미나가 17세가 되었던 때였으며 청모골 생활 7년째였다.

7년째의 늦 가을날 오후, 그날은 청모골의 겉으로는 잔잔했던 평온함이 깨진 날이었다. 산에서 마른 나뭇짐을 잔뜩 지고 내려오던 경철이 벽바위를 지나 청모골이 바라보이는 산길로 들어섰을 때였다. 풀숲 사이에서 불쑥 고석규가 나타나 앞을 가로막고 섰다.

"너 왜 빨래를 하지 않은 거냐?"

눈을 치켜 뜬 고석규가 한 걸음 다가서더니 들고 있던 목검으로 경철의 가슴을 쿡쿡 찔렀다. 고석규는 1미터 80에 가까운 키에 넓은 어깨의 늠름한 체격이 되어 있었다. 그리고 곧은 콧날 밑의 엷은 입술은 마치 붉은 색 물감을 칠한 듯이 반질거렸다. 그가 흰 창이 많은 눈을 더욱 크게 뜨고는 목검 끝을 경철의 목에 붙였다.

"맞아 죽고 싶어서 말을 안 듣는 거냐?"

그때 경철이 나뭇짐을 선 채로 벗어 던지고는 허리를 폈다. 그러자 경철의 전신이 제대로 드러났다. 키는 고석규보다 주먹하나 높이만큼 더 큰데다 어깨도 더 넓다. 그리고 짙은 눈썹 밑의 두 눈빛은 강했으며 콧날과 입술의 선도 굵었다. 고석규와는 대조적인 모습이었다.

"형 일은 형이 해. 난 형의 종이 아냐."

경철이 다부지게 말했을 때, 고석규가 엷은 입술 끝을 치켜 올리면서 웃었다.

"반항하는 거냐?"

"제 할 일은 제가 하자는 거야."

그 순간 고석규의 목검 끝이 와락 밀려왔다. 얼굴엔 그대로 웃음기를 띠고 있었지만 고석규의 목검 끝은 살기로 가득 차 있다. 경철이 목을 틀었으므로 목검의 검신이 세 뼘 가량이나 경철의 목에 붙어 미끄러졌다.

"이놈이!"

이제는 눈을 와락 치켜 뜬 고석규가 무릎 끝으로 경철의 사타구니를 차 올렸으나 내려친 경철의 주먹에 맞아 닿지 않았다. 그러자 고석규가 목검을 비틀어 경철의 머리를 내리쳤다.

"죽어라!"

그 순간 경철이 옆으로 뒹굴면서 나뭇짐의 나뭇가지 하나를 집어 고석규의 다리를 옆으로 후렸다. 모두가 눈 깜박할 사이에 일어난 동작들이었다. 헛 칼질을 한 고석규가 다리에 나뭇가지를 맞아 휘청거렸을 때 경철이 퉁기듯이 일어섰다. 눈빛이 이글거리고 있었다.

"내 실력을 보여 주지."

그가 길이가 다섯 자쯤 되는 나뭇가지를 한 손으로 쥐고는 한 걸음 다가섰다.

"이제까지 져 주기만 했다는 걸 모르는 모양이군 그래."
"뭐라구? 이 새끼가!"
금방 얼굴이 시뻘겋게 상기된 고석규가 목검을 고쳐 쥐었다. 그러나 선뜻 공격해오지 않는다. 경철은 다시 한 걸음 다가서는 듯 하는 순간에 허공으로 뛰어 올랐다. 배국청의 청모술로서 다음 단계는 몸을 옆으로 틀면서 상대방의 어깨나 허리를 치는 수법였는데 가까운 거리에서 막아 내리면 몸을 굴리는 방법밖에 없다. 같이 수련을 한 터라 고석규는 풀숲 위로 몸을 굴리면서 목검을 가슴에 눕혔다. 경철이 땅에 닿는 순간 내 찌르려는 것이다. 그 순간 하늘을 덮듯이 경철이 내려왔고 고석규는 누운 채로 목검을 뻗어 올렸다. 그의 눈은 승리감으로 반짝였다. 지난번의 대련 때에도 이 방법으로 경철의 복부를 찔렀던 것이다. 그 때에는 대나무 봉 끝에 두껍게 솜뭉치를 감아 놓았어도 경철은 배를 움켜쥐고 한동안 숨도 쉬지 못했다. 다음 순간 고석규는 눈을 크게 떴다. 자신이 내지른 검 끝은 빈 하늘을 찔렀고 가득 덮여오던 경철이 옆으로 떨어졌기 때문이다. 그가 몸을 일으키기도 전에 나뭇가지가 머리를 강타하는 바람에 깜박 의식을 잃어버리고 말았던 것이다. 고석규가 깨어난 것은 그로부터 10분쯤 후였다. 머리를 흔들며 상반신을 일으킨 그는 곧 뒷머리에 밤 알만한 혹이 생긴 것을 알았다. 눈의 초점이 잡혔을 때 그는 나뭇짐을 세워놓은 경철이 자신을 내려다보고 있는 것을 보았다.

"졌다."
고석규가 뒷머리를 쓸며 깨끗이 인정했다. 그가 웃음 띤 얼굴로 경철을 올려다보았다.

"목검에서는 네가 이겼지만 맨손으로는 안 될 거야."

그러자 정색한 경철이 머리를 저었다.

"형은 이길 수 없어, 이제까지 나는 형한테 일부러 져 주었으니까."

"그럴 리가 없어"

이제는 고석규도 정색했다.

"아버님의 눈을 네가 속였단 말이냐?"

"아버님도 알고 계셔."

나뭇짐을 진 경철의 표정이 부드러워졌다.

"내가 일부러 지는 수단을 보시고 새 기술을 만든 적도 있으니까."

나뭇짐을 진 경철이 지나가는데도 고석규는 눈만 끔벅인 채 입을 열지 않았다. 이것으로 청모골에 새 질서가 잡혔다. 고석규는 분담된 일을 이제는 제 스스로 했으며 대련 때에는 경철에게 백전백패를 했다. 그것을 배국청은 당연한 듯 보았으므로 고석규의 가슴은 더 가라앉았다. 그도 이미 알고 있었다는 증거인 것이다.

라디오도 TV도 없는 청모골 생활이었지만 배국청은 읍내에 내려가면 지난 신문을 모두 가져와 읽었으므로 세 아이도 그것으로 세상 돌아가는 물정을 알았다. 사설은 물론이고 광고란까지 샅샅이 읽고 또 읽어 외울 정도였다. 크리스마스 세일 광고가 열흘 분 신문에 모조리 박혀있던 12월 중순 무렵의 아침이었다. 이제 어느 곳을 짚어도 줄줄 외울 수 있는 관상학 공부를 마치고 물웅덩이로 물을 길러

갔던 경철은 뒤에서 들리는 발자국 소리에 몸을 돌렸다. 미나가 따라 오고 있었던 것이다. 물지게를 진 채로 서 있는 경철에게 다가온 미나가 시선을 들었다. 산에서 자랐지만 미나의 피부는 희고 윤기가 났다. 어렸을 적에는 천사처럼 곱기만 하던 얼굴이 17세가 된 지금에는 윤곽이 뚜렷해진데다가 젖가슴과 엉덩이의 곡선이 두드러졌다. 키도 165센티가 벌써 넘어서서 여자의 체취가 물씬 풍겨 났다.

"웬일이냐?"

경철이 묻자 미나가 힐끗 뒤쪽을 바라보았다. 어두운 표정이었다.

"오빠, 나 오늘 밤에 도망칠 테야."

"뭐라고?"

물지게를 내려놓은 경철이 한 걸음 다가섰다.

"무슨 일이야?"

"아버지가 며칠 전부터 내 방으로 와."

숨을 삼킨 경철을 미나가 똑바로 바라본다.

"아버지가 오늘 읍내에 다녀오는 사이에 도망칠 테야."

경철의 시선이 분주하게 주위를 훑었다. 청모골 생활을 하면서 배국청은 처음 3년 동안은 미나와 같은 방을 썼다.

아직 10살 밖에 되지 않았던 미나여서 따로 방을 내 주는 것보다 그것이 더 자연스러웠던 것이다. 그러나 13살이 되었을 때 배국청은 미나에게 방 하나를 수리해서 내 주었는데 미나가 같은 방을 쓰는 것을 거부했기 때문이었다. 미나는 배국청의 침구를 펴놓은 뒤에 부엌으로 가서 자던가 창고에서 쪼그리고 자다가 자주 배국청에게 얻어맞았던 것이다. 미나의 고집에 배국청이 꺾인 사건이라고 볼 수 있었다.

　침을 삼킨 경철이 미나를 바라보았다. 이런 말이 셋 중에서 나온 것은 처음이다. 아마 이런 말을 했다는 것만으로도 배국청에게 맞아 죽을 것이다

　"어, 어디로 가려고 그래?"

　"서울로."

　거침없이 말한 미나가 경철을 똑바로 바라보았다.

　"오빠, 같이 안 갈 테야?"

　"내가?"

　경철이 다시 주위를 둘러보았다.

　"형은 어떻게 하고?"

　"큰오빠도 아버지하고 똑같아. 내가 혼자 있으면 자꾸 날 만지려고 해."

　얼마 전부터 경철은 그런 분위기를 눈치 채고는 있었다. 미나가 옆을 지나갈 때나 혼자 있을 적에 바라보는 고석규의 시선이 야릇했던 것이다. 미나가 바짝 다가섰으므로 옅은 살냄새가 맡아졌다.

　"오빠, 같이 가."

　"난 안 돼."

　머리를 젓는 경철이 상체를 뒤로 젖혔다.

　"난 갈 곳이 없어."

　"나도 그래, 하지만…"

　미나가 목소리를 낮추고 말했다.

　"난 아버지가 돈 숨겨 놓은 곳을 알아."

"다녀와서 청모술 24반 모두를 펼쳐 볼 것이다."
배낭을 걸치면서 배국청이 말했다.
"밤을 새워 연습해야 될 거야. 만일 수에 어긋나면 벌을 받는다."
"알겠습니다, 아버님."
고석규가 공손하게 대답하자 배국청의 시선이 경철에게로 옮겨졌다.
"넌 내공술을 외어 두어라."
"예, 아버님."
머리를 끄덕인 배국청이 마당으로 나가더니 부엌 앞에 서있는 미나에게 말했다.
"다음에는 네가 읍내에 가서 장을 보도록 해라. 오빠 한 사람을 데리고 가면 되겠지."
미나가 놀란 듯 눈만 크게 뜨자 배국청이 얼굴을 펴고 웃었다.
"이제 너희들도 속세와 접할 때가 되었다. 내가 아는 건 거의 다 가르쳐 준 것 같으니 말이다."
배국청이 아래쪽 산비탈을 돌아 보이지 않게 되자 고석규가 경철과 미나를 둘러보았다. 눈을 둥그렇게 뜬 얼굴이었다.
"우리를 속세에 내놓으실 모양인가? 그럼 이 청모골을 떠난단 말씀 아냐?"
그러지 미나가 머리를 저었다.
"아냐. 아버지는 이곳에 도장을 세울 생각이셔. 이미 이 골짜기의 땅은 모두 사 놓으셨어"
"이곳에 도장을 세운다구?"

놀란 고석규가 미나에게 다가가 섰다.

"네가 그걸 어떻게 알아?"

"서류를 보았거든. 설계도도 보았어. 내년 봄부터 공사를 시작할 거야."

"이 산골까지 누가 오려고 할까?"

"길도 닦으실 거야."

미나의 시선이 힐끗 경철을 스치고 지나갔다.

"그리고 오빠 둘은 사범이 되는 거야. 청모 도장의 사범."

"그것 괜찮은데."

머리를 돌린 고석규가 경철을 보았다. 웃음 띤 얼굴이었다.

"어떠냐? 멋진 것 같은데."

그러나 시선을 돌린 경철이 지게를 어깨에 걸치고는 도끼를 집어 들었다.

"난 나무하고 오겠어."

"관심이 없다는 말이냐?"

"그래, 뭘 하건 난 관심 없어."

마당을 나온 경철은 미나의 시선을 느꼈지만 빠른 걸음으로 산을 올랐다. 그러나 아침에 미나의 제의를 들었을 때부터 흔들리던 마음이 도장을 세운다는 이야기를 듣고서는 굳어졌다. 경철이 산등성이의 나무숲에 앉아 빈 도끼를 휘두르고 있을 때, 예상했던 대로 아래쪽에서 미나가 올라왔다. 이렇게 미나와 하루에 두 번 씩이나 은밀하게 만난 것은 처음 있는 일이었다. 3년 전에 미나가 사춘기가 되고 나서부터 경철은 물론이고 고석규도 사흘에 한 번이나 말을 붙였을 정도였던 것이다. 미나는 무술 수련을 하지 않는 대신 역술을 더 공부했다. 그래서 배국청이 완성한 역술 16장을 완전히 이해하게 되었다. 가쁜 숨을 몰아쉬며 옆에 앉은 미나가 상기된 얼굴로 경철을 보았다.

"큰오빠는 지금 뒤뜰에서 청모술 연습을 하고 있어. 끝나려면 아마 두 시간쯤 걸릴 거야."

미나의 입김이 목덜미에 닿는 것 같아 경철은 몸을 굳혔다. 그 때 미나가 상체를 기울였는지 어깨가 부딪쳤다. 놀란 듯 눈을 크게 뜬 경철을 향해 미나가 흰 이를 드러내며 웃었다.

"오빠, 결정했지?"

"무슨 말이야?"

"아까 오빠의 얼굴을 보고 마음을 읽었어. 오늘 밤 나하고 같이 떠날 거지?"

그 순간 경철은 온몸에 전류가 흐르는 느낌이 왔다. 미나가 손을 잡은 것이다. 미나가 상기된 얼굴로 말했다.

"오빠, 나 가져."

경철이 손을 빼려고 힘을 주었다가 미나가 상반신을 와락 부딪혀 오는 바람에 엉겁결에 받아 안았다.

"오빠, 난 오빠가 좋아."

미나가 얼굴을 들어 경철의 목에 더운 숨을 품었다. 그리고는 몸을 세워 일어서더니 바지를 벗으며 말했다.

"오빠, 바닥에다 뭘 좀 깔아 줘."

경철은 저고리를 찢듯이 벗어 풀숲 위에 깔았다. 그러자 미나가 팬티 바람으로 저고리 위에 앉더니 경철의 바지를 벗겼다. 어느 덧 발기된 경철의 남성이 나타나자 미나는 팬티까지 끌어내리더니 두 손으로 감싸 쥐었다.

"어서 해 줘, 오빠."

경철은 미나를 밀어 넘어뜨리고는 팬티를 거칠게 끌어내렸다. 그러자 짙은 숲에 쌓인 붉은 색 샘이 보였다. 경철이 서두르며 엎어지자 미나는 두 다리를 벌리더니 차분한 동작으로 경철의 남성을 잡아 샘에 넣었다. 그리고는 가늘고 긴 신음소리를 냈다.

"오빠, 좋아."

경철이 자위 행위를 시작한 지는 3년이 되었다. 그리고 그 행위 때의 대상은 언제나 미나였던 것이다. 경철이 힘차게 돌진할수록 미나의 신음도 높아졌고 이윽고 사정의 순간이 되었을 때 경철도 굵은 탄성을 뱉었다. 머릿속이 백지장처럼 하얘진 느낌이었다. 경철의 몸이 굳어졌을 때 미나가 헐떡이며 말했다.

"오빠, 시간 있으니까 더 안아 줘."

그들이 옷을 입었을 때는 해가 중천에서 한 뼘쯤 떨어졌을 때였으니 두 시간쯤이 흐른 뒤였다. 경철은 미나의 몸을 계속해서 네 번이나 공격했던 것이다. 옷을 입은 미나가 아직도 상기된 얼굴로 경철을 보았다.

"오빠가 이젠 날 책임져야 돼, 알아?"

"알아."

기운차게 대답한 경철이 미나에게 웃어 보였다.

"내가 책임질 거야, 너는."

"오늘 밤 12시에 이곳에서 만나, 오빠."

미나가 정색하며 말하고는 다가와 허리를 껴안았다. 맑은 눈이 반짝이며 경철을 올려다보고 있었다.

"내가 아버지 돈 가방을 건네 줄 테니까 그걸 들고 가야 돼."

"아버지 돈을 가져가려는 거야?"

불안한 표정으로 경철이 묻자 미나가 붉은 입술 끝을 올리며 웃었다.

"종말교 신도로부터 수십 억을 걷었어. 이곳에 온 후에 그 돈을 모두 찾아 방에 숨겨 놓았다구."

"하지만…."

"오빠, 다 가져가지는 않아. 우리가 살 만큼만 가져가는 거야."

"형은 어떻게 하지?"

"아버지의 수제자가 되어서 청모 도장을 이어받겠지. 오빠가 없으면 오히려 더 좋아할 걸? 오빠한테 실력이 떨어졌으니까 말이야."

하반신이 밀착되어 있어 다시 경철의 남성에 힘이 실려졌고 그것을 느낀 미나가 짧게 웃었다.

"오빠, 12시에 이곳에서 기다려."

저녁밥을 먹은 후에 경철은 무의식중에 배국청이 집필한 청모술의 내공편을 꺼내 펼쳤지만 수련이 제대로 될 리가 없다. 배국청은 계룡산에서 10여 년 간 무술을 연구한 후에 이곳에 와서는 그것을 집대성시켰으니 무술은 24반까지였고 내공은 6단으로 나뉘어졌다.

그것을 모두 청모술의 외 내공이라고 부르는 것이다. 경철은 외공 24반을 통달해서 배국청이 경철의 자세를 기본으로 삼았는데 특히 권법과 보법이 뛰어났다. 경철이 최근에야 배국청의 서재에서 알게 되었지만 배국청은 태극권의 48식 기법에다 택견의 손기술과 발기술 모두를 배합시켜 청모술로 완성시킨 것이었다.

 촛불이 흔들거렸으므로 경철은 어깨를 폈다. 벽시계는 밤 9시 반을 가리키고 있다. 옆방의 고석규는 부스럭거리더니 낮의 수련이 고되었는지 잠이 든 것 같았다. 왠지 그에게 미안한 감정이 솟아오른 경철은 귀를 세우고 옆방의 기척을 듣다가 소리 없이 자리에서 일어섰다. 떠날 준비를 하려는 것이다. 그러나 막상 짐을 꾸리려니 옷가지 서너 벌뿐이었다. 경철은 산감자를 캘 때 메고 다녔던 헝겊 배낭에다 옷가지와 청모술의 외 내공, 역술집 이렇게 4권을 넣었다. 외공 2권에 내공 1권, 역술 1권이 청모술의 전부인 것이다.

 밤 11시 반이 될 때까지 벽에 기대 앉아 있던 경철은 초침이 정확하게 12자에 붙었을 때 소리 없이 자리에서 일어섰다. 옆방의 고석규는 9시 반 이후로 깊은 잠에 빠져 있어서 문을 열고 밖으로 나왔을 때 예상했던 대로 방의 불은 꺼져 있었다. 신발을 신으며 경철은 마당 건너편에 있는 미나의 방을 보았다. 그곳도 불이 꺼져 있었다. 이미 미나는 산 위로 떠난 것이다. 힐끗 어둠에 덮인 본채를 바라보았던 경철은 그 쪽을 향해 돌아섰다. 그리고는 두 손을 모으고 절을 했다.

 "아버님, 용서하십시오. 저는 떠납니다."

입 속으로 말한 그는 고석규의 방을 향해 다시 절을 했다.
"형님, 건강하십시오. 저는 떠납니다."
그리고는 허리를 펴고 마당에 사뿐히 발을 내렸다. 먹물 속같이 어두운 밤이었고 먼 곳에서 부엉이가 울었다.

"오빠, 여기야."
산등성이에 닿았을 때, 숲 속에서 미나가 나와 경철을 맞았다. 어둠에 익숙해진 터라 점퍼에 바지 차림의 미나가 손에 묵직한 가방을 들고 있는 것이 보였다.
"오빠, 이것을 배낭에 넣어 돈이야."
미나가 자루를 힘겹게 들어 보이며 말했다. 배낭이 비어 있는 터라 경철은 자루째 배낭 안에 넣었다. 미나도 꽤 무거워 보이는 배낭을 메고 있었는데 어둠 속에서 이를 보이며 웃었다.
"오빠가 이쪽 길을 잘 알지? 앞장 서."
이쪽 뒷길은 마을까지 보통 걸음으로 다섯 시간이 걸린다. 마을에서 국도까지는 버스편이 없는 터라 산길로 다시 두 시간을 더 걸어야 버스가 다니는 마을이 나온다. 경철은 다릿심을 기르려고 버스가 보이는 마을까지 서너 번 뛰어갔다 온 적이 있었던 것이다. 다섯 시간만에 돌아왔을 때 미나에게 자랑삼아 이야기했다가 들은 척도 하지 않아서 무안했던 기억이 지금도 생생했다. 경철은 앞장서서 풀숲을 헤치고 나아갔다. 밤의 산은 짙은 적막에 쌓여 있어서 둘의 숨소리가 크게 울렸다. 가끔씩 둥지에 들어있던 꿩이 발길이 바짝 다가왔을 때에야 놀라 솟아오르는 바람에 미나가 질색을 했고, 나뭇가지가 뜬금없이 부러지기도 했지만 둘은 빠른 속도로 산을 내려갔다.
"산청에 가면 서울 가는 버스를 탈 수 있어."
뒤에서 따라오던 미나가 가쁜 숨을 뱉으며 말했다.
"우선 산청까지 가야 돼."
경철도 지도를 본 터라 뒤쪽 길로 가면 제일 가까운 도시가 산청인 것은 안다.
"서울에서 어떻게 할 거야?"
경철이 묻자 미나가 키득 웃었다.
"먼저 오피스텔이나 연립주택을 하나 전세로 얻어야지. 신문 보았더니 변두리 쪽에 싼 것이 많이 나왔어."
"그리고는?"
"우리 둘이서 사는 거지 뭐."
그리고는 미나가 손을 뻗어 경철의 어깨를 쥐었다.
"남들한테는 당분간 남매라고 하는 거야. 그러다 몇 년 지나면…."
미나의 달콤한 목소리를 들은 경철이 소리 죽여 숨을 뱉었다. 가슴이 벅차올랐던 것이다. 이제 배국청과 고석규의 생각도 머리에서 지워졌다.

그들이 첫 마을을 지났을 때는 새벽 5시가 되어가고 있었다. 경철 혼자서는 두 시간도 채 안 걸릴 거리였지만 미나의 걸음에 맞춘 것이다. 다시 국도 쪽의 산길로 접어들었을 때 미나가 먼저 산 속의 풀숲에 앉았다. 풀숲 위로 흰 서리가 가득 덮여 있었지만 그들의 몸은 땀으로 흠뻑 젖었고 몸에서는 열이 났다.

"오빠, 여기서 쉬었다 가."

다섯 시간을 걷는 동안 두 번을 쉬었을 뿐이다. 배낭을 내려놓고 서로 어깨를 기대고 앉았을 때 미나가 경철을 바라보았다. 새벽 하늘이 회색 빛으로 변해져 있어 미나의 웃음 띤 얼굴이 다 보인다.

"오빠, 나 지금 안아 줄래?"

금방 말뜻을 알아차린 경철의 얼굴에도 웃음기가 번졌다.

"춥지 않겠어?"

그러면서도 서둘러 점퍼를 벗어 서리가 내린 풀 위에 깔았을 때 미나는 이미 바지를 벗어 던졌다.

"서울까지 가는 동안 못 할 거 아냐."

팬티를 끌어내린 미나가 점퍼 위에 누우면서 알몸이 된 하반신을 오그렸다.

"아이 추워, 빨리 와."

바지와 팬티를 한꺼번에 끌어내린 경철은 미나의 몸 위를 덮쳤다. 이제는 익숙해져 스스로 미나의 샘을 찾아 진입하자 이미 뜨거운 샘물은 넘치고 있었다. 미나가 신음 같은 탄성을 뱉으면서 허리를 올려 경철의 몸을 받았다.

"오빠, 시간은 많아. 천천히 해."

경철은 행복했다. 미나의 입술을 찾았을 때 부드럽고 탄력있는 혀가 곧 내밀어졌다. 정말 시간 따위는 생각할 겨를도 없었다.

국도에 도착했을 때, 미나의 손목시계는 7시 40분을 가리키고 있었다. 이정표에 산청까지 15킬로라고 써 붙여진 지점을 지났을 때

산청 행 버스가 다가왔다. 승객이 서넛밖에 타지 않은 버스여서 그들 앞에 멈춰 섰고 미나가 만 원권으로 버스 요금을 냈다. 뒤쪽 자리에 나란히 앉았을 때, 미나가 소곤대듯 말했다.

"오빠, 사람들이 다 우릴 쳐다 봐. 우리가 간첩같이 보이나 봐."

그리고는 쿡쿡 웃었다.

"아무래도 옷가게에 가서 옷부터 사야겠어. 오빠가 먼저 버스 터미널에 가서 기다려"

"터미널이 어딘 줄 알아야지."

"이 좁은 곳에서 터미널을 못찾으려구."

그러더니 미나가 두 좌석 앞에 앉은 중년 여인에게 소리쳐 물었다.

"아주머니, 버스 터미널이 어디예요?"

"어디 가는데?"

"서울이요."

"이 버스가 터미널 앞까지 가."

"고맙습니다."

여자는 둘이 신기한지 말을 더 하고 싶은 듯 힐끗거렸지만 미나가 경철에게 소곤대며 말했다.

"오빠, 터미널 안에서 뭘 먹으며 기다려. 내가 30분 안에 갈께."

버스는 이미 읍내에 들어서고 있었으므로 미나가 주머니에서 만 원권 한 장을 꺼내 주었다.

"서울까지 이런 옷차림으로 갈 수는 없어."

맞는 말이었다. 경철의 점퍼는 흙투성이인데다 찢어진 곳은 서툴게 기워졌고 바지도 마찬가지였다. 게다가 신발은 배국청이 사 온 군화였으니 간첩같이 보이기도 했다. 경철이 머리를 끄덕였다.
"그런데 너, 돈은 있어? 내 배낭에 돈을 모두 넣었지 않아?"
"옷 살 돈은 있어."
버스가 속력을 떨어뜨리며 정류장 쪽으로 다가서자 미나가 경철의 손을 꼭 쥐었다 놓고는 일어섰다.

"오빠, 터미널 안에서 기다려."
"30분 안에 꼭 와."
"걱정 말래두."
웃음을 띠어 보인 미나가 돌아섰고 버스는 정류장에서 멈춰 섰다. 배낭을 고쳐 멘 미나가 버스에서 내리더니 경철을 향해 한 손을 들어 보였다. 경철도 따라 손을 들었으나 버스가 출발하는 바람에 미나의 모습은 곧 뒤쪽으로 사라졌다.

9시 반이 되었을 때 경철은 마침내 대합실 밖으로 나왔다. 미나와 헤어진 시간이 8시 40분이었으니 벌써 50분이 지난 것이다. 터미널 밖의 인도에는 행인들이 많았는데 모두 경철의 차림새에 한 번씩 눈길을 주고 지나간다. 사람들의 시선에 익숙지 못한 경철이 금방 얼굴이 굳어져 다시 대합실로 돌아왔을 때 이번에는 전경 둘이 들어섰다. 대합실 안에는 서너 사람뿐이었으니 경철이 그들의 눈에 띈 것은 당연했다. 전경 하나가 동료의 옆구리를 찌르더니 둘이 경철의 앞으로 다가와 섰다.

"신분증 좀 보여 주실까요?"

한 명이 잔뜩 경계하는 표정으로 말했다. 경철의 키가 그들보다 머리통 하나 만큼 큰데다 체격도 우람했기 때문이다. 경철은 배낭을 가리고 섰다.

"전 신분증이 없어요."

"신분증이 없다니?"

둘은 이제 조금 벌려 서더니 모두 옆구리에 찬 경찰봉을 쥐었다.

"그게 무슨 말이야?"

"전 열여덟 살이거든요."

"열여덟이라구?"

기가 막힌다는 듯이 전경 하나가 치켜뜬 눈으로 경철의 위아래를 훑어보았다.

"정말이야?"

"정말입니다."

"몇 년생인데?"

"1982년 5월 10일생이요."

"어느 학교에 다녀?"

"학교 안 다니는 데요"

"이런 젠장."

전경들은 서로의 얼굴을 바라보더니 시선이 다시 경철의 얼굴로 옮겨졌다.

"네 꼴이 뭐야? 너, 집이 어디야?"

"서울인데 부모는 돌아가셨어요."

"지금 이곳에서 뭐하고 있는 거야?"

"친구 기다려요."

그러자 전경 하나가 한 걸음 다가서더니 턱으로 뒤쪽을 가리켰다.

"그 배낭을 내 놔. 조사해 봐야겠다."

"옷이 들었어요."

"경찰서에 가서 조사 해 볼까?"

전경의 말에 경철은 이를 악물었다. 당장에 전경 둘을 때려눕히는 건 일도 아니었다. 그러나 어머니를 따라 배국청의 무리에 끼어든 이후로 10년 만에 겪는 혼자서의 첫 시련이었다. 경철이 망설이는 사이에 전경 하나가 배낭을 의자 위에 올려놓더니 위쪽의 끈을 풀었다. 대합실에는 어느 덧 7, 8명의 사람들이 모여 있었는데 모두 이쪽을 주시하는 중이었다. 경철은 뒤쪽의 부스럭대는 소리를 들으면서 눈물을 흘렸다. 그것은 오직 미나에 대한 미안함 때문이었다. 돈이 발각 되어 자신이 경찰서에 끌려가는 것쯤은 조금도 두렵지가 않았다. 돈을 빼앗겨 미나를 실망시키게 된 것이 슬펐던 것이다. 뒤쪽 전경이 앞으로 나오더니 경철의 얼굴을 들여다보았다.

"이런 일 가지고 사내 자식이 울긴 왜 울어?"

전경의 목소리는 부드러웠다. 입맛을 다신 그가 머리를 끄덕여 보였다.

"덩치만 커다란 게 어린애구먼."

그리고는 둘이 몸을 돌렸으므로 경철은 눈을 크게 떴다 배낭은 플라스틱 의자 위에 올려져 있었으므로 그는 서둘러 다가갔다. 전경들은 이미 대합실을 나갔고 모였던 사람들도 다 흩어져 그를 주시하는 사람은 없다. 배낭을 열어 젖힌 그는 옷가지를 헤치고는 돈 가방을 꺼내었다. 서둘러 가방의 지퍼를 연 그는 숨을 삼켰다. 가방 안에는 돈 대신으로 대입 검정고시 책과 고등학교 검정고시 책이 가득 들어 있었던 것이다.

"야, 경철아!"
옆쪽에서 부르는 소리에 깜짝 놀란 경철이 머리를 든 것은 그로부터 5분쯤 후였다. 그리고는 놀라 눈을 크게 떴다. 고석규가 서 있었기 때문이다.
"아, 형."
엉거주춤 일어선 경철의 시선이 분주하게 고석규의 뒤쪽을 살폈다. 그러나 배국청의 모습은 보이지 않았다. 다가온 고석규가 어깨에 걸친 배낭을 털썩 바닥에 놓더니 경철의 옷자락을 당겨 앉혔다.
"네가 전경한테 검문 당하는 거 봤어."
가라앉은 표정의 고석규가 턱으로 경철의 배낭을 가리켰다.
"네 배낭에도 돈 대신 다른 것이 들었지? 내 배낭에는 아버지가 구입한 책들만 들어 있었다."
"형 그게 무슨 말이야?"
"우리 둘이 그 년한테 당했다는 말이다."
고석규가 눈만 끔벅이는 경철을 향해 입술 끝만 올리며 웃었다.
"그년은 나보고 돈 가방을 가지고 먼저 가라고 했어, 10시 정각에 이곳에서 만나자고 약속을 했다. 지금쯤은 멀리 떠나고 있겠지"
"그럼 형은 청모골을 언제 나왔어?"

"어젯밤 9시 반에 나왔다. 네가 부스럭대고 있을 때였지."

"그년은 12시까지 기다렸다가 온다고 하더구나. 네가 두 명 모두가 사라진 걸 알면 일이 어긋날 수 있다면서 말야."

"그럼 형은 언제부터?"

"언제부터라니?"

되물었던 고석규가 다시 쓴웃음을 지었다.

"올 가을부터다. 그년이 꼬리치는 바람에 내가 넘어갔어."

힐끗 경철에게 시선을 주었던 고석규가 말을 이었다.

"시도 때도 없이 그년은 점퍼를 벗어 깔라고 하더구만. 나하고 하기 전에 그년은 이미 아버지한테 길이 나 있었어."

어깨를 늘어뜨린 경철이 앞에 놓은 배낭을 우두커니 바라보았다. 차츰 가슴이 가라앉아 가면서 온몸에도 기운이 풀려 갔다. 이윽고 경철이 머리를 들었다.

"아버지는 우리 둘이 돈을 훔친 줄 알겠지?"

"그년의 심중쯤은 알고 계실 거야."

"하지만 이제 돌아갈 수는 없잖아."

배낭의 끝을 쥔 경철이 힘겹게 몸을 일으켰다.

"형, 나 떠날 거야."

"어디로 말야?"

경철이 주머니에서 미나에게서 받은 만 원권 한 장을 꺼내 보였다.

"아무 데나. 돈은 이것 밖에 없어."

"그럼 나도 떠난다."

따라 일어선 고석규가 주머니를 뒤지더니 돈 뭉치를 꺼내었다.

"그 년이 옷 사 입으라고 50만원 주더구나. 반으로 나누자."

돈 뭉치를 반으로 나눈 고석규가 경철의 주머니에 돈을 찔러 넣었다.

"잘 살아라."

"형도 잘 살아."

발을 떼었던 경철이 문득 몸을 돌려 고석규를 보았다.

"형, 10년 후에 이날 이 시간에 만나자."

"어디서?"

가라앉은 목소리로 물었던 고석규가 곧 커다랗게 머리를 끄덕였다.

"그래, 서울에서. 서울 시청 앞에서."

"10시 정각이야, 형."

"그럼 2009년 12월 17일 10시다."

둘은 서로의 얼굴을 마주보았고 곧 몸을 돌렸다. 눈발이 드문드문 보이는 흐린 날씨였다.

2장
새 세상으로

"네가 경철이라구?"

눈을 커다랗게 뜬 오석만이 경철의 위아래를 다시 훑어보았다. 그러더니 눈에 물기가 맺혔고 얼굴이 일그러졌다.

"그래, 닮았다. 닮았어."

오석만은 경철의 외삼촌이었다. 경철이 어머니를 따라 배국청의 종말교에 들어가기 전에 오석만은 거의 매일 찾아와 말렸던 것이다. 오석만이 들고 있던 연장을 내려놓고는 문밖을 바라보았다.

"네 엄마는 어디 있느냐?"

"죽었어요."

"죽었어?"

갈라진 목소리로 되물었던 오석만이 어깨를 늘어뜨리며 길게 숨을 뱉었다.

"언제 죽었냐?"

"제가 10살 때, 산 속에서."

"산에서? 어쩌다가?"

"그냥 아파서요."

그러자 오석만이 소매로 눈을 훔치고는 턱으로 앞쪽 의자를 가리켰다.

오석만의 간판 제작소 안이었다. 경철은 7살 때 간판제작소를 운영하고 있는 오석만에게 어머니와 함께 찾아와 본 적이 있다. 역에서 내려 큰길로 쭉 내려갔다가 오른쪽에 커다랗게 써 붙여진 '서울 간판'이라는 글자가 기억에 남아 있었던 것이다. 서울 간판 집이었지만 오석만의 간판 집은 수원이었다. 오석만이 물기가 남은 눈으로 경철을 바라보았다.

"그럼 너는 그 동안에 뭘 했어? 네 나이가 지금 열여섯인가?"

"열여덟입니다."

"그럼 칠 년 동안 어디에 있었어?"

"산 속에서 살았어요. 인도자님하고."

"그 사기꾼하고 말이냐?"

오석만이 눈을 치켜떴다.

"그놈이 널 키웠어?"

"예, 하지만 도망쳐 나왔어요."

"잘했다."

다시 길게 한숨을 내려 쉰 오석만이 웅얼거리듯 말했다.

"잘 찾아 왔구나."

오석만은 어머니의 하나밖에 없는 혈육이었다. 아버지가 네 살 때 돌아가신 후로 오석만은 자주 서울의 어머니에게 찾아왔는데 무뚝뚝한 성격이었지만 경철에게 줄 과자는 꼭 사왔다. 그리고는 어머니가 종말교에 빠지자 매일 찾아와 다투었으므로 경철에겐 무서운 외삼촌으로 기억되었다. 오석만이 작업복을 벗더니 윗도리를 걸쳤다. 아직 오후 4시밖에 되지 않았지만 일을 그만 할 모양이었다.

"집에 가자. 네 외숙모도 만나야지."

오석만은 가난한 살림이어서 수원에서 오산쪽으로 내려간 마을에 살고 있었는데 허름한 벽돌집이었지만 마당도 있었고 개도 있었다.

"아니, 얘가 경철이라구요?"

눈을 둥그렇게 뜬 외숙모가 경철을 바라보더니 오석만한테서 사연을 듣고는 혀를 찼다. 경철은 외숙모를 어렸을 때 자주 보지 않아서 기억에도 없는 터라 서서 머리만 만졌다.

"얘를 우리가 데리고 있어야 겠어."

오석만이 부러지게 말하자 외숙모는 머리를 끄덕였다.

"그래야지. 어쩌겠수."

"그런데 넌 학교도 제대로 다니지 않았겠구나?"

오석만이 묻자 경철은 머리를 저었다.

"대입 검정고시에도 합격했어요."

"어허, 그 사기꾼 놈이 공부를 시켜 주더냐?"

놀란 오석만이 물었다.

"하지만 넌 아직 열여덟이야. 고등학교에 들어가야 한다. 제대로 학교에서 공부를 해서 대학에 가야 돼."

"대학 가르칠 돈이나 있소?"

외숙모가 부루퉁한 얼굴로 묻자 오석만이 눈을 부릅떴다.

"내 집안에 하나밖에 없는 사내자식이여. 잔소리 말어."

오석만은 딸 하나를 두었는데 작년에 시집을 보낸 것이다. 경철이 흰머리가 반쯤은 덮인 오석만과 기미투성이 얼굴의 외숙모를 번갈아 보았다.

"저, 외삼촌 일을 거들게요. 제가 기운이 세거든요."

"아니다."

머리를 저은 오석만이 감정이 북받쳤는지 손등으로 눈을 닦았다.

"이놈아, 너희 모자를 내가 얼마나 찾아 다녔는지 아냐? 너는 내가 시키는 대로만 해."

"애 옷부터 사 입혀야겠네."

외숙모도 뒤끝이 없는 성격인지 금방 누그러지더니 경철에게 끝방을 가리켰다.

"저 방을 써라. 시집간 네 누나가 쓰던 방이여."

경철이 영신종합고에 편입한 것은 새 학기가 시작되는 3월이었다. 오석만이 동분서주 뛰어다닌 덕분이었는데 대입검정고시에 합격한 것이 참작되어 3학년에 편입되었다. 영신종합고는 수원에서 10여 킬로 떨어진 시골의, 정원이 4백 명도 안 되는 남녀공학 학교로 집에서 가까웠다. 학생 대부분이 졸업 후에 취업을 목표로 하고 있어서 분위기가 조금 흐트러져 있었지만 오석만의 노력이 없었다면 경철의 편입은 어려웠을 것이다.

"넌 열여섯에 대입검정고시도 합격한 놈이다. 이제 다시 해 봐라."

학교에 다녀온 날 저녁에 오석만이 술기운으로 벌게진 얼굴을 펴고 말했다.

"네가 와서 집안이 아주 달라졌다."

그러자 처음에는 마땅치 않게 여겼던 외숙모도 웃었다. 집에 있던 석 달 동안 경철은 한 시간도 가만있지 않았다.

남의 간판은 잘 만들었지만 집의 대문도 고치지 않았던 오석만이었는데 경철은 집안 수리를 다 했다. 청모골에서 흙벽돌로 집도 지었던 경철이다 그는 가게에서 도구를 가져와 변소를 새로 지었고 슬레이트로 지붕도 새로 덮었다. 또 장독대를 시멘트로 만들었으며 부엌 바닥도 고쳤다. 외숙모를 기쁘게 한 것은 그것뿐만이 아니었다. 2월 한 달 동안 수원의 공사장에 나가 번 돈 150만원을 고스란히 외숙모에게 바친 것이다. 그래서 외숙모는 이제 경철을 보면 복덩이가 굴러왔다고 한다.

경철은 깔끔하게 머리를 깎은 데다 입성도 산뜻해서 처음 왔을 때의 산적 같은 분위기는 가셔졌다. 그러나 1미터 85센티의 키에 육중한 체구여서 올해로 열아홉이 되었다고는 보이지 않았다. 그리고 경철이 밤이 깊어지면 뒤쪽 산비탈로 나가 청모술을 연습하는 것을 본다면 오석만 부부는 놀라 자빠질 것이다. 경철은 이곳에 오고 나서도 단 하루도 빼놓지 않고 수련을 해 온 것이나. 이미 청모골에 있을 적에 무술은 다 익혔지만 거듭할수록 새로운 기예가 나타났고 그럴 때면 배국청과 고석규, 그리고 미나의 얼굴이 차례로 나타났다. 그것은 그리움이었고 경철이 수련을 하는 이유이기도 했다.

3학년 2반에는 학생수가 54명이었는데 신장순으로 매긴 경철의 번호는 1번이었다. 그래서 제일 뒷자리에 배정 받았고 옆자리는 2번인 강현태였다.

"너, 검정고시 출신이라며?"

두툼한 입술에다 붕어눈이어서 험상궂은 인상의 그가 경철을 바라보았다.

"중학교는 어디 나왔냐?"

"그것도 검정고시다."

"웃기는 자식이군."

그리고는 머리를 돌렸는데 경철은 그가 반을 휘어잡고 있다는 것을 금방 알 수 있었다. 반에는 여학생이 23명 있었고 오른쪽에 나눠 앉았다. 그러나 남녀공학 분위기에 익숙해진 때문인지 남학생과 거침없는 농담을 주고받았다. 학급수가 적어 1학년 때부터 같은 반으로 올라온 친구들이 많은 것이다. 개학 첫날이어서 오전수업만 마치고 종례가 끝났을 때였다. 강현태가 경철에게 말했다.

"야, 너 좀 남아."

모두 교실을 나갔지만 강현태의 주위에 모인 다섯 명은 책상 위에 앉아 있었다.

강현태의 부하들이었다. 강현태가 책상에 엉덩이를 걸치고는 경철을 바라보았다.

"야, 너 무슨 운동했냐?"

"안 했는데."

"자식, 덩치 값을 못하는데."

쓴웃음을 지은 강현태가 손끝으로 경철의 이마를 밀었다.

"임마, 난 수원 제일회 회원이다. 너 제일회라고 들어 보았어?"

"못 들었다."

그러자 둘러앉은 녀석들이 흥흥 웃었지만 강현태는 눈을 가늘게 떴다.

"이 새끼 세상 물정을 모르는 놈인데."

"날 보자고 한 이유는 뭐냐?"

정색한 경철이 묻자 강현태가 다시 손끝으로 이마를 밀었다.

"너, 우리 제일회에 들어와. 내가 제일회 회장이다. 내가 널 봐 주는 거야. 임마."

"관심 없어."

가방을 집어든 경철이 자리에서 일어섰다.

"생각해 줘서 고맙지만 말이야."

"아니, 이 새끼가."

하고 옆쪽에 앉았던 배코 친 머리가 와락 앞으로 나서며 경철의 앞을 막았다.

"어딜 가려고 해 새꺄."

경철이 머리통 하나만큼 작은 배코 친 녀석을 내려다보았다. 그때 강현태가 말했다.

"야, 보내 줘. 첫날부터 터뜨릴 순 없다."

그리고는 경철의 등을 손바닥으로 쳤다.
"김경철. 며칠 후면 알게 될 거다."

강현태의 말은 허풍이 아니었다. 사흘이 안 되어서 경철은 그가 학교 전체를 휘어잡고 있는 거물 두 명 중의 하나라 는 것을 알 수 있었다. 강현태의 유일한 라이벌인 조기호는 태권도 3단으로 전국 체육대회에 도 대표로 뽑혀 개인전 3위를 한 데다 수원의 양대 조직인 영동회의 준회원이었다. 따라서 수원의 제일회와 영동회가 이곳에서 세 싸움을 하는 셈이었는데 조기호는 제 이름을 딴 기호파의 두목이었다. 토요일 오후, 수업이 끝났을 때 강현태가 발을 뻗어 경철의 다리를 툭 찼다.
"야, 생각해 보았어?"
그는 반의 학생 모두를 마치 종 부리듯 했는데 여학생도 예외가 아니었다. 반에서 반반한 여학생 거의 대부분이 그의 손을 거쳐 갔다는 소문이었다. 경철이 머리를 저었다.
"생각 없다."
"너, 학교 그만두고 싶어?"
강현태가 은근하게 말했지만 주위가 갑자기 조용해졌다. 이미 반에 소문이 다 나 있었던 것이다. 강현태의 입회 제의는 그의 입장에서 보면 파격적인 은전이었다. 그의 회원이 된다는 것은 온갖 특전을 누릴 수가 있는 것이다. 그것을 한마디로 거절한 경철에게 주위의 관심이 집중되었고 그만큼 강현태는 자존심이 깎였을 터이다.

"이 자식 아무래도 손 좀 봐야겠네."

붕어눈을 끔벅이며 강현태가 은근하게 말했을 때는 교실의 앞쪽 자리까지 조용해졌다. 강현태는 체격이 1백 킬로가 넘는 데다 합기도가 2단에다 유도는 초단이라고 했다. 그가 손끝으로 경철의 이마를 밀었다. 이마를 미는 것이 그의 버릇인 모양이었다.

"종례 끝나고 뒤쪽 창고로 와."

경철이 머리만을 끄덕이자 강현태가 다시 이마를 밀었다.

"임마, 대답을 해야지."

"알았다."

"앞으로는 반말도 하지 마."

시선이 마주치자 강현태가 이를 드러내고 웃었다. 그러나 눈은 번들거리고 있었다. 두 손으로 턱을 고인 경철은 앞쪽을 둘러보았다. 강현태의 직속 부하들은 모두 노골적으로 이쪽에 몸을 돌리고 있었지만 나머지는 귀만 세우고 있다. 그의 시선이 오른쪽 창가에 앉은 이영혜에게로 옮겨졌을 때 마악 얼굴이 돌려지는 것을 보았다. 이영혜는 어제의 반장 선거에서 35표를 얻어 반장에 당선되었는데 강현태가 추천을 했다. 이웃마을에 사는 홍문수의 말에 의하면 이영혜는 강현태가 건드리지 않은 여학생 중 하나였고 그 이유는 아버지가 교감선생이었기 때문이라는 것이다.

종례를 마치고 경철이 복도를 나왔을 때 누군가가 어깨를 쳤다. 기호파의 두목 조기호였다. 그가 얼굴을 펴고 웃었다.

"너, 창고로 간다며?"

조기호는 해사한 얼굴이었지만 눈초리가 치켜 올라간 눈에 흰 창이 많았다. 경철이 머리를 끄덕였다.

"소문이 빠르구나."

"그 자식은 잡으려고 들 것이다. 일단 잡히지는 말어."

조기호의 뒤에는 그의 부하들 7, 8명이 몰려 서 있었다. 경철은 뒤쪽 운동장으로 걸어갈 때 학생들의 시선이 모두 쏠려져 오는 것을 느꼈다. 강현태 측에서 일부러 소문을 낸 것이다. 될 수 있는 한 많은 구경꾼을 모아놓고 실력을 과시할 심산이다. 뒤쪽 운동장 끝에 세워진 창고는 공작 실습실로 쓰이다가 지금은 기계를 모두 옮겨서 폐품들만 넣어 놓았는데 넓고 황량했다. 공간이 백 평도 더 되어 보이는 창고 안에는 강현태의 일당 20여 명이 벌써 모여 있었다.

"이쪽으로 와."

강현태가 소리쳐 경철을 맞았다.

"맞을 각오는 되었어?"

쓴웃음을 지은 경철이 메고 있던 가방을 내려놓고는 강현태를 바라보았다.

"네가 날 치겠다고?"

"이 새끼 봐라."

강현태는 경철의 웃음에 울컥 화가 솟구친 모양이었다. 부서진 책상에 걸터앉아 있던 강현태가 일어섰다. 그러다가 마음을 바꾼 듯 주위를 둘러보았다.

"누가 저 새끼 만져 줄래? 쪽팔리게 나까지 나서게 하지 말고."

그러자 하나가 나섰는데 보통 키였지만 어깨가 다부진 녀석이었다. 같은 반은 아니다.
"내가 하지."
"잠깐."
경철이 녀석에게 한 걸음 다가가 말했다.
"넌 빠져. 나하고 강현태의 일이니까."
그리고는 경철이 강현태에게로 몸을 돌렸다.
"네가 나와. 시간 없으니까 후딱 끝내자."
"이 새끼가 정말 죽으려고 색을 쓰는데."
얼굴이 벌겋게 상기된 강현태가 저고리를 벗어 던졌다. 그리고는 두 팔을 조금 벌린 자세로 한 걸음 다가서자 창고 안은 갑자기 조용해졌다. 두 팔을 늘어뜨리고 선 경철은 강현태를 바라보았다. 온몸이 허점 투성이였지만 살기는 강하게 피어올랐다.
"에익."
강현태가 와락 달려들어 경철의 멱살을 움켜쥐었을 때 주위에 둘러 선 무리들의 얼굴에는 일제히 웃음기가 떠올랐다. 이제까지 강현태에게 잡혀 성하게 나온 사람이 없었던 것이다. 그것은 수원의 제일회에서도 알아주는 완력이다. 바짝 경철을 당겨 쥔 강현태는 다음 순서로 발을 걸었다. 넘어뜨리고 나서 조르든가 치려는 것이다. 화려하지는 않지만 처참하게 짓이겨 버리는 힘은 조기호보다 강현태가 더 세다. 그러나 다음 순간 강현태의 얼굴이 하얗게 질리더니 입에서 저도 모르게 신음소리가 뱉어졌다. 그리고는 두 손이 풀리면서 땅바닥에 털썩 주저앉았다.

"아이고."

낮고 굵은 신음과 함께 강현태가 다시 이마를 땅바닥에 박으면서 엎어졌을 때 무리들은 모두 숨을 죽였다. 강현태는 경철의 무릎에 고환을 찍힌 것이다. 경철이 구겨진 저고리의 깃을 세우면서 조금 전의 다부진 어깨를 찾아 둘째손가락을 까닥여 불렀다.

"다음, 너 나와 볼래."

"아니, 이 새끼가."

이를 드러낸 그가 한 걸음 다가섰을 때였다. 경철이 갑자기 갈 짓자 걸음을 걷는 것 같더니 눈 깜짝할 사이에 몸이 허공으로 떠올랐다. 다음 순간 턱을 채인 다부진 어깨가 무리 속으로 넘어지면서 길게 뻗었다. 발끝 한방에 턱을 채인 것이다. 땅바닥에 내려 선 경철이 무리들을 둘러보았다.

"싱겁다. 다 덤벼라."

그러면서 한 발짝 다가서자 서너 명이 달려들었지만 나머지는 주춤거렸다. 경철은 춤을 추듯이 움직이며 그저 주먹과 발길 한 번씩으로 다섯 명 째를 눕혔을 때는 겨우 10초도 되지 않았다. 경철이 이제는 저만큼 물러나 있는 나머지 무리들을 향해 다가갔다. 두 눈을 치켜뜨고 있어서 전혀 다른 모습이었다.

"이 새끼들, 오늘 한번 죽어봐라."

다시 몸을 날린 경철이 네 명째를 쳐 눕혔을 때 나머지 7, 8명은 창고의 문을 박차고 미친 듯이 달아나기 시작했다. 경철은 몸을 돌려 창고 안을 둘러보았다. 쓰러진 무리 중에는 회칼을 쥔 놈이 둘이 있었으므로 그는 그들에게 다가갔다. 잠시 후에 창고 안에서 끔찍한 비명소리가 연거푸 들렸다. 경철이 회칼을 들고 나선 두 명의 팔을 부러뜨린 것이다. 자빠져들 있었지만 대부분은 두 눈을 멀쩡하게 뜨고 있었으므로 그들은 경철이 동료의 맨팔을 잡아 분지르는 것을 보았다. 그래서 몇 명은 자빠진 채로 오줌을 쌌고 몇 명은 훌쩍이며 울었다. 그들로서는 이런 장면을 비디오에서도 본 적이 없었던 것이다. 경철이 다가가자 강현태가 주저앉은 채 몸을 움츠렸다. 그는 싸지도 울지도 않았지만 공포감으로 얼굴이 하얗게 굳어져 있었다.

"네 둘째손가락을 이리내."

경철이 서서 손을 내밀자 강현태의 붕어눈이 더 커졌다. 그리고는 눈만 껌뻑였으므로 경철은 땅바닥을 짚고 있는 그의 팔을 잡아채 쥐었다.

"이 손가락으로 내 이마를 찔렀나?"

다음 순간 나무가 부러지는 것 같은 소리가 들리더니 강현태의 비명이 창고 안을 울렸다. 경철이 둘째손가락을 꺾어 부러뜨린 것이다. 경철이 가방을 들고는 창고 안을 둘러보았다. 모두 공포에 젖어 시선을 마주치지 않았고 팔과 손가락이 부러진 셋의 신음소리만 났다.

"다음에는 죽인다."

경철이 창고 밖으로 나오자 둘러 선 수십 명의 무리 속에 끼어있는 조기호도 보였다. 그는 눈을 둥그렇게 뜨고 있을 뿐으로 말도 건네지 못했다. 경철은 운동장을 가로질러 정문을 나왔다. 청모술을 처음 실전에 사용한 것이다. 배국청은 태극권과 태견을 배합하여 철저히 실전 위주의 무술을 만들어 내었다. 그것을 경철이 더 개량시킨 것이다. 뒤에서 발자국 소리가 났으므로 그는 머리를 돌렸다. 이웃마을에 사는 홍분수였다. 시선이 마주치자 그가 뒷머리를 긁었다.

"같이 가려고."

그런데 창고에 갈 때까지는 보이지도 않았었다.

월요일에 강현태는 학교에 나오지 않았고 홍문수가 시간마다 가져온 정보에 의하면 팔이 부러진 둘을 포함하여 다섯 명이 병원에 있다고 했다. 그러나 그들은 어떤 이유를 대었는지 시끄러운 일은 일어나지 않았다. 강현태의 조직은 풍비박산이 된 것이다. 점심시간이 되었을 때 화장실로 가던 경철은 복도를 가득 메우고 떠들어대던 무리들이 갑자기 조용해지면서 양쪽으로 좍 갈라서는 것을 보았다. 길을 내주는 것이다. 휘둘러보는 그의 시선을 받는 남학생은 한 사람도 없었다. 1반의 옆을 지날 때 힐끗 안을 들여다보았더니 구석 자리에 앉아 담배를 피우고 있던 조기호가 머리를 들어 그를 바라보았다. 그러더니 서둘러 일어섰다. 예상했던 대로 조기호는 화장실의 소변기 앞에 선 경철의 옆쪽으로 와서 지퍼를 내렸다. 화장실 안에는 그들 둘뿐이었다.

"강현태는 수원 제일회 회원이야. 너 알고 있어?"
"그래서 어쨌다는 거냐?"
"제일회가 널 보러 올 거야."

조기호가 조심스럽게 말하고는 경철을 바라보았다.

"너, 무슨 운동을 했어?"

"운동 안 했다."

"네가 공수부대에서 제대했다고 소문이 났던데, 그곳에서 살인기술을 배웠다고."

쓴웃음을 지은 경철이 바지 지퍼를 올렸다.

"이 자식아, 그럼 내가 열 살 때 군대에 갔단 말이냐?"

"그런데 어떻게 할래? 제일회에도 떡대 좋은 놈들이 많아."

"네가 왜 걱정이야?"

"내가 도와주려고 그래. 너, 수원의 영동회라고 들어 보았지? 내가 영동회 회원이다."

"그래서?"

"네가 영동회에 가입하면 제일회는 손을 못 댈 거야. 우리 회장님도 네 이야기를 듣더니 오늘 아침에도 연락이 왔어. 널 데려오라고."

조기호가 문 쪽으로 가는 경철의 옆으로 바짝 따라 붙었다.

"네가 회장님을 만난다고 약속하면 회장님이 당장에 제일회에다 연락을 할 거야. 그러면 제일회는 움직이지 못해."

그들이 화장실을 나왔을 때 복도에 몰려 서 있던 남녀 학생들의 시선이 모두 모여졌다. 그것을 의식한 조기호가 어깨를 펴고는 경철의 옆으로 더 붙었다.

"어때? 약속할래?"

"생각해 보지."

그러자 조기호가 웃음 띤 얼굴로 경철의 어깨를 툭 쳤다. 의식적인 동작이다.

"알았어, 그럼."

경철이 생활 지도부실로 불려 간 것은 오후 수업이 끝났을 때였다. 지도부실 안에는 교감 이명곤과 담임인 장석호가 앉아 있었다. 경철이 앞자리에 앉자 이명곤이 먼저 입을 열었다.
"토요일 날 네가 창고에서 제일회를 순식간에 소탕했다면서?"
이명곤이 얼굴의 주름을 펴고 웃었다.
"다 알고 있으니까 말해라. 널 혼내려는 것이 아니니까."
"예, 먼저 시비를 걸었습니다."
경철의 말에 이번에는 담임 장석호가 물었다.
"그래도 너 혼자서 열 명이 넘는 놈들을 해치웠단 말이냐?"
"어쩌다 보니까 그렇게 되었습니다."
"너 무슨 운동을 했어?"
"운동 안 했습니다."
"그런데 그렇게 싸움을 잘 해?"
"장 선생, 잠깐."
장석호의 말을 막은 이명곤이 정색한 얼굴로 경철을 보았다.
"그놈들은 시내 폭력조직하고 연결이 된 새끼 조직들이다. 그것으로 일이 끝날 것 같지가 않아."
"……."
"너, 조기호도 알지?"
"압니다."
"강현태하고 조기호 그 두 놈이 2학년 때부터 학교를 쥐고 흔들었다. 그놈들 때문에 학교를 그만둔 선생님과 학생이 하나둘이 아니야."

입맛을 다신 이명곤이 담배를 꺼내어 피워 물었다.

"그놈들은 조직적이고 교활해서 부끄러운 말이지만 우리로써는 속수무책이었다. 학교 분위기가 엉망이 되어 버렸어."

이명곤이 담배를 빨아들이는 사이에 장석호가 말을 이었다.

"벌써 신입생들 회원을 모집했는데 양쪽 조직에 가입한 학생이 100명이 넘어. 전체 학생수의 4분지 1이야."

"그래서."

헛기침을 한 이명곤이 다시 나섰다.

"우린 너를 규율부장으로 임명하기로 했다. 네가 규율부원을 모아서 학교 분위기를 잡아 다오."

경철의 시선을 받은 이명곤이 쓴웃음을 지었다.

"미안하구나. 너를 이렇게 내세워서. 하지만 우리가 최대한으로 도와주도록 하겠다. 널 장학생으로 추천할 생각이다."

"장학생이 되었다구?"

먼저 기뻐한 사람은 예상했던 대로 외숙모였다. 외숙모가 밥상 앞으로 와락 붙어 앉았다.

"네. 외삼촌이 사정해서 입학이 되었는데 갑자기 웬 장학생이냐?"

"학교 일을 해 주기로 했거든요."

"어떤 일인데?"

"학교 비품 정리 같은 일이요."

"장학생이면 장학금을 얼마나 받아?"

"납부금 면제받고 한 달에 50만 원씩 받기로 했어요."

"아이구머니."

외숙모가 얼굴을 활짝 펴고 웃었을 때 이제까지 잠자코 밥을 떠넣던 오석만이 숟가락을 내려놓았다.

"비품 정리라니 어떤 일이냐?"

"학교 비품을 자꾸 도둑맞아서요. 그것을 관리하는 데 뽑혔어요. 담임선생님이 저를 뽑았어요."

이것은 집에 오면서 생각해 낸 핑계였다. 외삼촌 부부에게 내막을 말해 줄 수는 없는 것이다. 한동안 경철을 바라보던 오석만이 다시 수저를 쥐었다.

"우리가 굶지는 않고 사는데 너보다 더 못한 집안 애도 있을 텐데 말이야. 어쨌든 담임한테 인사는 해야겠구만."

경철은 밥을 떠 넣으면서 담임과 입을 맞춰야겠다고 생각 했다. 규율부장 일을 맡은 것은 제시한 조건 때문이었다. 한 달에 50만 원씩을 가져다주면 기뻐할 외숙모의 얼굴이 떠올랐던 것이다. 밥값은 하고 지내야겠다는 생각이 경철의 머리에 처음부터 박혀 있었다.

학교 게시판에 규율부원 모집공고가 붙었을 때 학생들은 모두 밑에 쓰인 규율부장 김경철의 이름을 보았다. 그리고는 다음 날 오전까지 각 학년별로 10명씩 규율부원 30명이 선발되었는데 지원자가 놀랍게도 100명이 넘어서 경쟁률이 4대1 가깝게 되었다. 점심을 마친 경철이 화장실에 가려고 복도에 나왔을 때였다.

"저기…."

하고 뒤에서 부르는 소리에 경철은 몸을 돌렸다. 이영혜가 다가오고 있었다. 경철의 시선을 받은 이영혜의 눈 밑이 조금 붉어진 것 같아 보였다.

"상의할 일이 있어."

앞에 선 이영혜가 주위를 둘러보며 말했으므로 경철이 턱으로 규율부 쪽을 가리켰다.

"규율부로 와."

이영혜와는 같은 반에 있었지만 처음 트는 말이었다. 잠시 후에 그들은 규율부 안의 회의실에 둘이서 마주앉았다.

"저기, 우리반 김선옥이 문제인데."

이영혜가 입을 열었지만 시선은 경철의 가슴께에서 올라가지 않았다.

"1반의 최재용이가 어제 집에 가는데 납치하려고 했대. 그래서 겨우 도망쳐왔는데 오늘은 무서워서 혼자 집에 가지 못하겠대."

경철은 아직 최재용은 물론이고 김선옥이 누군지도 알지 못한다. 이영혜가 처음으로 시선을 들어 경철을 보았다.

"저기, 최재용이는 기호파 부두목이야. 그리고…."

힐끗 경철의 눈치를 본 이영혜가 말을 이었다.

"김성옥이는 박길수하고 친한 사이였어."

경철이 머리를 끄덕였다. 박길수는 지난 번 창고에서 회칼을 꺼내들고 덤벼들었다가 팔이 부러진 강현태의 부하인 것이다. 그는 아직 병원에 있는데다 강현태의 제일회는 거의 궤멸된 상태였으므로 기호파의 최재용에게는 호기였다.

"알았어."

경철이 그렇게만 대답하자 이영혜가 물었다.

"어떻게 하려고?"

"내가 처리할게."

"때리려고?"

"내가 알아서 한다니까."

그리고는 경철이 퍼뜩 시선을 들었다.

"네가 아버지한테 다 일러 바쳤지? 지난 번 창고에서 있었던 일 말이야."

"그랬어."

의외로 선선히 머리를 끄덕인 이영혜의 얼굴에 옅은 웃음기가 떠올랐다.

"규율부장 시키라고도 했어."

최재용은 규율부원의 전갈을 받고 나서 5분도 안되어 규율부로 들어왔는데 조기호와 함께 왔다.

"아, 규율부장 호출이라 겁나는데."

하면서 조기호가 웃었지만 최재용은 긴장으로 굳어진 표정이었다. 경철이 앞자리에 앉은 최재용에게 불쑥 말했다.

"너, 김성옥이 건들지 말어. 이 자리에서 약속하고 돌아가."

그러자 최재용이 눈을 치켜떴고 조기호가 다시 웃었다.

"규율부장이 연애사업도 간섭하냐?"

"이 새끼야. 애인이 병원에 있는 틈을 노리고 비겁한 짓을 하지 말란 말이다."

"이 새끼. 세게 나오는데."

하더니 조기호가 정색했다.

"교감이 널더러 학교 분위기 잡으라고 했다며? 강현태 손가락을 분질러 놓았으니 남은 내 손이나 발 하나쯤 분지르라고 하디?"

"누가 시켜서 하는 것이 아냐. 임마."

"학교에서 돈도 받는다며? 경비원 월급을 받는 거냐?"

"주둥이 나불거리지 마."

경철이 낮게 말하고는 갑자기 주먹을 들어 책상을 내려쳤다. 그러자 두께가 3센티가 넘는 책상 한쪽이 부서져 메어 졌다. 놀란 최재용이 상체를 뒤로 젖혔고 안색이 변한 조기호도 침을 삼켰다. 그도 태권도 격파를 해 왔지만 이런 괴력은 처음 보는 것이다. 경철은 기합도 쓰지 않고 그냥 내리쳐 부숴 버렸다. 조기호가 헛기침을 하더니 정색했다.

"좋아. 손 떼도록 하겠다. 대신에 너는 우리 회장님을 내일 밤에 만나 줘야겠어."

이제까지 수원의 제일회가 움직이지 않은 것은 조기호가 소속된 영동회의 회장 박종필이 압력을 넣었기 때문이라는 것이었다. 경철이 머리를 끄덕였다.

"좋아 만나지. 내가 간다고 전해."

경철은 걸어서 등하교를 했는데 집까지는 50분쯤이 걸렸다. 버스로는 30분 거리였지만 운동 삼아 걷는 것이다. 청모골에서 수련할 때처럼 바지 속의 다리에 각각 3Kg짜리 모래주머니를 달고 뛰듯이 걸어 집까지 9킬로를 한 시간 안에 주파해 왔다. 그러나 며칠 전부터는 속도를 늦출 수밖에 없었다. 이웃마을의 홍문수와 그 너머 마을의 김동환이까지 경철과 함께 걸으려고 했기 때문이다 김동환은 2학년으로 이번에 규율부원이 되었다. 그러나 모래주머니를 찬 경철이 천천히 걸어도 그들은 헐떡이며 따라왔다. 그들이 휘어진 길을 돌아 마을이 보이는 지점에 왔을 때였다.

"어, 저기. 이영혜가 있네."

놀란 듯 눈을 크게 뜬 홍문수가 말했다. 그가 눈으로 가리키는 길가의 가게 앞에 서 있는 이영혜가 보였다. 그들이 다가가자 이영혜는 똑바로 경철을 바라보았다.

"야, 가자."

눈치 빠른 홍문수가 머뭇거리는 김동환의 팔을 잡아끌었다.

"우리 먼저 갈게."

경철에게 말한 홍문수가 힐끗거리며 앞을 지났어도 이영혜는 그들에게 시선도 주지 않았다. 다가선 경철에게 이영혜가 말했다.

"선옥이 데려다 주고 오는 길이야. 그리고 고맙다는 말도 전하려고."

"고맙다는 인사는 왜 네가 해?"

"선옥이가 조금 무서워해서."

그럴 것이었다. 김선옥이 남자친구 박길수의 팔을 부러뜨린 경철

61

에게 고맙다는 인사를 하기도 어색했을 것이다. 저녁 7시가 되어가고 있었다. 학교는 5시에 끝났으나 경철은 규율부원 회의를 하느라고 늦었다. 이영혜가 조심스런 시선으로 경철을 보았다.

"내가 저녁 살게, 수원 안 갈래?"

수원 시내의 식당에서 라볶이로 저녁을 먹은 둘이는 번화가의 거리를 걸었다. 둘 다 교복 차림이어서 한 뼘쯤 거리를 두고 걸었는데 경철이 거리를 모르는 터라 이영혜가 이끌었다. 그들이 번화가를 벗어난 골목의 노래방에 들어선 것은 밤 9시경이었다. 이영혜는 익숙하게 주인과 계산을 하더니 경철과 방으로 들어서자 웃었다.

"다음에는 사복입고 술 마시러 가."

학교에서 보던 이영혜와는 전혀 다른 모습이어서 경철은 눈만 껌벅였다. 그에게 노래방은 처음이기도 했다. 경철이 아는 노래가 하나도 없었으므로 노래는 이영혜가 혼자 불렀다. 계속해서 10곡쯤 부르더니 경철의 옆으로 다가와 앉았다.

"여자 친구 있어?"

그 순간 눈앞으로 미나의 얼굴이 스치고 지났지만 경철은 머리를 저었다.

"없어."

"거짓말."

살짝 눈을 흘기는 이영혜의 눈빛에서 경철은 뜨거운 욕망을 읽을 수 있었다. 배국청은 내공을 쌓기 전에 독심술부터 가르쳐 주었던 것이다. 그는 계룡산에서 공부한 독심술과 주역으로 한때 날리는 철학원 원장이었다. 경철이 손을 뻗어 이영혜의 허리를 감아 안았을 때 이영혜는 쓰러지듯이 안겨 왔다. 도톰한 입술이 이미 벌어져 있어서 경철의 입술이 포개지자 곧 수줍은 듯 혀가 밀려나왔다. 경철은 한 손으로 치마 속을 더듬었다. 이영혜는 움찔 몸을 비틀더니 입술을 틀었다.

"안돼 아직은…."

치마를 추스르며 일어서려던 이영혜는 잠시 뭔가 결심 한 듯 다시 안겨왔다. 그리고는 대담하게 허리를 세워 경철이 팬티를 벗기는 것을 도왔다. 경철은 의자 위에 이영혜를 눕히고는 샘으로 들어섰다. 낮게 비명을 질렀던 이영혜가 경철의 어깨를 밀듯이 움켜쥐더니 경철이 거칠게 허리를 움직이자 계속해서 신음소리를 냈다. 경철은 이영혜의 몸이 풀려 가는 것을 느낀 순간에 갑자기 미나의 얼굴이 떠올랐다. 미나는 고석규 하고도 그리고 배국청하고도 관계를 맺고 있었던 것이다.

그들이 노래방을 나왔을 때는 10시가 넘어 있었다. 이영혜는 이제 한 발짝 거리쯤 떨어져 걸었는데 땅 바닥만 내려다보았다. 그 이유를 알고 있었으므로 경철도 선뜻 말을 붙이지 않았다. 이영혜는 오늘 처음 섹스를 한 것 이다. 방안에서 이영혜가 닦아 낸 휴지에 피가 잔뜩 묻혀 있는 것을 경철은 보았던 것이다.

다음 날 학교에서 이영혜는 시치미를 뚝 뗀 얼굴로 학습지를 나눠 주었고 행사에 관한 주의사항을 급우들에게 말해 주었다. 그러나 한 번도 경철에게 시선을 주지 않았다. 그래서 경철과 이영혜의 둘을 빈틈없이 살피던 홍문수도 나중에는 지쳐서 평상으로 돌아갔다. 오후 5교시가 끝났을 때 조기호가 찾아와 경철을 밖으로 불러내었다. 복도에서 마주보고 섰을 때 조기호가 말했다.

"오늘밤 9시에 수원역 앞 대지빌딩이야. 빌딩 3층에 동안상사라고 있어, 그 곳으로 와."

정색한 조기호가 말을 이었다.

"물론 사복을 단정하게 입고 와. 회장님은 왜 까다로우신 분이란 말이다."

"그런데 날 봐서 어쩌겠다는 거냐?"

"짜샤, 어쩌긴. 네가 쓸만한 놈인지를 보는 거지."

못마땅한 듯 혀까지 찬 조기호가 바짝 다가섰다.

"회장님은 서울 강남의 세정회하고도 통하시는 분이란 말이다. 거물이야."

"알았다."

"네가 쓸만하면 회원으로 받아들이실 거야. 그러면 그때부터 넌 용이 되는 거야."

"너같이 말이냐?"

"이 자식아, 난 아직 준회원이야."

"난 회원인 줄 알았는데 이 새끼가 이제야 실토를 하는구만."

쓴웃음을 지은 경철이 몸을 돌려 교실로 들어가려다가 마악 나오는 이영혜와 마주쳤다.

"야, 반장."

외면하고 지나려던 이영혜가 경철이 부르자 멈춰 섰지만 시선이 가슴께에서 올라가지 않았다. 눈 밑에 금방 붉은 기운이 덮여졌다. 경철이 한 걸음 다가서며 물었다.

"걱정된다. 화난 거 아니지?"

그러나 이영혜는 잠자코 발을 떼었다.

3장
아차

    수원역 앞 대지빌딩은 8층으로, 지하층은 나이트클럽이었고 1, 2층은 상가였다. 번화가에 자리잡고 있어서 통행인이 많은데다 소음도 심했다. 산 속에서 자란 경철은 아직 분주한 이런 분위기에 적응되지 않은 터라 3층의 동안상사 앞에 섰을 적에는 신경이 예민해져 있었다. 보통 사람보다 청각이 몇 배나 발달된 때문이다. 문을 노크했을 때 벌컥 안에서 문이 열리더니 단정한 신사복 차림의 건장한 사내가 경철을 보았다.
  "누구셔?"
  "회장님을 만나러 왔는데요. 영신종고의 경철이라고 합니다."
  "들어와."
  사내가 비켜섰으므로 경철은 안으로 들어섰다. 안은 대기실인 것 같았다. 10평쯤 되는 방안에 소파와 의자만 놓였고 7, 8명의 사내가 둘러앉아 있었는데 시선이 일제히 경철에게로 모아졌다.

"네가 제일회 똘마니들을 박살낸 놈이냐?"

누가 불쑥 그렇게 물었으나 경철은 누군가를 찾는 시늉을 했다. 그러자 사내 하나가 일어나 다가왔다. 비대한 체격으로 바지를 가슴께까지 올려 입었는데 배 사이즈가 70은 되어 보였다.

"임마, 왜 대답을 안 해?"

배를 부딪칠 듯 내밀면서 사내가 묻자 방안이 금방 조용해졌다.

"이 자식 봐라? 완전 사람 돌게 만드네!"

하고 사내가 손을 경철의 어깨 위에 올려놓았다. 개기름이 번질거리는 두꺼운 얼굴에서 돼지고기와 마늘 냄새가 났다. 경철이 어깨를 비틀어 사내의 손을 털어 냈을 때 안쪽 문이 열리더니 사내 하나가 나왔다.

"야, 이리 들어와."

경철이 그쪽으로 발을 떼었을 때 드럼통이 잇사이로 말했다.

"너, 이 새끼. 좀 있다 한번 보자구."

경철이 방으로 들어서자 소파에 앉아있던 30대 중반쯤의 사내가 머리를 들었다. 단정한 머리에 윤곽이 뚜렷한 얼굴이었지만 눈창에 실핏줄이 깔려 있었다. 그가 턱으로 앞쪽 자리를 가리키며 물었다.

"거기 앉아라. 네가 김경철이냐?"

"예."

"체격이 좋구나. 어떤 운동을 했나?"

"운동 안 했습니다."

"그런 놈이 1분 동안에 열 명을 때려 눕혔어? 이 자식, 거짓말하지 말어."

사내가 웃음 띤 얼굴로 경철의 몸을 훑어보았다. 그가 영동회장 박종필이었다.

"상당히 단련한 주먹이군. 바른 대로 말해 봐."

"혼자 연습했습니다."

"임마, 널 죽이겠다고 제일회에서 난리를 치는 것을 내가 겨우 막았다. 내 친척이니까 체면을 봐 달라고까지 했단 말이다."

부드럽게 말한 박종필이 머리를 한쪽으로 기울였다.

"그런데 도무지 믿기지가 않아. 내가 알기로는 강현태도 한가락하는 똘마니였는데 말이야."

박종필이 탁자 위에 놓인 벨을 누르자 곧 사내 하나가 들어와 부동자세로 섰다.

"부르셨습니까? 회장님."

"노랑머리를 이놈한테 한번 맡겨 봐."

박종필이 턱으로 앞에 앉은 경철을 가리키며 말했다.

"네가 이놈을 노랑머리 있는 곳에 데려다 줘. 그리고 넌 빠져라. 숨어서 구경만 하란 말이다."

"예, 회장님."

"일 끝나면 나한테 데리고 와. 결과가 어떻게 되건 상관없이 말이다."

그리고는 박종필이 경철을 보았다.

"나가 봐."

"어디로 가는 겁니까?"

"저 형이 알려 줄 거다."

방을 나온 사내는 경철을 건물 뒤쪽의 주차장으로 데려갔는데 이미 승용차 한 대가 대기하고 있었다. 승용차 뒷좌석에 올랐을 때 사내가 경철에게 말했다.

"난 석도라고 한다. 너, 열아홉이라고 했지?"

"예."

"난 스물넷이다. 나이도 위니까 형이라고 불러."

"지금 어디로 갑니까?"

"변두리 양아치 새끼들한테 가는 거야."

석도가 둥근 얼굴을 펴고 웃었다.

"대갈통 한쪽을 노랗게 물들인 놈이 노랑머리파라는 조직을 만들어서 설치고 있어. 어제는 우리 영업권인 가라오케를 뒤집어 놓고 도망갔다."

번화가를 벗어난 승용차는 교외를 향해 달려가고 있었다.

경철의 집과는 반대 방향이다. 석도가 힐끗 경철을 보았다.

"지금 노랑머리는 부하 놈들하고 교외의 식당에 있다. 그곳이 그놈의 영업권이지."

자가용족을 위한 교외의 식당들은 대개 규모가 컸고 시설이 화려했다. 화성갈비도 예외가 아니어서 단층 식당이었지만 2백 평이 넘는 규모에 주차장도 50대를 주차시킬 수 있도록 넓었다. 그들이 주차장으로 들어섰을 때는 밤 10시경이었다. 식당의 벽은 모두 유리로 덮여졌으므로 내부가 다 보였는데 석도가 한쪽을 손으로 가리켰다.

"저기 있는 놈들이야."

그의 손이 가리키는 곳에는 10여 명이 모여 앉아 있었고 여자도 셋이 끼었다. 눈을 가늘게 뜬 석도가 그들을 바라보며 말했다.

"놈들은 가출한 년들을 끌고 다니거나 아예 길에서 납치한다. 며칠 전에는 학교에서 돌아오는 대학생 둘을 잡아 강간하고 돌려보냈다는군."

"이것들을 어떻게 해요?"

"죽이지는 말고 부숴버려. 우리가 뒤를 처리해 줄 테니까."

"왜 형들이 처리 안 해요?"

"우리가 나서면 조직간의 싸움이 돼. 빌어먹을. 저런 것들 때문에 회장님이나 조직을 귀찮게 만들 수는 없단 말이다."

그가 정색한 얼굴로 경철을 보았다.

"대가리 수가 기집애 빼고 열 하나다. 해낼 수 있겠어?"

"해 볼게요."

"노랑머리는 회칼을 잘 쓴다. 그리고 놈들 모두 연장을 갖고 있을 거야."

석도가 경철의 어깨를 가볍게 쳤다.

"주인한테는 신고하지 말라고 연락해 놓을 테니까 한번 실력을 보여 봐."

경철이 차 밖으로 나가자 이제까지 앞좌석에 잠자코 앉아 있던 두 사내가 머리를 돌려 석도를 보았다.

"저놈, 괜찮을까? 열 한 놈이나 되는데 말이야."

운전석의 사내가 묻자 석도는 쓴웃음을 지었다.

"글쎄, 일나면 튀는 수밖에."

식당 안으로 들어선 경철에게 종업원이 다가왔지만 지치고 짜증난 얼굴이었다. 식당 안에는 손님이 노랑머리 무리들뿐이었던 것이다.
"손님, 이쪽으로."
하면서 종업원 아줌마가 창쪽 테이블을 가리켰다가 어깨를 늘어뜨렸다. 경철이 노랑머리 무리 쪽으로 다가가자 일당으로 생각했던 모양이다. 노랑머리 무리는 술을 마시고 있었는데 빈 소주병이 테이블 위에 가득했다. 경철이 다가갔을 때 노랑머리 무리는 일제히 입을 다물었지만 몇 명의 얼굴에는 웃음기가 지워지지 않았다. 경철의 시선이 상석에 앉은 노랑머리에게로 옮겨졌다. 노랑머리는 들은 대로 왼쪽 옆머리에 노랑 물을 들였고 술기운으로 눈 주위가 붉었다. 그가 눈을 가늘게 뜨고 경철의 시선을 받았다.
"너, 누구야?"
"네가 강간한 여학생의 오빠다."
그러자 노랑머리가 이를 드러내고 웃었다.
"복수하러 온 거냐?"
경철은 그 순간 옆쪽 자리의 사내들이 슬금슬금 일어서는 것을 보았다. 대부분이 20대 초반으로 보였고 여자들은 그보다 어렸다. 노랑머리가 쇠젓가락을 칼처럼 쥐더니 경철의 눈을 가리켰다.
"어떤 년 오빠냐?"
그 순간 경철의 몸이 튀어 올랐으므로 노랑머리의 말이 끊어졌다. 노랑머리와의 사이에는 테이블이 놓여서 거리가 3미터 가깝게 되었지만 마치 날아가는 것처럼 경철의 몸은 허공에서 비스듬히 내려꽂혔다.

"어엇."

놀란 노랑머리가 의자와 함께 뒤로 굴면서 고함을 쳤고 경철의 발끝은 뒤쪽 테이블을 부수면서 떨어졌다.

"이 새끼가."

한 바퀴 뒹굴면서 몸을 솟구친 노랑머리의 행동도 재빨랐다. 그는 어느 사이에 다리에 붙여 놓은 칼집에서 회칼을 빼어들고 있었다. 그러나 그가 미처 자세를 바로 잡기도 전에 경철의 주먹이 날아 턱을 쳐 올렸다.

"쩌그덕."

식당 안에 뼈가 부서지는 소름끼치는 소리가 울리면서 턱과 이가 함께 박살이 난 노랑머리는 반듯이 뒤로 넘어졌다. 경철은 노랑머리가 바닥에 몸을 눕히기도 전에 몸을 틀어 옆쪽 두 사내의 얼굴과 배를 차 넘어뜨렸고 다시 테이블 위를 건너뛰어 두 사내의 턱과 고환을 차 쓰러뜨렸다. 그저 주먹과 발길 한 번에 하나씩 뻗은 것이다. 경철이 다시 뛰어 회칼을 빼든 사내 두 명의 얼굴을 묵사발로 만들어 놓았을 때 남은 사내는 넷이었다. 그들은 식당의 벽 쪽으로 밀려가 있었는데 제각기 회칼과 손도끼들을 들었지만 눈빛에는 전의가 사라져 있었다. 경철이 한 걸음 다가섰을 때 사내 하나가 손도끼를 버렸다. 그 순간 튀어 오른 경철이 주먹을 날려 옆에 선 사내의 관자놀이를 쳐 쓰러뜨렸고 발길은 뒤쪽 사내의 허리를 찼다.

"어이구."

비명을 지르며 바닥에 쓰러진 사내의 등을 밟으며 경철이 남은 사내들을 바라보았다.

"꿇어."

그의 말이 떨어지기가 무섭게 두 사내는 무릎을 꿇었다. 식당 안에는 사내들의 신음소리와 울음소리가 뒤섞여져 있었다. 울음소리는 온몸이 굳어진 듯 그대로 자리에 앉아있는 여자들의 것이었다. 경철은 식당 바닥을 둘러보았다. 노랑머리는 의식불명이었고 나머지도 병원에 가야 할 것이다. 걸음을 뗀 그가 계산대 앞을 지날 적에 40대쯤의 주인 남자가 시선을 받고는 정신없이 머리만을 끄덕여 보였는데 아마 석도의 연락을 받았다는 표시일 것이었다. 경철이 차 안으로 들어서자 차는 곧장 주차장을 빠져 나왔다. 그러나 차 안에 타고 있던 세 사내는 아무도 입을 열지 않았다. 옆자리에 앉은 석도는 경철의 다리가 자신의 무릎에 닿자 슬그머니 무릎을 떼어 내었다.

경철이 다시 박종필의 방으로 불려 간 것은 동안상사에 도착한지 10분쯤 후였다. 경철을 대기실에 남겨두고 석도가 먼저 보고를 한 것이다. 방으로 들어선 경철을 박종필은 일어나서 맞았다. 얼굴에 웃음기가 가득 덮여져 있었다.

"너는 야차 같은 놈이다. 내가 보물을 찾아냈구나."

경철의 손을 두 손으로 쥔 그가 자리에 앉았다.

"내가 보았어야 하는데, 석도는 네가 마치 밤귀신 같다고 했다."

"두 놈은 꿇어앉기에 놓아 주었습니다."

"잘했다."

커다랗게 머리를 끄덕인 그가 경철을 바라보았다.
"너, 학교 끝나면 나한테 오너라. 밤에는 나하고 같이 다니자."
"무슨 일을 하는데요?"
"내 경호원이 되라는 말이다. 난 주로 밤에 일을 하니까 학교 다니면서도 일을 할 수 있을 거야."
"월급은 얼마나 주는데요?"
그러자 박종필이 입을 활짝 벌리고 웃었다.
"한 달에 고정적으로 2백씩 주마. 그리고 따로 생기는 돈도 있을 게야."
경철의 머리속에 외숙모와 외삼촌의 얼굴이 차례로 떠올랐다. 오석만은 요즘 장사가 잘 안되어서 가게의 월세도 밀려 있었다. 경철이 머리를 끄덕였다.
"그럼 출근할게요."
"자식, 넌 이제 새 세상을 보게 될 거야. 내가 키워주마."
얼굴을 편 박종필이 말하고는 벨을 눌렀다.
"오늘 밤 당장 네 입회식을 하자구. 넌 내 경호원이니까 중간보스급이다."

그로부터 정확하게 이틀이 지난 후부터 학교 분위기가 달라졌다. 학생들의 복장이 단정해진 것은 물론이고 수업 분위기도 잡혀졌다. 수업 빼먹기를 밥 먹듯이 하며 뒤쪽 창고에 모여 담배를 피던 무리들도 종적을 감추었고 하급생에 대한 구타도 사라졌다. 학교의 양대 파벌이었던 강현태는 병원에서 전학 신청서를 내었는데 의정부

쪽 학교로 옮겨 간다는 소문이었다. 따라서 그가 주도했던 제일회 조직은 궤멸되었다. 또 하나의 파벌이었던 기호파의 조기호는 이제 경철을 감히 마주 볼 수도 없는 처지로 전락되어 병든 닭처럼 교실에만 앉아 있었다. 경철을 영동회쪽에 소개시키긴 했지만 그가 중간보스로 대뜸 발탁되리라고는 꿈에도 생각하지 못한 것이다. 그가 경철을 영동회에 연결시킨 이유는 영동회의 위력을 보여줌으로써 경철의 기를 꺾고 자신의 위상을 높이려는 것뿐이었다. 점심시간에 경철은 언제나 규율부에서 도시락을 먹었다. 그날도 홍문수와 규율부원 몇 명과 함께 도시락을 먹던 경철은 안으로 들어서는 2학년 규율부원을 보았다.

"형님, 2학년 2반 오수현이 문제로 장선아가 할 이야기가 있답니다."

부동자세로 선 부원이 말을 이었다.

"지금 밖에 있는데요."

"지가 직접 오지 건방지게 딴 사람을 시켜?"

하고 홍문수가 내 쏘았다가 힐끗 경철의 눈치를 보고는 입을 다물었다. 그는 매일 아침저녁으로 경철을 수행하며 비서 역할을 해 오는 바람에 위상이 높아져서 이제는 거드름까지 피웠다. 그러나 경철이 오기 전까지만 해도 그는 강현태 무리의 밥이어서 한 달에 5만원씩 상납을 해 왔던 것이다. 경철이 주위를 둘러보았다.

"밥 다 먹었으면 나가들 봐."

그가 머뭇거리는 홍문수에게로 시선을 돌렸다.

"너도."

그리고는 2학년 부원에게 말했다.
"데려와라."
잠시 후에 혼자 들어선 장선아는 키는 컸지만 말랐다. 머리를 까닥 숙여 보인 장선아는 앞쪽 자리에 앉아 경철을 바라보았다. 학생 수가 4백 명도 되지 않아서 경철도 몇 번 얼굴을 본 적이 있었다.
"무슨 일이냐?"
"상의할 사람은 오빠밖에 없다고 생각해서요."
장선아가 또렷한 목소리로 말했다. 눈이 크고 이마가 넓어서 밉상은 아니었다. 경철의 시선을 받은 장선아가 말을 이었다.
"오수현이가 지금 사흘 째 저희 집에서 학교를 다니고 있거든요?"
"왜 집을 나왔는데?"
"아버지 때문에요."
장선아가 목소리를 낮췄다.
"아버지가 건드린대요"
"아버지가 왜?"
그냥 건조하게 묻자 장선아가 답답하다는 듯이 이맛살을 찌푸렸다.
"양아버지거든요. 그런데 어머니가 아버지한테 매일 두들겨 맞다가 한 달쯤 전에 집을 나갔대요. 그랬더니 양아버지가 밤에 수현이 방에 들어온대요."
"그래서?"
"어쩔 수 없이 한두 번 당했다나 봐요."
이번에는 경철이가 이맛살을 찌푸렸다.
"경찰에 신고를 하라고 그래."

"동생이 둘이나 있어요. 어머니가 수현이랑 셋을 데리고 왔거든요. 그래서 신고하면 수현이랑 동생은 갈 데가 없어요."

"날더러 어떻게 하라는 거야?"

"선생님한테 말할 수도 없고 그래서…."

장선아가 큰 눈을 더 크게 떴다.

"수현이 양아버지가 못 그러게 좀 해 줘요. 오빠는 쌈 잘하잖아요."

학교 앞 햄버거 집에서 만난 오수현은 시선을 내리깔고만 있어서 경철은 한동안 머리꼭지와 콧등만 보았다. 오수현 옆에 앉은 장선아가 답답한 듯 여러 번 질러대고 나서야 겨우 얼굴을 들었는데 핏기 없는 흰 얼굴이어서 마치 병자 같았다. 그리고 입술을 꾹 다물고 있었지만 경철을 바라보는 눈에는 물기가 가득 고여져서 금방이라도 눈물이 떨어질 것처럼 보였다. 경철이 헛기침을 했다. 오후 6시가 되어가고 있었으니 동안상사에 출근하려면 아직 세 시간이 남아있긴 했다.

"네 아버지, 아니 양아버지는 어디 있어?"

경철이 묻자 오수현이 아랫입술을 물었다가 풀더니 가는 목소리로 대답했다.

"시장에서 생선가게를 해요."

"집에 언제 오는데?"

"밤 10시쯤."

"내가 어떻게 해 줄까?"

그러자 오수현이 다시 얼굴을 숙였고 대신 장선아가 대답했다.

"강현태처럼 다신 얼씬거리지 못하게 혼내 주세요. 수현이는 동생 걱정도 해요."

경철의 시선을 받은 장선아가 말을 이었다.

"수현이 동생이 중 3이거든요. 걔도 이뻐요."

"네 엄마는 어디 있는데?"

오수현에게 물었으나 이번에도 장선아가 대답했다.

"수현이는 엄마가 자살한 것 같다고 해요. 전에도 만날 자살하겠다고 했대요."

입맛을 다신 경철이 의자에 등을 붙였다. 그로서는 노랑머리파 열 개를 없애는 일보다 더 어려운 과제였던 것이다.

박종필은 시내 중심가의 나이트클럽 3개에다 가라오케 4개, 그리고 빠찡코 3개, 음식점 5개의 소유주였고 동안상사가 들어 있는 8층짜리 대지빌딩도 그의 소유였다. 재산총액이 수백억이 된다고도 했고 한 달 수입만도 10억 원이 넘었다. 10여 년 전만해도 수원의 떠돌이 건달이었던 그가 이만큼 재산을 모은 것은 운도 따랐지만 치밀한 성격에다가 시작하면 끝장을 봐야만 하는 독한 기질이 있었기 때문이었다. 그는 경매에 들어간 대지빌딩을 낙찰 받을 적에 서울에서 내려온 두개의 조직과 일주일 밤낮으로 전쟁을 치렀다고 했다. 그때 세 번이나 칼을 맞았지만 상대 조직의 보스 둘을 잡아 목에 작두를 걸어 놓고 포기 각서를 받아냈다는 것이다. 대지빌딩은 그가 부를 축적하는 밑거름이 되었다. 3억에 낙찰 받은 대지빌딩을 재건축하여 싯가 100억대의 재산으로 만들면서 사업장을 늘려 갔던 것이다. 박종필은 50여 명의 직계 부하들을 거느리고 있었는데 모두 사업장의 관리를 맡았지만 전화 한 통이면 10분 안에 모일 만큼 잘 훈련되어 있었다. 자기 관리에 철저한 그는 결코 빈틈을 보이지 않아서, 거치적거린다는 이유 하나만으로 30세가 된 지금까지 아직 결혼도 하지 않았다.

"네 덕분에 나도 홀가분해졌다."

벤츠의 뒷좌석에 앉은 박종필이 앞자리에 앉은 경철에게 웃음 띤 얼굴로 말했다.

"전에는 내가 움직일 때 차 한 대가 따로 붙어서 넷이 경호했는데 이젠 그놈들을 사업장 관리로 돌리게 되었다. 인건비가 훨씬 줄었단 말이다."

밤 11시가 되어 가고 있었다. 오늘로서 보름째여서 경철은 이제 박종필의 생활패턴을 안다. 음식점과 빠찡코 순시를 끝낸 그들은 지금 나이트클럽으로 가는 중이다. 담배를 피워 문 박종필이 말을 이었다.

"제일회 쪽에서 너한테 관심이 많다구나, 오늘 오후에 제일회 회장 고춘태가 네 이야기를 하더라. 네 별명이 이제는 야차가 되었어."

박종필이 이를 드러내고 웃었다.

"내가 야차 같은 놈이라고 말한 것이 소문이 난 모양이야."

그날 새벽 3시가 되었을 때에야 경철이 집으로 돌아왔을 때 외삼촌 부부는 기다리고 있었다.

"여기 앉아라."

오석만이 경철을 윗목으로 불러 앉혔다. 그가 말끔한 신사복 차림의 경철을 훑어보았다.

"일이 고되지는 않느냐?"

"할 만해요 외삼촌."

경철이 양복주머니에서 꺼낸 봉투를 오석만의 옆에 앉은 외숙모의 앞으로 밀어 놓았다.

"오늘 월급 탔어요. 외숙모."

"어머나, 아직 한 달도 안 되었는데."

반색한 외숙모가 봉투를 집더니 서둘러 수표를 꺼내 세었다. 그러더니 눈을 둥그렇게 떴다.

"오마나, 이백이네. 일한 지 반달밖에 안 되었는데 한 달 월급을 다 주냐?"

"특근수당이 붙었어요."

"아이구, 내 새끼."

눈물이 글썽해진 외숙모가 무릎걸음으로 다가와 경철의 손을 쥐었다.

"이놈아, 피곤할 텐데 특근까지는 하지 말어라."

외삼촌 부부에게는 가라오케의 종업원으로 취직이 되었다고 한 것이다. 헛기침을 한 오석만이 경철을 바라보았다.

"네가 이렇게 일 안해도 된다. 우리가 널 키우는 것은 이러려고 그러는 것이 아녀."

"암먼, 그렇지. 허지만…"

외숙모가 말을 이으려다가 오석만의 사나운 눈빛을 받고서는 입을 다물었다. 오석만이 말을 이었다.

"새벽 서너 시에 들어왔다가 잠도 못 자고 학교에 가는 너를 보면 가슴이 터신다. 내가 일이 풀리면…."

마침내 가슴이 메인 오석만이 침을 삼키고는 말을 그쳤다. 그러자 외숙모가 나섰다.

"경철아, 피곤하면 그만 두거라."

"아뇨, 외숙모. 일이 재미있어요."

자리에서 일어선 경철은 머리를 숙여 절을 했다.

"안녕히 주무세요."

청모골에서도 서너 시간 자면서 혹독한 수련을 해 온 것이다. 옷을 갈아입은 경철은 모래주머니를 차고 다시 밖으로 나왔다. 한 시간 동안 수련을 하려는 것이다. 이제까지 단 하루도 수련을 빼 먹은 적이 없었고 앞으로도 그럴 것 이었다.

다음 날 체육시간에 체력장 측정을 하느라 뒤쪽에서 기다리고 앉은 경철의 옆으로 이영혜가 다가와 섰다. 주위가 마침 한가한 틈을 타서 온 것이다.

"어제 햄버거 집에서 2학년 오수현이하고 만났다면서?"

시선을 앞쪽에다 준 채 이영혜가 빠른 목소리로 말했다.

"학교에 벌써 소문이 확 났어. 장선아를 들러리로 세우고 말이야."

머리를 돌린 이영혜가 웃음 띤 경철의 얼굴을 보더니 아랫입술을 깨물었다. 눈 밑이 금방 빨개져 있었다.

"오늘 저녁 8시에 만나. 시내에서."

"시간이 없어."

"기다릴 거야. 밀바 커피숍에서."

그리고는 앞으로 가버렸으므로 경철은 입맛을 다셨다. 그 일이 있고 나서 이영혜는 제 쪽에서 피하는 것 같더니 오수현의 소문을 듣고는 화가 난 모양이다.

방과 후에 경철은 햄버거집에서 오수현과 다시 마주앉았는데 이번에는 장선아를 뺐다. 햄버거와 콜라를 시켰지만 오수현은 입도 대지 않았으므로 경철도 콜라만 두어 모금 빨았다. 경철이 오늘도 콧등만 보이고 앉은 오수현에게 불쑥 말했다.

"너, 동생 데리고 집 나와. 내가 방은 얻어 놓았어."

놀란 듯 퍼뜩 머리를 든 오수현의 얼굴이 빨개졌다. 그러나 입술 끝만 떨 뿐 입을 열지 않는다. 경철이 오수현을 노려보았다.

"어젯밤에 구했다. 시 변두리에 있는 방 두 개짜리 반지하야. 부엌도 있고 살만 해. 거기서 동생들하고 살아."

"오빠, 하지만…."

"내가 네 양아버지는 맡을게. 두 번 다시 네 앞에 나타나지 못하게 할 테니까."

마침내 오수현의 눈에서 눈물이 쏟아져 내렸으므로 경철은 냅킨을 한 움큼 집어 앞으로 던졌다.

"닦어. 그리고 나랑 지금 너희 집에 가자. 동생들 와 있겠니?"

"와 있을 거예요."

오수현이 훌쩍이며 말하자 경철이 자리에서 일어섰다.

"일어나, 얼른."

경철은 안방의 아랫목에 주인처럼 긴 다리를 뻗고 기대 앉아 있었지만 오수현과 두 동생은 허둥대다 좁은 마루에서 여러 번 부딪쳤다. 그들은 집 앞에 대기시킨 봉고차에 짐들을 던지듯 실었는데 별명이 돼지인 우석이가 거들었다. 돼지는 박종필을 처음 만나러 간 날 경철에게 시비를 걸었던 70인치 허리였다. 어머니의 옷을 가져가느니 놓아두라느니 하고 오수현과 동생 미현의 사이에 잠간 실랑이가 있었지만 결국 수현의 뜻대로 놓아두는 것으로 결정이 되었고 짐 싣기는 한 시간도 안 되어서 끝이 났다.

"형님, 그럼 저는 먼저 가겠습니다요."

돼지가 경철에게 허리를 굽히면서 말했다. 경철보다 나이가 네 살이나 많았지만 그는 야차의 직계로 자처하고 다녔다. 머리를 끄덕인 경철이 오수현을 보았다.

"나는 일 끝나고 들를게 먼저 가라."

"몇 시에요?"

오수현이 불안한 얼굴로 물었으므로 그는 입맛을 다셨다.

"새벽 세 시쯤."

"실버호텔 공사로 고춘태하고 붙게 되었다."

나이트클럽의 밀실 안이다. 계산을 마친 박종필이 술잔을 들고 혼잣소리처럼 말했다. 계산이 끝나면 그는 언제나 얼음을 탄 커티삭을 마셨는데 딱 한 잔이었다. 한 잔 이상은 마시지 않는다. 그가 앞쪽 끝자리에 단정하게 앉은 경철을 바라보았다.

"3백억 공사다. 따기만 하면 30억은 남는다."

내막은 물론이고 건설공사에도 무식한 경철은 그저 눈만 껌벅였으나 박종필이 말을 이었다.

"하지만 고춘태의 동양건설이 호텔 회장의 조카를 잡았어. 뒤를 캐 보니까 공사 책임자인 조카 놈한테 10억을 주기로 했다는 거다."

술잔을 내려놓은 박종필이 정색하고 경철을 보았다.

"그놈이 없어지면 회장의 사위가 공사 책임자가 되지. 그래서 나는 며칠 전에 그 사위한테 약을 좀 썼다. 이제 무슨 말인지 이해가 가냐?"

"예, 그 조카를 없애야겠군요. 회장님."

"소문 안 내고 확실하게 처리할 사람을 찾고 있다."

"죽여야 합니까?"

"몇 달 병원에 누워있게만 하면 된다. 회장이 병원에 누워 있는 놈한테 공사를 맡길 리는 없으니까."

"제가 하지요."

그러자 박종필이 물잔에 커티삭을 반쯤이나 따라 내밀었다.

"한방에 처리할 놈은 너뿐이다. 일이 성사되면 너한테 1억을 주마."

두시 반에 반 지하 연립주택으로 찾아갔을 때 오수현의 세 식구는 모두 기다리고 있었다. 작은 응접실도 있어서 경철은 벽에 등을 붙이고 앉았다. 이 집은 경매로 나온 것을 박종필이 낙찰 받은 수십 채 중의 하나로 경철이 시내에서 묵을 곳이 필요하다고 요청해서 빌려 쓰게 된 것이다. 초등학교 6학년인 막내는 남자였으나 누나들보다 더 수줍어해서 이제까지 한 번도 경철에게 말대답도 하지 않았다. 경철이 다소곳하게 앞쪽에 둘러앉은 세 식구를 둘러보았다.

"내가 어떻게든 너희들 생활비를 만들어 줄 테니까 걱정하지 마라."

경철이 주머니에서 봉투 하나를 꺼내어 오수현의 앞으로 밀어 놓았다.

"100만 원 들었어. 우선 그것으로 쌀도 사고 밥통하고 밥 그릇 같은 것을 사."

오수현이 봉투에다 시선을 준 채 움직이지 않았으므로 경철이 오미현을 보았다.

"나는 10살 때 부모가 모두 돌아가셔서 혼자 자랐어. 처음에는 무서워서 혼자 많이 울었지. 너희들은 셋이 있으니까 나보다 낫네."

"우린 오빠까지 있으니까요"

눈을 반짝이며 말한 오미현이 머리를 숙여 보였다. 야무진 태도였다.

"고맙습니다. 오빠."

"다른 걱정은 말어."

자리에서 일어선 경철을 따라 셋은 현관 밖까지 나왔고 길까지는 오수현이 배웅했다. 큰길에서 경철이 걸음을 멈추었을 때 오수현이 말했다.

"오빠, 은혜는 꼭 갚을게요."

어둠 속에서 눈을 커다랗게 뜬 오수현이 경철을 똑바로 바라보았다.

"오빠가 무슨 일을 시키든지 다 할게요."

경철은 문득 오수현의 얼굴에 겹쳐지는 미나의 모습을 보고는 소리죽여 숨을 뱉았다.

"너한테 뭘 바라고 한 일이 아냐."

다음 날 수업이 두 시간째 끝났을 때 2학년 2반 규율부원이 가쁜 숨을 뱉으며 경철의 반으로 들어왔다. 그러고는 경철에게 다가와 귀에다 입을 붙였다. 지난 번 경철과 장선아와의 면담을 주선한 부원이다.

"형님, 오수현의 아버지가 왔습니다. 지금 밖으로 수현이를 불러냈는데요."

자리에서 일어선 경철이 입맛을 다셨다. 오늘 저녁에 그를 만날 계획이었는데 먼저 온 것이다. 2학년 교실로 경철이 찾아갔지만 이미 오수현은 중년의 사내와 함께 운동장을 가로 질러 정문 쪽으로 가는 중이었다. 경철이 뒤를 따르자 힐끗 뒤를 돌아본 오수현의 눈이 반짝였다. 경철은 그들을 따라 정문을 나왔다. 오수현이 양부에게 끌려간 곳은 학교 정문에서 50미터쯤 떨어진 중국식당이었다. 뒤를 힐끗거려 경철이 따라오는 것을 확인한 터라 오수현은 순순히 식당의 방으로 양부와 함께 들어섰다. 양부 서동수는 40대 후반으로 시장에서 생선가게를 20년째 해 왔는데 전처도 매질에 못 이겨 아이와 함께 도망을 쳤다고 했다. 그 후로 5년쯤을 혼자 살다가 오수현의 어머니를 맞아들였던 것이다. 서동수가 자장면 두 그릇을 시키더니 오수현을 향해 눈을 부릅떴다.

"너 이년, 지금 어디에 있어? 네 에미하고 같이 있는 거냐?"

그때 드르륵 문이 열리더니 경철이 들어섰으므로 서동수가 눈을 크게 떴다. 경철은 교복을 벗고 엷은 스웨터 차림이었다.

"뭐야?"

하고 서동수가 눈을 부릅뜨자 경철은 씩 웃고는 옆쪽에 앉았다.

"너 같은 놈은 때려 죽여야 돼."

경철이 웃음 띤 얼굴로 말하고는 불쑥 손을 뻗어 서동수의 팔을 쥐었다.

"이, 이것 안 놔?"

당황한 서동수가 손을 빼려고 했지만 꼼짝도 하지 않았다. 서동수는 팔목이 부러지는 것 같았으므로 다른 손을 휘둘러 경철의 얼굴을 쳤다. 머리를 돌려 주먹을 피한 경철이 수도로 서동수의 목울대를 가볍게 쳤다.

"커억!"

머리를 떨군 서동수의 얼굴이 하얗게 변해지더니 금방 땀으로 뒤덮였다.

"이 더러운 놈아. 양딸을 강간해? 넌 시장에서도 장사 다 했다."

경철이 다시 서동수의 팔을 두 손으로 쥐더니 위쪽으로 치켜들면서 와락 힘을 주었다. 그 순간 '따악!' 하는 소름끼치는 소리와 함께 서동수의 팔이 기역자로 부러져 덜렁거렸다. 그러자 서동수는 눈과 입을 찢어질듯 벌렸지만 목으로는 숨소리만 났다. 목울대를 맞아 소리를 지를 수가 없게 된 것이다. 얼굴이 흙색으로 변한 서동수의 목에서 길게 가래가 끓는 소리가 났다. 경철이 쓰러지려는 서동수의 멱살을 잡아 벽에 붙여 놓았다.

"손발 하나만 움직여도 팔 하나를 마저 부러뜨릴 테다. 꼼짝 말고 있어. 알았어?"

눈을 치켜 뜬 서동수가 머리를 끄덕이다가 뒷머리를 벽에 부딪쳤다. 그러다가 덜렁거리는 팔을 보고는 눈물을 쏟아냈다. 경철이 서동수의 남은 팔 하나를 쥐자 서동수의 목에서 가래 끓는 소리가 더 커졌고 흙빛 얼굴에서 땀이 비오듯 쏟아졌다.

"저녁 7시에 네 가게로 갈 테니까 돈 3천만 원을 만들어 놔. 네놈 통장에 있는 돈의 반이다. 알아들었어?"

서동수가 정신없이 머리를 끄덕이자 경철이 눈을 부릅떴다.

"이 더러운 놈. 네놈은 지구에서 없어져야 하지만 그것으로 수현이한테 지은 죄 값을 치르는 것이란 말이다."

경철이 덜렁거리는 손을 잡아 올렸으므로 이제는 팔이 니은자가 되었고 서동수의 눈과 입이 다시 찢어질듯 벌어졌다.

"7시다. 어서 병원에 가서 팔 고쳐."

그리고는 수도로 목을 치자 서동수가 한 움큼의 가래를 식탁 위에 뱉더니 곧 흐느끼며 울었다. 그제야 머리를 돌린 경철이 앞에 앉은 오수현을 보았다. 그리고는 의외인 듯 눈을 크게 떴다. 오수현이 눈을 치켜뜨고는 서동수를 노려보고 있었던 것이다. 입을 꼭 다문 오수현은 조금도 놀라거나 두려운 기색이 아니었다.

"가자."

자리에서 일어선 경철이 말하자 오수현은 정신이 든 듯 벌떡 몸을 일으켰다. 밖으로 나왔을 때 서성대고 있던 홍문수가 그를 맞았다.

그가 문밖을 지키고 있었던 것이다.

"네가 저놈을 따라가 봐."

낮게 말한 경철은 오수현과 함께 식당을 나왔다. 맑은 날씨였다. 경철이 오수현에게로 머리를 돌렸다.

"교실로 들어가. 다 잊어버리고 공부해."

경철에 말에 오수현이 커다랗게 머리를 끄덕이더니 물었다.

"오빠, 오늘 밤에도 오시는 거죠?"

"그래, 갈께."

오수현이 다시 머리를 끄덕이더니 빠른 걸음으로 학교로 향했다.

홍문수로부터 전화가 온 것은 오후 5시경이었다. 수업을 마치고 규율부실에 앉아 있던 경철은 핸드폰을 귀에 붙였다.

"그놈은 병원에서 나와 은행에 가더니 돈을 찾았어. 그리고는 지금 부동산 사무실에 앉아 있어."

"부동산 사무실엔 왜?"

"그건 모르겠어."

"알았다. 넌 그냥 집에 가. 가방은 애들 시켜서 집에다 보내 줄 테니까."

"충성!"

하면서 전화가 끊겼으므로 경철은 쓴웃음을 지었다.

7시 정각이 되었을 때 경철은 돼지와 돼지가 일회용으로 써 먹는 똘마니 10여 명을 데리고 시장 생선가게로 갔다. 팔에 깁스를 하고 있던 서동수는 네 사내와 함께 있었는데 10여 명의 어깨가 가게를 둘러싸자 얼굴이 다시 하얗게 되었다. 가게 안에 있던 사내들도 마찬가지였다. 그들은 건달로 보였고 모두 30대였다. 돼지가 네 사내를 훑어보며 웃었다.

"이 새끼들, 카바레에서 빌어먹는 놈들 아냐? 너 이 새끼들, 오늘부터 수원 바닥에 발만 붙였다가는 좆대강이를 모두 뽑아 버릴껴."

눈을 부릅뜬 돼지가 배를 내밀고 안으로 들어갔다.

"모두 무릎 꿇고 앉아."

그러자 사내들이 일제히 바닥에 무릎을 꿇더니 한 사내가 말했다.

"우린 몰랐습니다, 형님. 봐 주십시오."

"주둥이 깨기 전에 닥쳐."

그 때 경철이 서동수에게 다가가 섰다.

"5백 추가다."

"여기 돈 있습니다."

겁에 질린 서동수가 봉투 하나를 내밀자 경철은 머리를 저었다.

"두 시간 후에 다시 온다. 그 때 5백을 더 추가시켜."

경철이 눈을 가늘게 뜨고 말했다.

"그때까지 안 되면 또 5백이 추가된다. 네 놈이 이 새끼들을 데려온 대가다."

시장을 나왔을 때 돼지가 옆으로 따라붙었다.

"형님, 양딸을 강간한 놈인데 더 뜯어내도 되는 걸 그랬습니다."

그는 돈 봉투를 들고 있었는데 봉투 안에는 3천 5백이 들어 있다.

서동수가 두 시간 후에 또 만나지 않으려고 옆 가게들로부터 빌려 채운 것이다. 걸음을 멈춘 경철이 돼지가 들고 있는 봉투를 눈으로 가리켰다.

"욕심이 지나치면 화를 당한다. 그 돈 중에서 5백은 네가 애들하고 나눠 쓰고 3천은 수현이한테 갖다 줘."

"저한테 5백이나 줍니까? 그럼 형님 몫은요?"

"난 필요 없어."

"정말입니까?"

가는 눈을 터지게 치켜 뜬 돼지가 침을 삼켰다.

"형님은 통도 크시오."

"도대체 그 야차라는 놈의 정체는 뭐냐?"

고춘태가 물었지만 둘러앉은 부하들 사이에서 대답이 나오지 않았다. 중앙통의 동양건설 빌딩 안이었다. 회장실에 모인 여섯 명의 사내는 제일회의 핵심 간부들로서 제각기 배정받은 기업체의 사장이나 부장 직함을 가지고 있다. 이맛살을 찌푸린 고춘태가 담배를 꺼내 물자 옆쪽에서 재빠르게 라이터 불을 켜 올렸다.

"내가 박종필 좆 길이가 얼마인지도 알고 있는데 난데없는 고삐리가 경호원이 되다니…."

쓴웃음을 지은 고춘태가 의자에 등을 붙였다.

"내가 박종필한테 넌지시 물어 보았더니 먼 친척이라고만 하고 신통한 대답을 해 주지는 않았어."

고춘태는 40대 초반으로 처음에는 사채업으로 기반을 닦았다. 사채업은 돈만 떼이지 않는다면 몇 년 안에 거금을 쥐는 사업이니 고춘태가 돈을 떼일 리가 없다. 성격이 잔인하고 교활해서 이제까지 한 번도 법망에 걸린 적이 없는 고춘태에게 약점이 있다면 여자를 밝힌다는 것뿐이었다. 그는 각기 분가시킨 세 명의 정부를 두고 있었는데 본처는 두 자식과 함께 대전에다 두었다. 정색한 고춘태가 옆자리의 부하를 보았다.

"박종필이 실버호텔 공사에 어떤 방법으로든지 나설 것이다. 공사를 따내기 전까지는 방심해선 안 돼."

"이틀 후면 끝납니다."

자신 있게 대답한 사내는 고춘태의 심복이자 동양건설 상무인 정호열이다. 그가 두툼한 입술을 벌리며 웃었다.

"어제도 극동건설 전무를 시켜서 세 번째 수정한 견적서를 보냈더만요. 물론 임용우가 가로채 놓았겠지요."

"씨발놈이 기를 쓰는구만."

"실버호텔 회장은 임용우한테 모든 것을 맡기고 내일 오전에 일본으로 갑니다. 그럼 박종필은 두 손을 드는 거죠."

고춘태가 만족한 듯 머리를 끄덕였다. 실버호텔 회장 임수환은 자수성가한 재일 교포 거부였다. 그가 한국을 떠난다면 박종필은 더 이상 손을 쓰지 못하게 될 것이다.

"300억 공사니 30억은 남겠구나."

"자재를 바꿔 쓰면 50억도 남습니다."

해결사 출신의 정호열이 이를 드러내고 웃었다.

"그리고 임용우의 약점을 잡고 늘어지면 공사 대금을 늘릴 수도 있습니다."

한적한 교외의 길가에 차를 세우게 한 박종필이 안쪽 풀숲으로 걸어 들어갔으므로 경철은 소리 없이 뒤를 따랐다.

발을 멈춘 박종필이 두 다리를 벌리더니 지퍼를 내리고 물줄기를 쏟아냈다. 숲 속에서 가늘게 벌레 울음소리가 났다. 밤 12시가 되어가고 있었다. 오늘은 박종필이 나이트클럽 순시를 생략하고 교외로 드라이브를 나온 것이다.

"야차야."

지퍼를 올린 박종필이 몸을 돌려 경철을 보았다.

"너, 오늘 3천 5백을 뜯어냈다면서?"

"예, 회장님."

"그 중 5백은 돼지 주었고?"

"예, 회장님."

그러자 어둠 속에서 박종필이 희미하게 웃었다.

"내가 다 들었다. 네가 한 푼도 챙기지 않았다는 것도 안다."

한 걸음 다가선 박종필이 경철을 바라보았다. 경철의 키가 커서 올려다보는 입장이다.

"하지만 앞으로는 어떤 일이든 나한테 먼저 보고를 해야 한다. 내 지시를 받아야 그런 일을 할 수 있다는 거야. 알았느냐?"

"예, 회장님."

"네 일이 곧 영동회의 일이고, 네가 잘못되면 나까지 연루된단 말이다. 알아들었어?"

"예, 회장님."

"그리고 돈 분배는 내가 하는 일이다. 넌 주제넘은 짓을 했다."

"잘못했습니다."

그러자 굳어졌던 박종필의 얼굴이 조금 풀렸다.

"이번만은 봐 주겠다. 네가 조직 일이 처음이라서 봐 준 거야."

"감사합니다, 회장님."

박종필이 손을 뻗혀 경철의 어깨를 가볍게 토닥거렸다.

"그래서 돼지한테도 5백을 그냥 가지라고 했다. 어쨌든 난 네 통이 마음에 든다."

그리고는 박종필이 주머니에서 두툼한 봉투를 꺼내어 경철에게 건네주었다.

"임용우의 사진하고 그놈의 일정표가 들어 있다. 시간 여유는 내일 하루뿐이야."

두 손으로 봉투를 받아 쥔 경철이 박종필을 바라보았다.

"알겠습니다, 회장님."

"그리고 헌 수표로 5백이 들어 있으니 경비로 써라."

몸을 돌린 박종필이 발을 떼었으므로 경철이 바짝 뒤에 붙었다. 박종필이 앞쪽만 본 채로 말했다.

"너는 지금부터 나한테서 떨어져. 이 일은 나하고 너 둘밖에 모른다. 비밀을 지켜라. 알겠느냐?"

"예, 회장님."

"네 얼굴이 팔렸을 때는 서울로 가라. 내가 자리를 만들어 줄 테니까. 실패했을 경우에도 마찬가지야."

걸음을 멈춘 박종필이 머리를 돌려 경철을 보았다. 부드러운 표정이었다.

"쥐도 새도 모르게 그놈을 처치하는 것이 제일 좋은 방법이다. 야차야."

경철이 오수현의 집에 들어섰을 때는 새벽 1시가 되어 갈 무렵이었다. 막내 석호는 잠이 들었고 수현과 미현 두 자매가 경철을 맞았다.

"오빠, 밥 차려 드려요?"

미현이 눈을 반짝이며 물었으므로 경철은 머리를 저었다. 아직 가구는 다 갖춰지지 않았으나 집안에는 활기가 찼다. 응접실에 아직 소파는 없었지만 방석이 놓여고 주방에는 밥통과 냄비가 잘 정돈되어 있었다. 벽에 기대앉은 그의 앞에 두 자매가 나란히 앉았다.

"오빠, 저녁 때 아저씨한테서 돈 받았어요."

오수현이 경철의 앞에 봉투를 내려놓았다. 돼지가 전해 준 3천만 원이다.

"이 돈을 어떻게 해요?"

"어떻게 하긴? 이건 너희들 생활비야. 은행에 넣어 두고 아껴 써."

"이 돈을 다요?"

"그럼. 다 너희들 돈이다."

"괜찮아요?"

"더 받았어도 괜찮았을 거야."

뱉듯이 경철이 말했을 때 수현은 시선을 내렸다 경철의 말뜻을 알아차린 것이다. 머리를 돌린 경철이 미현을 바라보았다. 장선아는 서동수가 미현도 건드렸을 지도 모른다고 했던 것이다. 그래서 눈치를 보아왔지만 그런 것 같지는 않았다. 자리에서 일어난 수현이 주방으로 가더니 쟁반 위에 사과를 얹어 가져왔다. 아직 집에는 냉장고도 없다.

"토요일에 일찍 끝나면 냉장고도 사, TV도 사고. 그리고 전화국에다 신청해서 전화도 놓고."

경철이 미현에게로 시선을 옮겼다.

"너도 언니하고 같이 다녀."

"알았어요"

미현이 얼굴을 펴고 웃었다.

"책상하고 거울도 사야 돼요."

중3이었지만 반팔 셔츠 차림의 미현은 가슴도 수현이 만큼 나왔고 키도 비슷했다. 경철은 미현의 얼굴 위에 겹쳐지는 미나의 얼굴을 보고는 시선을 돌렸다. 사과를 두 조각만 먹은 경철이 집을 나왔을 때 오늘도 수현이 길까지 따라왔다. 옆으로 한 발짝쯤 떨어져서 시선을 내리깔고 있는 수현의 옆모습은 깔끔했다. 단발머리의 뒷목이 드러났고 추운 듯 어깨를 움츠리고 있었는데 힐끗 경철의 시선을 받더니 머리가 더 숙여졌다.

"오늘 학교 끝날 때 영혜 언니를 만났어요."

가는 목소리로 말했으므로 경철은 겨우 알아들었다. 그래서 옆으로 다가가 섰다.

"너를 왜?"

"언니가 만나자고 해서요."

"그래서?"

"언니한테 오빠가 집안일을 도와줬다고만 말했어요. 오빠하고는 아무 관계가 없다고도 했어요."

"걔가 뭘 물었는데?"

그러자 수현이 머리를 들어 경철을 보았다.

"오빠하고 친하냐고 물었어요."

경철은 오늘 학교에서 이영혜가 한 번도 시선을 주지 않은 것을 떠올렸다. 어제 저녁 8시에 이영혜는 커피숍에서 기다리다가 돌아갔을 것이다. 그 일에 대해서 경철은 변명도 하지 않았고 이영혜도 묻지 않고 모른 척했다. 그러더니 오수현을 불러 물은 것이다. 오수현이 혼잣말처럼 가늘게 말했다.

"난 오빠하고 만날 자격도 없다고 말해 주려다 말았어요."

경철이 수현의 목덜미를 내려다보았다. 가슴이 답답해져 왔으므로 심호흡을 하고 난 그가 손을 뻗어 수현의 손을 쥐었다.

"나 그런 거 상관 안 한다."

"난 더러워진 몸이에요, 오빠."

머리를 든 수현의 눈에 눈물이 가득 고여져 있는 것이 어둠 속에서도 보였다.

"죽고 싶어요."

수현이 입술을 떨며 말했을 때 경철은 다시 심호흡을 했다. 그리고는 수현의 손을 끌었다.

"따라와."

경철에게 손을 잡힌 수현은 옆쪽 골목 끝의 빈 창고 앞까지 순순히 따라왔다. 이곳은 보안등도 없는 데다 양쪽이 담이어서 주위는 먹물 속같이 어두웠다. 경철은 수현을 벽에 붙여 세우고는 두 손으로 얼굴을 감싸 안았다. 그의 입술이 다가오자 수현은 잠자코 얼굴을 내밀었지만 그냥 서 있었다.

수현의 입술은 차가웠으나 곧 옅은 과일 냄새가 났다. 경철이 수현의 치마를 들치고는 팬티를 끌어내리면서 물었다.

"해도 되니?"

수현이 가만있었으므로 경철은 팬티에서 손을 떼었다.

"난 그런 거 상관 안 한다는 뜻이야. 네가 싫다면 그만둘게."

"오빠가 좋아요."

"그럼 내가 그런 거 상관 안 한다는 걸 알겠지?"

수현이 머리를 끄덕였으므로 경철이 몸을 돌렸다.

"그럼 오늘은 그만두자."

그때 수현이 경철의 팔을 잡았다.

"오빠 하고 싶으면 해요."

"네가 하고 싶을 때 하자."

"지금 하고 싶어요."

그러더니 오수현이 선 채로 팬티를 끌어내려 손에 들더니 경철을 바라보았다.

"어떻게 해요?"

경철은 바지를 내리고는 수현의 몸을 번쩍 들어 안았다. 그리고는 선 채로 수현의 몸으로 들어섰다. 수현이 두 다리로 경철의 허리를 감아 안고는 얕게 비명을 질렀다가 곧 두 손으로 목을 단단히 감았다. 경철은 수현의 몸이 금방 젖어 가는 것을 느꼈다. 그가 허리를 움직이자 수현의 비명은 곧 탄성으로 바뀌었다. 이 방법만이 수현의 상처를 치료할 수 있다고 경철은 생각한 것이다. 그러나 경철은 모든 것을 잊고 몰입했다. 그들의 몸이 떨어졌을 때 수현은 부끄러운 듯 돌아서서 팬티를 입었지만 골목을 돌아섰을 때 효과가 금방 나타났다. 수현이 경철을 바라보며 말했다.

"오빠, 영혜언니 만나 줘요. 영혜언니가 오빠를 굉장히 좋아하는 것 같아요."

그리고는 엷게 웃었다.

"질투하지 않을게요."

"돈 관리 잘 해야 돼. 내가 가끔 올 테니까."

"일주일에 한 번은 와 줄 수 있죠? 오빠 시간이 날 때…."

"물론이지."

"밥 해 놓고 기다릴게요."

그러더니 경철의 손을 두 손으로 쥐었다가 놓았다.

"고마워요, 오빠."

제4장
풍운의 도시

　임용우는 5년 전만 해도 수원에서 갈빗집을 경영하던 평범한 시민으로 자기 인생이 이렇게 바뀌어 지리라고는 꿈도 꾸지 못했었다. 갈비 집에서 번 수입은 세금 꼬박꼬박 내고 두 자식 과외비와 상납금 그리고 차의 할부금을 내면 달랑달랑해서 유일한 취미인 내기 바둑을 한 달에 몇 번하는 것으로 만족했던 임용우였던 것이다. 그러던 그의 인생은 갑자기 소식도 없었던 백부 임수환이 그를 찾아 온 순간부터 바뀌었다. 죽은 줄만 알고 아버지와 함께 제사까지 지냈던 임수환이다. 그 임수환이 일본에서 부동산으로 갑부가 되어 나타나서는 그에게 수원 근처의 땅 매입을 맡긴 것이다 임수환에게는 징용으로 끌려가기 전에 낳은 딸 하나가 조치원 읍내에 살고 있어 딸의 팔자도 대번에 바뀌었다. 60평형 아파트를 사 주고 읍내의 7층 빌딩도 사서 넘겨주는 바람에 딸네는 임대료 수입만 가지고도 평생을 먹고살게 되었던 것이다. 그러나 사위되는 민태영이 읍사무소의 계장으로 퇴직한 샌님이어서 사업체질이 아니었다. 그래서 임수환은 고국에서의 사업을 임용우에게 맡긴 것이다. 임용우는 이미 수원 시내의 대지 2천 평과 빌딩 3동을 매입했는데 매입 단가는 200억이 넘었다. 그리고 그는 부동산 업자와 짜고 대금에서 30억 가까운 돈을 임수환 모르게 빼돌렸다. 일본에서 부동산으로 돈을 번 임수환이었지만 한국 실정은 밝지 못한데다 부동산 업자와 결탁한 임용우의 수단이 교묘했기 때문이었다. 새벽 3시가 되었을 때 임용우는 비디오를 끄고 침실로 들어섰다. 갈비집은 진즉 팔아넘기고서 처자식을 서울 청담동에 아파트를 구입하여 올려 보낸 그는 수원 교외의 빌딩에서 혼자 생활하고 있었다. 그리고 일주일에 두어 번쯤 여자를 불러 회포를 풀었지만 결코 재우지는 않았다. 근래에 들어서부터 체중이 100킬로 가깝게 되도록 늘어나서 여자하고 잠자리 맛이 예전보다 떨어진 것도 그 이유 중의 하나였다. 침대에 누운 그는 길게 숨을 뱉었다. 지금 수원 호텔 특실에 묵고 있는 임수환이 내일 일본으로 돌아가면 다음 달 초에나 돌아올 것이었다. 임수환이 일본으로 돌아가는 이유는 일본에서 실버호텔 공사에 입찰한 건설 회사들의 견적서류를 일본의 감리단과 검토를 하겠다는 의도였다. 그러나 이미 이곳에서 업체들의 견적서를 고쳐 놓은 터라 동양건설이 낙찰 받을 것은 틀림없었다. 그러면 10억이 저절로 굴러 들어오는 것이다. 갑자기 얼굴에 한기가 스쳤으므로 그는 눈을 떴다. 그리고는 눈앞에 검은 물체가 떠 있는 것을 보았다.

"어?"

놀란 그가 외마디 소리를 뱉으며 상체를 들어 올렸을 때였다. 뒷머리에 강한 충격을 받은 그가 입을 쩍 벌렸고 다시 한 번 충격이 왔을 때 그는 그 자리에 그대로 누웠다.

"으으으."

목구멍으로 굵은 신음 소리를 뱉으며 사지를 떨던 임용우의 몸은 금방 땀으로 흠뻑 젖었다. 그러나 손가락 하나 까닥할 수 없었고 말도 나오지 않았다.

한동안 임용우를 바라보던 경철은 몸을 돌렸다. 머리의 급소를 두 번이나 쳤으니 임용우는 사지가 마비된 데다 눈도 보이지 않을 것이다. 청모술의 내공편에 적힌 살수였다. 배국청은 한 번만 급소를 쳐도 평생 반신불수가 된다고 했지만 두 번이나 쳤다. 응접실을 거쳐 열려진 베란다로 나온 경철은 신발을 신었다. 베란다에다 운동화를 벗어 놓고 들어간 것이다. 5층 빌라여서 임용우는 베란다의 문을 잠그지 않는데 만일 잠겨 있었다면 화장실 쪽의 좁은 유리창으로 들어가든지 해야 되었을 것이다 만일 그것도 잠겨 있었다면 오늘은 포기하고 돌아가야만 했다. 운동화를 신은 경철은 난간을 쥐고 서서 아래를 내려다보았다. 나란히 주차된 세 번째 차에 두 사내가 타고 있었지만 지금도 자고 있을 것이다. 고춘태가 만일을 위해 보낸 감시원이었고 주임무가 임용우와 다른 업체들의 접촉을 차단하는 것이라고 박종필이 말해 주었다. 베란다의 문을 닫은 경철은 베란다 옆쪽의 홈통으로 손을 뻗었다. 그리고는 몸을 날려 두 손으로 홈통을 쥐고는 미끄러져 내려왔는데 땅바닥에 발을 디딜 때까지는 10초도 걸리지 않았다. 올라올 때는 20초쯤 걸렸을 것이다.

몸을 세운 경철은 힐끗 주차장의 차들을 바라보았다. 어둠으로 덮인 주차장의 차들은 이곳에서는 뒤쪽 부분만 보였고 감시원이 탄 차는 보이지도 않았다.

아침 9시가 되어갈 무렵에 박종필은 전화를 받았다. 심복인 극동건설의 안상준 전무였다.

"회장님, 임용우가 한 시간 전에 병원으로 실려 갔습니다. 온몸이 마비되어 침만 흘리고 있답니다."

떠들썩한 목소리로 말한 그는 자제하려는 듯 잠시 말을 끊었다가 이었다.

"혈압이 터진 것 같다는 데요. 그래서 임수환 회장도 일본행을 보류했답니다."

"알았어. 회사에서 보지."

차분하게 말한 박종필이 전화기를 내려놓더니 앞쪽의 벽을 바라보았다. 그리고는 정색하고 혼자 말했다.

"무서운 놈이군."

전에는 영신종고에서 상급생이 하급생 패는 일은 다반사였다. 강현태와 조기호는 2학년 때부터 학교를 양분해서 지배했는데 실력들이 뛰어난 터라 3학년도 쳤다. 그래서 규율이 개판이었고 선생님 보기도 돌 같이 해서 영신종고는 불량학교로 소문이 났다. 교사들이 규율을 잡으려고 온갖 방법을 써 보았지만 조기호나 강현태의 조직

적이고 교활한 수단을 당해내지 못했던 것이다. 그들은 전혀 앞에 나서지 않으면서 학생들을 선동하였으므로 처벌을 할 수도 없는 입장이었다. 그래서 교감 이명곤은 그들을 회유하는 방법도 써 보았지만 오히려 기만 살려 주는 꼴이 되어 포기해 버렸다.

그래서 강현태와 조기호가 3학년이 되는 올해에는 범이 날개를 단 형국이 될 터이라 교사들 몇 명은 전직을 위해 백방으로 뛰고 있던 참이었다. 그러나 신학기가 되면서부터 교사들의 걱정은 씻은 듯이 사라졌다. 5월이 된 지금 영신종고는 그야말로 모범학교가 된 것이다. 강현태는 지난달에 전학을 갔고 조기호는 소금 맞은 지렁이 꼴이 되어 양대 조직은 흔적도 없이 사라졌다. 하급생 구타 사건은 물론이고 학교 안에서 담배 피우는 학생도 사라졌다. 교사들을 보면 학생들은 공손하게 인사를 했으며 수업 시간에 잠을 잤으면 잤지 떠드는 학생마저 없어졌다. 그래서 경철은 학생들한테서보다 교사들에게 더 인기였다. 언제 어디서나 교사들을 보면 깍듯하게 허리를 굽혀 절을 하는 경철이다. 그리고 4월 말에 실시한 예비시험에서 경철은 3학년 150명 중에서 종합 18등의 성적을 올렸으므로 담임 장석호는 모든 것이 제 공인양 기고만장했다. 수업을 마치고 교실에 경철만을 남게 한 장석호가 말했다.

"네가 조금만 더 노력한다면 서울대는 어쩔지 몰라도 연·고대는 문제없이 붙어."

정색한 그가 경철을 보았다.

"그러면 우리 학교에서는 너한테 입학금 전액을 장학금으로 주도록 하는 것을 지금 의논 중이다."

"전 괜찮습니다, 선생님."

경철도 정색하고 장석호를 보았다.

"그리고 저한테 매달 주시는 장학금도 이번 달부터 형편이 어려운 다른 학생한테 주셨으면 합니다."

"아니 왜?"

장석호가 눈을 동그랗게 떴다.

"그건 안 된다. 도대체 왜 그러는데?"

"삼촌 사업이 잘 되어서요. 받기가 미안합니다."

"장학금은 형편이 나아졌다고 안 주는 것이 아녀."

실망한 표정의 장석호는 목소리도 가라앉았다.

"절대로 안 된다. 그런 말은 꺼내지도 말아라."

가방을 메고 복도로 나온 경철은 앞에 서 있는 이영혜를 보았다. 복도 옆 신발장 앞에는 홍문수와 규율부원 서너 명이 몰려 서 있었는데도 이영혜는 문 앞에서 기다린 모양이었다.

"봄소풍 문제로 상의할 것이 있어."

이영혜의 목소리는 홍문수도 들었을 것이다. 마침 장석호가 교실을 나갔으므로 그들은 교실 안으로 들어갔다. 책상을 사이에 두고 마주 앉았을 때, 이영혜가 불쑥 물었다.

"밤마다 어디를 다녀?"

"도둑질하러."

경철이 곧장 대답하자 이영혜가 꼬나보았다. 바람을 맞은 후로 이영혜가 처음 말을 거는 것이다.

"저녁 8시에 만나."

"그 때는 시간이 없어. 새벽 2시가 넘어야 일이 끝나거든"
"아르바이트 다녀?"
이영혜의 눈이 금방 풀려지더니 얼굴에 그늘이 졌다. 그리고는 가라앉은 목소리로 물었다.
"어디서 일하는데?"
"또 아버지한테 꼬아 바칠 거냐?"
"말 안 할게."
"식당이야."
"일이 고되지?"
"무지하게."
"그럼 2시에 만나. 내가 기다릴게."
"뭐라구? 새벽 2시에 어떻게 나오려구?"
"시내 언니네 집에서 잔다고 할 테야."
이영혜가 자리에서 일어서더니 눈을 깜박이며 생각하더니 말했다.
"수원 역 앞에서, 대합실 앞에 서 있을게."
바로 대지빌딩 앞이었다.

경철이 동안상사로 들어섰을 때 먼저 돼지가 반색을 했다.
"아이고, 형님. 회장님이 기다리고 계십니다."
그때 석도가 다가와 섰다.
"회장님이 아까부터 찾으셨다."
석도는 돼지보다 격이 높아서 경철과는 동급으로 놀았지만 조심스러워 했다. 머리를 끄덕인 경철이 회장실로 들어서자 박종필이 웃음 띤 얼굴로 그를 맞았다.

"넌 확실한 놈이다."

자리에 앉은 경철에게 박종필이 말했다.

"임용우는 전신마비가 되었고 임수환이 오후에 사위 민태영을 찾아가 일을 맡겼다. 이제는 내가 칼자루를 쥐었다."

담배를 꺼내 문 박종필이 소파에 등을 붙이더니 다시 얼굴을 펴고 웃었다.

"제일회에 심어 놓은 정보원을 만났더니 임용우의 집에서 현금 3억하고 20억이 들어 있는 주식 통장이 발견되었다는 거야. 그것을 본 임수환이 부들부들 떨었다는구나."

박종필이 탁자 밑에서 검정색 가방을 꺼내더니 경철의 앞에 놓았다.

"소액 수표로 1억이 들었다. 약속한 대로 너한테 준다."

"감사합니다, 회장님."

"이런 돈은 표시 안 나게 쓰는 것이 좋아. 네 가족은 물론이고 조직 안에서도 말이다."

"명심하겠습니다."

"넌 백 명의 몫을 하는 놈이다."

길게 담배 연기를 내어 황은 박종필이 정색하고 경철을 보았다.

"내가 널 확실하게 키워 주마."

2시 정각에 경철이 대합실 앞으로 다가갔을 때 이영혜는 어깨를 움츠리고 서서는 딴 곳을 보고 있었다. 5월이었지만 날씨가 서늘해서 반팔 셔츠에 바지 차림의 이영혜는 추워 보였다. 다가오는 기척에 머리를 돌린 이영혜가 눈을 크게 뜨며 반겼다.

"무서워서 죽을 뻔했어. 남자들이 자꾸 찝쩍대는 바람에."

"여기서 만나자고 한건 너야."

"새벽 2시에 문을 여는 데를 알아야지."

둘 다 사복 차림이라 이영혜가 바짝 붙더니 경철의 팔에 끼었다.

"7시까지 5시간이 있어."

"그게 무슨 말이야?"

"자기하고 같이 있다가 학교에 가면 되거든. 집에서는 언니네 집에서 학교에 간 줄 알 테니까."

자기라는 표현을 처음 쓴 이영혜가 어색했는지 뒷말을 자꾸 이었다.

"언니한테는 시내에 사는 친구 집에서 같이 공부한다고 했어. 엄마한테는 걱정할 테니까 말하지 말라고 했고."

"복잡하네."

경철도 이영혜의 밝은 분위기에 끌려 목소리가 밝아졌다. 사복 차림의 이영혜는 대학생 정도로 보였고 체격이 큰 경철은 말할 것도 없다. 한산한 번화가를 걷던 이영혜가 경철을 올려다보았다.

"어디로 가?"

경철이 가리킨 곳은 지하층이 빠찡코인 호텔이다. 놀란 듯 눈만 크게 뜬 이영혜에게 경철이 웃어 보였다.

"왜? 못 들어가게 할 것 같아?"

"난 돈이 5만원 밖에 없어. 비쌀 텐데."

"돈 걱정은 마."

"하지만… 저기 방 값은 자기 아르바이트 일주일 분은 될 거야."

이영혜가 경철을 잡은 팔에 힘을 주었지만 걸음이 늦춰 지지는 않았다. 돈 가방은 동안상사의 금고에 넣어 두었지만 경철이 현금 1억을 갖고 있다는 걸 알면 이영혜는 기절할 것이다. 그리고 경철이 무슨 일을 하고 있는지를 알게 되었어도 마찬가지 일 것이었다. 그래서 경철은 빠찡코 앞에 이영혜를 세워 두고 안으로 들어갔다. 이 빠찡코는 박종필의 소유여서 거의 매일 들르는 곳이다. 종업원을 시켜 호텔의 방 열쇠를 받아들고 경철이 나왔을 때 이영혜는 벽에 붙어서 있었다.

"자, 들어가자."

이영혜의 손을 쥔 경철이 턱으로 호텔의 뒷문을 가리켰다.

"방 열쇠 받아왔어. 어서."

이영혜에게 경철은 첫 남자였고 노래방에서의 섹스가 첫 경험이었다. 그러나 노래방과 호텔 방은 분위기가 다른데다 이번에는 경철에게 끌려온 때문인지 방안에 들어서고 나서는 굳어졌다. 의자에 엉덩이 끝만 걸치고 앉더니 묻는 말에도 건성으로 대답하며 시선을 마주치려고 하지 않았다. 저고리를 벗어 던진 경철이 셔츠 차림으로 서서 이영혜를 바라보았다.

"도 닦으러 온 거냐?"

"아니."

"엄마 생각나?"

"아니."

경철이 다가서자 이영혜는 나무토막처럼 몸이 굳어졌다.

"이러고 앉아 있을 수만은 없잖아. 새벽 세 시란 말이다."

경철이 이영혜의 셔츠 단추를 풀어 내리는 동안 이영혜는 가만있더니 단추 두 개를 남겨 놓았을 때 일어섰다.

"내가 벗을게. 돌아서."

돌아선 경철이 옷을 벗어 던지고는 알몸이 되었을 때 이영혜는 이미 침대 시트 속에 머리만을 내놓고 있다가 말했다..

"불 꺼."

이영혜는 온몸이 땀으로 젖어 있는 채로 누워 꼼짝도 하지 않았다. 그러나 아직도 가쁜 숨을 뱉으며 상기된 얼굴이었다. 새벽 4시였다. 냉장고에서 생수 병을 꺼내 병째로 마신 경철이 이영혜를 바라보았다.

"물 줄까?"

이영혜가 눈을 감은 채로 머리만 저었으므로 침대 끝에 앉은 경철이 다시 물었다.

"그냥 잘래?"

그러자 이영혜가 눈을 떴는데 이제는 초점이 제대로 잡혔다.

"안 잘 거야."

"너 이러다 대학은 어떻게 가려고 그래?"

"자기만 속 썩이지 않으면 갈 수 있어."

"핑계는."

침대로 들어간 경철이 이영혜의 알몸을 다시 안았다. 그리고는 이영혜가 자신의 첫 여자라고 느껴졌다. 경철의 가슴에 얼굴을 묻은 이영혜가 물었다.

"자기는 어느 대학 가려고 해?"

"난 아직 생각 없어."

"생각 없다니?"

"갈지 안 갈지 결정 안 했단 말야."

그러자 이영혜가 얼굴을 들었다.

"왜? 그만하면 충분히 갈 텐데."

"꼭 대학 졸업장 따야 되는 거냐? 공부하고 싶으면 방통도 있어."

"그럼 뭐 하려고?"

"지금 하는 일이 성격에 맞아."

"식당 아르바이트가?"

눈을 동그랗게 뜬 이영혜의 얼굴을 내려다보며 경철이 쓴 웃음을 지었다.

"난 어렸을 때부터 혼자 지내는 것에 익숙해졌고 혼자 살려면 강해져야 한다는 걸 배웠어. 그래서 피나는 훈련을 했지."

경철이 이영혜의 알몸을 다시 부드럽게 어루만지기 시작했다.

"지금 내 적성에 맞는 일을 찾았어. 남들이 대학에서 공부하는 4년 동안 다른 식으로 나는 뭔가를 쌓아 올릴 수가 있단 말이다."

이영혜는 뭔가를 다시 말하려고 입을 열었다가 경철이 몸위로 올라왔으므로 말문이 막혀졌다. 이번에는 경철의 몸짓이 거칠어서 이영혜는 금방 모든 것을 잊었다.

"민태영이 임용우의 일을 넘겨받았습니다. 그래서 호텔 공사도 민태영이 맡게 되었습니다."

힐끗 고춘태의 눈치를 살피면서 정호열이 말을 이었다.

"영동회의 극동건설이 오늘 아침에 민태영한테 공사 견적서를 냈다고 합니다. 안상준이 민태영을 사무실로 찾아가 만났다는데요."

"그 새끼들이!"

고춘태가 눈을 치켜떴다가 잇사이로 말했다.

"마치 임용우가 뻗기를 기다리고 있었던 것 같구먼 그래."

그러나 당장에 손을 쓸 길이 없다. 그래서 고춘태의 부아는 전신마비가 되어 병원에 누워 있는 임용우한테로 돌려졌다.

"그 씨발놈은 돈 보따리를 집안에다 쌓아 두다니, 천치 같은 놈."

현금과 통장에 23억이나 되는 돈이 있는 것을 임수환이 보았으니 이제까지 임용우가 내세웠던 업체들한테 의혹의 시선이 갈 것은 당연한 이치였다. 그 첫 순위가 고춘태의 동양건설이다. 방안의 분위기는 싸늘했다. 언제 재떨이가 날아갈지 모르는 것이다. 이윽고 고춘태가 다시 입을 열었을 때 긴장한 사내들의 몸이 일제히 굳어졌다.

"다 된 밥을 영동회 새끼들한테 넘겨줄 수 없어. 그 사위란 놈, 민태영이를 잡아라."

"잡아 올까요?"

하고 끝자리에 앉아있던 사내가 물었다가 고춘태의 험악한 눈빛을 받고 목을 움츠렸다.

"저런 닭대가리가 부장이라니. 넌 도대체 뭘 처먹었기에 그렇게 멍청하냐?"

놀란 사내가 아침 먹은 것을 실토하려고 입을 열었을 때 다행히 고춘태의 말이 이어졌다.

"은밀하게 만나야 한단 말이다. 그 놈한테 줄 10억을 준비해라. 돈에 안 떨어지는 놈 못 보았어."

그리고는 눈을 부릅뜨고 소리쳤다.

"서둘러! 시간이 없단 말이다!"

영어교사 양숙명은 작년에 대학을 졸업하고 영신종고에 부임해 온 초짜 교사였는데 작년 겨울 방학 때 전근을 위해 백방으로 뛰던 교사 중의 하나였다. 그렇지만 전근이 그렇게 쉬운 것이 아니어서 신학기가 될 때까지 희망이 보이지 않자 심각하게 이직을 고려했다. 한 마디로 영신종고는 난장판이어서 도무지 의욕은커녕 겁이 났기 때문이다. 특히 강현태는 노골적으로 추파를 던지며 치근거렸는데 자취방 앞에서 무리들과 진을 치고 시위한 적도 여러 번인데다 목욕탕까지 따라왔다 그래서 울면서 달래도 보고 교감한테 몇 번인가 하소연을 했지만 별 소득이 없었다. 그런데 하루아침에 학교 분위기가 이렇게 달라진 것이다. 학생들은 만날 때마다 허리를 꺾어 공손히 인사를 했으며 수업 시간에 떠드는 놈들도 사라 졌다. 반에 서너 명씩 있는 규율부원에게 적발되면 무서운 꼴을 당하기 때문이다. 오늘도 3학년 영어시간이 되었을 때 양숙명은 거울을 들여다 본 다음 2반 교실로 들어섰다. 올해 들어 거울을 들여다보는 것이 버릇이 된 것이다. 가냘픈 체구에 얼굴이 희고 눈이 커서 마치 소녀처럼 보이는 양숙명이 화장을 시작한 것도 올해 들어서부터인 것이다. 정확하게 말한다면 강현태가 무참하고 통쾌하게 제거된 후부터였으며 경철을 의식하고 난 다음부터일 것이다. 오늘도 좌석에 앉은 경철은 똑바로 앉아 책을 들여다보고 있었는데 필기도 꼼꼼하게 했다. 그래서 양숙명은 경철이 마치 도를 닦는 것처럼 공부를 한다고 생각했다. 그만큼 정신을 집중하고 있다는 말이다. 그렇지만 경철은 문법과 해석 실력은 뛰어난 반면 회화는 뒤떨어졌다. 독학하면 그렇게 되는 것이다. 문장을 설명한 양숙명이 책에서 시선을 떼고는 교실 안을 둘러보았다. 이럴 때면 학생들의 시선이 집중되기 마련이고 양숙명의 시선 끝에서 경철도 이쪽을 보고 있는 것이 느껴졌다. 그 순간 양숙명은 이제까지 의식적으로 경철에게 시선을 보내지 않았던 것을 깨달았다. 그래서 머리를 돌려 경철을 보았을 때 시선이 정면으로 마주쳤다. 양숙명은 저도 모르게 숨을 들여 마시고는 자신의 귀 끝이 달아오르는 것을 느꼈다. 그래서 그 순간에 종료 벨이 울리지 않았다면 당황해서 하마터면 되지도 않는 말을 뱉을 뻔했다.

"그럼 다음 시간에는 7장을 하겠어요."

심호흡을 한 양숙명이 차갑게 말하고는 바로 섰을 때 이영혜의 구령 소리가 났다.

"차렷, 경례."

경철은 양숙명의 눈빛에서 자신에 대한 호기심과 동경을 읽었다. 아직 남녀 관계에 익숙하지 않은 터였지만 배국청에게서 배운 내공의 심령술로 눈빛에 떠오른 감정을 읽을 수는 있었던 것이다. 양숙명이 자신에게 호감을 품고 있다는 표시는 전에도 자주 나타났다. 거의 시선을 마주치지 않는 것도 그 증거의 하나였고 마주쳐서 인사를 할 적에 거북한 동작도 그것을 나타냈다. 양숙명이 교실을 떠나자 분위기는 떠들썩해졌다. 경철은 규율에 어긋나지 않는 한 전혀 상관하지 않았으므로 곳곳에서 웃음소리가 들렸고 다투는 소리까지 났다. 오늘은 평일이었지만 내일 계룡산으로 1박 2일의 수학여행을 가게 되어서 5교시만 마치고 끝나게 된 것이다. 이영혜가 교단위로 올라왔으므로 교실 안은 조용해졌다.

"그럼 내일 아침 8시까지 학교로 집합해. 출발 시간은 8시 반이야."

명단을 들여다본 이영혜가 말을 이었다.

"수학여행비 안 낸 사람은 지금 내."

그러자 10여 명이 일어나 이영혜에게 다가가 돈을 냈다.

1인당 4만 원씩이었는데 2반은 집에 일이 있는 사람 한 명하고 아픈 사람 한 명을 뺀 49명 전원이 수학여행을 간다. 정원 54명에서 강현태와 둘이 전학을 갔으므로 정원은 51명이 되어 있었다. 홍문수가 다가오더니 경철의 귀에 대고 속삭였다.

"아까 점심시간 끝나고 나눠 주었어."

경철이 잠자코 머리를 끄덕였다. 2반에도 수학여행비를 낼 수 없는 형편의 학생이 5명이나 있었던 것이다. 남자 3명에 여자 2명이었는데 아침에 경철은 남자한테는 홍문수를 시켜 10만 원씩을 나눠 주게 했고 여자는 이영혜를 시켰다. 이영혜는 놀란 듯 눈을 크게 떴다가 교실 안에서 잠자코 돈을 받았다. 홍문수가 바짝 붙어 서서 다시 속삭였다.

"시킨 대로 장학금을 나눈 거라고 했어."

돈을 다 받은 이영혜가 반원들을 둘러보았다. 시선이 경철을 지나 중간쯤에서 머물렀다.

"고등학교 시절의 마지막 여행이니까 좋은 추억을 만들도록 해."

몇 명이 박수를 쳤을 때 문이 열리더니 종례를 치르려고 장석호가 들어섰다. 그도 환한 표정이었다.

종례를 마친 경철이 규율부실에 들어섰을 때 한쪽 구석자리에 앉아있던 오수현이 일어나 얌전한 태도로 인사를 했다. 규율부원에는 여학생도 있어서 오수현은 2학년 여학생 규율 부원 둘과 함께였다.

"오빠, 오수현이 할 이야기가 있대요."

규율부원 하나가 말하고는 빙긋 웃었다.

"오빠하고 둘이서요."

머리를 끄덕인 경철이 규율부실 옆쪽의 비품실로 들어가자 오수현이 따라왔다. 자리에 마주보고 앉았을 때 오수현이 말했다.

"애들이 오해할까 봐 다른 학교 남학생이 귀찮게 굴어서 그런다고 했어요."

"무슨 일이냐?"

"엄마가 왔어요."

정색한 오수현이 경철을 바라보았다.

"어제 미현이 학교에 찾아왔다가 어제부터 집에 있어요."

"너희들 집에 말이냐?"

"예."

"잘 됐구나, 그럼"

그러자 시선을 내린 오수현이 아랫입술을 물었다.

"어머니는 남자 하나를 데려왔어요. 그리고 우리가 돈을 받았다는 것을 시장 아줌마한테서 듣고는 돈을 내놓으라고 해요."

"……."

"어머니를 쫓아내 주세요. 그 남자하고 같이."

오수현이 이제는 경철을 똑바로 바라보았다. 희게 굳어진 얼굴에서 눈만 크게 뜨여져 있다.

"자식들을 버리고 도망간 그런 엄마는 필요 없어요. 그리고는 이제 찾아와서 돈까지 내놓으라니."

크게 뜬 오수현의 눈에 금방 습기가 배이더니 눈물방울이 볼을 타고 떨어졌다.

"남자한테 미쳤어요. 미현이도 오빠한테 그 사람들을 쫓아내 달라고 부탁하랬어요."

경철이 찌푸린 얼굴로 물었다.

"석호도 그랬어?"

"석호는 어제 저녁부터 밥도 안 먹어요."

"뭣 하는 남자야?"

"몰라요."

머리를 저은 오수현이 손수건을 꺼내어 얼굴을 닦았다.

"그 돈이 어떤 돈이라고."

"내가 7시에 갈게 기다려."

경철이 말하자 오수현이 커다랗게 머리를 끄덕였다.
"기다릴게요, 오빠."

석호가 학교에서 돌아왔을 때 기다리고 있던 박영옥이 물었다.
"너, 누나가 통장 어디에다 두었는지 알고 있지?"
"몰라."
"거짓말 말어."
눈을 치켜뜬 박영옥이 목소리를 높였다.
"3천5백이나 되는 돈을 어린애들이 갖고 있으면 안 된다. 엄마가 보관하고 있어야 돼."
"모른다니까."
석호가 와락 소리쳤을 때 옆에 앉아있던 고병달이 박영옥을 나무랐다.
"어허, 아이한테 그렇게 다그치면 쓰나, 달래야지."
박영옥은 남자가 없으면 못사는 체질이었다. 서동수한테서 그렇게 맞으면서도 5년을 버틴 것은 잠자리 생활은 뻐근했기 때문이었다. 그러다가 서동수의 주사와 매질에 견딜 수 없다면서 자식들을 내팽개치고 도망쳐서는 열흘도 안 되어서 새 남자를 만났다. 변두리의 카바레에서 만난 고병달은 부랄 두 쪽만 달랑 차고 있는 백수였다. 요즘은 제비들도 제대로 된 직업을 갖고 있는 것이 보통인데 고병달은 여자한테 겨우 술값이나 씌우는 하류여서 제비 축에도 못 들었다. 석호가 제 방으로 들어가자 고병달이 목소리를 낮추고 물었다.
"이 봐, 괜히 애들만 들볶는 거 아냐? 애들은 모른다고 하지 않아?"

"내가 이 귀로 직접 들었다니까요?"

박영옥은 나이가 나섯 살이나 어린 고병달에게 깍듯하게 경어를 썼다. 미끈한 용모에 체격도 큰 고병달의 잠자리 기술은 박영옥이 처음 겪는 쾌락이었던 것이다. 고병달과의 섹스는 지금까지 겪었던 전 남편이나 서동수와의 투박하고 멋없는 잠자리와 비교도 되지 않았다. 박영옥이 소리 죽여 말했다.

"시장에 소문이 확 났다구요. 내가 야채장사 아줌마를 만나지 않았다면 그냥 모르고 지날 뻔 했어."

"소문을 믿을 수 있을까?"

"수현이 눈치를 보면 틀림없어요."

"난 오히려 아닌 것 같은데."

"당신은 수현이 그년이 얼마나 앙큼한 년인지 몰라서 그래요"

박영옥이 거리에서 우연히 야채장수 아줌마를 만난 것은 행운이었다. 반색을 한 아줌마는 박영옥을 골목으로 끌고 가더니 입에 거품을 물고 그 동안의 일을 설명해 주었다. 서동수가 오수현을 건드린 죄로 오수현이 고용한 깡패들한테 3천 5백을 빼앗겼다는 것이다. 눈을 치켜뜬 박영옥이 잇사이로 말했다.

"나쁜 년, 시치미를 떼지만 잘 안 될 거요."

7시가 되었을 때 문을 두드리는 소리에 박영옥은 자리에서 일어섰다.

"누구요?"

오수현을 앉혀 놓고 악을 쓰던 참이라 목소리가 거칠었다.

그때 오수현이 재빠르게 일어서더니 현관문을 열었다.

"아니, 누구요?"

입을 딱 벌린 박영옥이 한 걸음 물러섰고 TV앞에 앉아있던 고병달은 소스라쳐 일어섰다. 대 여섯 명의 사내들이 집안으로 쏟아지듯 들어온 것이다. 신발을 거칠게들 벗어 던지는 바람에 신발 몇 짝은 거실 위로 떨어졌다.

"그 자리에 있어! 이 씨발 년 놈들아!"

앞장서서 우악스럽게 욕을 뱉은 사내는 돼지였다. 그가 소시지만 한 손가락을 뻗어 고병달을 가리켰다.

"이 씨발 놈아, 넌 꿇어앉고."

그러나 미처 고병달이 꿇어앉기도 전에 사내 하나가 다가가더니 귀뺨을 후려갈겼다.

"빨리 안 꿇어?"

"왜, 왜 이러는 거요?"

박영옥이 갈라진 목소리로 외쳤지만 이미 혼은 반쯤 나갔다. 그래서 돼지가 한 걸음 다가섰을 때 몸을 와들와들 떨었다. 서동수한테서 맞고 살아 온 탓에 맞기 전에 몸이 굳어지는 버릇이 생긴 것이다. 그래서 서동수보다 몸집이 세 배쯤 되는 큰 괴물이 다가서자 눈알이 뒤집히려고 했다. 석호와 미현이 방에서 뛰어 나왔다가 나란히 벽에 붙어 서서는 눈을 반짝이고 있는 것을 박영옥과 고병달은 보지 못했다. 또한 오수현이 뒤쪽에서 자신들의 뒤통수를 쏘아보고 있다는 것도 알지 못했다. 바짝 다가선 돼지가 박영옥을 잡아먹을 듯이 내려다보았다.

"이 개 같은 년아. 그 돈이 무슨 돈이라고 내놓으라고 하는 거냐? 이 씹어 먹을 년아."

그리고는 한 손으로 멱살을 쥐더니 두 자쯤이나 허공으로 들어 올렸다가 손을 놓았다. 그러자 박영옥이 방바닥에 엉덩이째 부딪치며 주저앉았다.

"아이고고."

서동수에게 맞을 때 버릇이 된 자지러지는 비명을 지르면서 박영옥이 눈을 희게 떴다. 그때 오미현이 석호의 손을 잡더니 방안으로 들어가 버렸다. 문이 닫히는 사이에 보이는 오미현의 옆얼굴은 싸늘했다.

"어이구! 어이구!"

거실에서 떡메를 치는 소리와 함께 남자의 비명소리가 연거푸 났다.

"그놈 좆대가리를 짤러!"

돼지가 명령하자 사내 둘에서 고병달의 사지를 누르더니 사내 하나가 회칼을 들었다.

"살려 주십시오. 선생님."

"이 씨발놈아, 넌 버러지보다도 못한 놈이여. 버러지가 좆 달고 다니는 것 봤어?"

"에그머니, 사람 살려!"

박영옥이 소리쳤다가 돼지의 솥뚜껑 같은 손바닥으로 귀빰을 맞더니 몸까지 돌아가 엎어졌다. 사내가 회칼로 고병달의 바지를 갈가리 찢었다.

"살려 주십시오!"

"어, 이 씨발놈이 오줌을 싸네."

놀란 사내 하나가 소리치더니 주먹으로 고병달의 콧잔등을 내리 찍었다.

"이 개새끼야, 내 바지에 오줌 묻었잖여!"

벽에 등을 붙이고 선 오수현은 고병달과 어머니를 바라본 채 꼼짝하지 않았다. 그러나 눈은 치켜뜬데다 입술도 꾹 닫쳐 있어서 야무진 표정이었다. 돼지가 선언하듯 말했다.

"사람 같지도 않는 년 놈들을 오늘 갈기갈기 찢어서 구워 먹을 테다."

민태영은 마른 체격에 도수가 높은 뿔테 안경을 썼다. 거기에다 10년쯤 세월을 먹은 것 같은 양복을 입은데다가 구두 앞부분은 하도 오래 신어서 마귀할멈 신발처럼 솟아올랐다. 그러나 안경알 속의 눈빛은 강했다. 커피 잔을 내려놓은 그가 고춘태를 바라보았다.

"그런데 하실 말씀은 뭡니까?"

수원 교외에 있는 식당의 밀실 안이었다. 저녁 8시여서 홀에는 손님들이 많았지만 방음장치까지 되어 있는 밀실 안은 숨소리까지 들렸다. 고춘태가 얼굴의 웃음기를 지우고는 정색했다. 그는 민태영이 만나자는 제의에 선뜻 응낙해 온 것에 고무되어 있던 참이었다.

"공직생활을 오래 하신 민 선생이시니까 세상 물정은 잘 아실 겁니다. 그래서 단도직입적으로 말씀드리지요."

"말씀하시지요."

"이제 민 선생께서 실버호텔 공사를 맡게 되셨으니 말씀인데, 우리는 신즉 지금 병원에 누워있는 민용우 씨하고 이야기가 다 되어 있었지요."

"오늘 이야기 들었습니다."

"그래서 말씀인데 그 공사는 우리 동양건설이 아니면 맡을 업체가 없습니다."

"그렇습니까?"

"견적서를 보셨지요? 다른 업체 단가보다 20억이 낮습니다."

"그랬던가요?"

"회장님께 말씀 좀 잘 드려 주십시오."

그리고는 고춘태가 상 밑에 놓인 가방을 들어 민태영의 옆으로 밀어 놓았다.

"여기 헌 수표로 10억 들었습니다. 동양건설로 결정이 되면 다시 5억을 더 드리지요."

돈 가방을 바라보던 민태영이 머리를 끄덕였다.

"잘 알겠습니다. 하지만 돈은 나중에 받지요. 업체가 결정되고 나서 말입니다."

"그럼 그때 한몫에 드리겠습니다."

얼굴을 편 고춘태가 활짝 웃었다.

"역시 말이 통하시는 분이십니다."

"역시 말이 통하시는 분이십니다."

하고 녹음기에서 고춘태의 말이 울렸을 때 민태영이 스위치를 껐다. 그가 앞에 앉은 임수환을 바라보았다.
"장인어른. 들으셨겠지만 동양건설은 용우하고 관계가 있었던 것 같습니다."
"그 증거는 내가 이미 그놈 집에서 내 눈으로 보았다."
씹어 뱉듯이 말한 임수환이 녹음기를 노려보았다.
"내가 고양이한테 생선가게를 맡겨 놓았다."
"극동건설이 동양건설보다 견적을 10억이나 낮게 내었는데도 용우는 극동건설 견적서를 장인어른께 올리지도 않았습니다."
"나는 너를 믿는다."
길게 숨을 뱉은 임수환이 주름진 얼굴로 민태영을 바라보았다.
"믿을 놈은 너밖에 없다."

전화기를 내려놓은 박종필이 앞에 앉은 극동건설의 전무 안상준에게 말했다.
"됐다. 내일 아침에 결재가 난다."
그는 얼굴을 활짝 펴고 웃었다.
"민태영이 고춘태의 말을 녹음해서 보고한 것이 결정적이 되었다."
고춘태와 만난다는 민태영의 안쪽 호주머니에 녹음기를 장치해 준 것이 안상준이다. 안상준이 따라 웃었다.
"고춘태는 계속 뒤통수를 맞습니다. 회장님."
"돈은 준비되었겠지?"
"예, 회장님."

탁자 밑에 내려놓았던 검정색 가방을 올려놓은 안상준이 다시 웃었다.
"임수환은 민태영이 우리 돈 10억을 먹으리라고는 상상도 못할 것입니다."
"다 그놈이 그놈이야."
소파에 등을 붙인 박종필이 이제는 쓴웃음을 지었다.
"민태영이는 공무원 생활을 오래해서 노련하지. 임용우보다 몇 수위라는 걸 임수환은 모르고 있을 것이다."

대기실에 앉아있던 경철에게 돼지가 다가온 것은 밤 10시가 되어갈 무렵이다. 회장실에서는 아직 박종필과 안상준이 밀담을 나누는 중이어서 경철은 대기하고 있었던 것이다. 경철에게 바짝 다가선 돼지가 귓속말로 말했다.
"형님, 그 씹새는 부랄 밑을 조금 찢어서 보냈습니다. 혼이 다 나갔으니까 아마 두 번 다시 수원 바닥에 발을 붙이지 않을 겁니다."
"그 여자는?"
"울며불며 그 씹새를 따라가는데 볼만하더만요. 그런데 애들은 독하던데요. 문 밖으로 머리도 내밀지 않았습니다."
"그래서?"
"그 년을 쫓아가 겁을 주었지요. 한번만 더 애들 앞에 나타나면 당장에 전 남편한테 끌어다가 주겠다고 했습니다."
"손은 대지는 않았지?"
"예, 절대로 안 댔습니다."

하지만 돼지는 시선을 피한다. 몸뚱이가 돌아가도록 귀뺨을 때렸던 것이다. 그때 회장실에서 안상준이 나오더니 경철에게 말했다.

"야차, 회장님이 부르신다."

경철이 회장실로 들어서자 박종필은 부드러운 시선으로 그를 보았다.

"내일 수학여행을 간다구?"

"일이 있으면 안 가겠습니다."

"아니, 다녀와라."

그가 탁자 위로 봉투 하나를 던졌다.

"100만 원이다. 경비에 보태 써라."

"회장님, 여행비는 4만 원밖에 안 됩니다. 그리고 저는 돈이 많습니다."

그러자 박종필이 소리 없이 웃었다.

"이놈아, 부하들의 행사는 꼭 챙겨 주는 것이 윗사람의 도리다. 명심하도록 해라."

"명심하겠습니다."

"돈 관리는 철저히 하되 부하들의 경조사에 인색해서는 안 된다."

"예, 회장님."

"돈 욕심을 내면 꼭 돈으로 배신을 당한다. 그래서 나도 돈에 초연해지려고 노력하는 중이지만 잘 안 된다."

경철의 시선을 잡은 박종필이 쓴웃음을 지었다. 그는 이런 이야기를 입 밖으로 낸 적이 없었던 것이다. 박종필이 머리를 끄덕여 보였으므로 봉투를 품에 넣은 경철은 절을 하고 나왔다. 배국청이 경철의 그릇모양을 만들었다면 박종필은 그 그릇에 내용물을 채워 넣는 역할이 되었다. 박종필을 그림자처럼 수행하면서 경철은 보스의 일거수일투족을 빠짐없이 머리속에 넣었다. 따라서 박종필은 보스이자 또 하나의 스승이었다.

12시가 조금 못 되어서 경철이 현관으로 들어섰을 때 자매는 각기 다른 표정으로 맞았다. 오수현은 눈만 반짝이며 반기는 기색을 보였지만 오미현은 활짝 웃었다. 뒤늦게 방에서 나온 석호는 꾸벅 절을 했지만 부끄러운지 오수현의 등뒤로 숨었다. 경철이 거실의 소파에 앉자 오수현이 물었다.
"오빠, 밥 차려요?"
"그래, 오늘은 먹자."
그러자 자매가 서둘러 주방으로 가더니 제법 익숙하게 움직이기 시작했다. 이젠 대형 냉장고가 놓였고 주방 옆의 좁은 베란다에는 세탁기도 사 놓았다. 거실의 TV는 비디오 장치 겸용인데다 소파에는 산뜻한 커버까지 씌워져 있었다.
경철이 잠자코 구석자리에 앉은 석호를 보았다.
"석호야, 너 다음 주부터 태권도나 합기도 도장에 다녀."
눈만 크게 뜬 석호에게 경철이 정색했다.
"넌 남자야. 네가 누나들을 지켜야지."
그러자 힐끗 이쪽을 본 미현이 웃었다.
"저 기집애가 어떻게?"

밤참을 먹은 경철이 오수현의 집을 나온 것은 새벽 한시 반이었다. 요즘은 날씨가 후덥지근해져서 경철을 따라 길까지 나온 오수현은 반팔 셔츠 차림이었다. 길가에 선 경철이 오수현을 바라보았다.
"엄마 보지 않아도 괜찮니?"
"다시는."
짧게 대답한 오수현이 어둠 속에서 반짝이는 눈으로 경철을 보았다. 한 시간이 넘도록 집안에 있는 동안 오수현은 물론이고 두 동생들도 저녁때 일어난 일에 대해서는 입도 벙긋하지 않았다. 경철이 머리를 끄덕였다.
"동생들도 마찬가지겠구나?"
"석호는 엄마를 죽여 버리고 싶다고 해요."
"그럼 태권도 하겠네."
"오빠, 고마워요."
오수현이 처음으로 저녁때 일에 대한 인사를 했다. 바짝 다가선 오수현한테서 옅은 향기가 맡아졌다.
"오빠, 영혜 언니 좋아하죠?"
"너 만큼은 좋아해."
그러자 오수현의 얼굴에 웃음이 떠올랐다.
"그럼 좋아요. 나 질투 안 할게."
"질투 해 봤자지 뭐."
"오빠, 나 안아 주고 가요."
경철의 손을 잡은 오수현이 골목 쪽을 눈으로 가리켰다. 이제까지의 오수현과는 전혀 다른 적극적인 모습이었다.

골목 끝에서 걸음을 멈춘 오수현은 먼저 팬티를 끌어내렸다. 그리고는 경철이 바지를 내리자 두 팔로 경철의 목을 감아 안더니 하반신을 바짝 붙였다. 경철을 이끄는 상황이었다. 경철이 그대로 삽입하자 오수현은 가는 탄성을 뱉으면서 두 발로 허리를 감고는 엉덩이를 흔들었다. 익숙한 몸짓이었고 전과는 전혀 다른 태도였다. 경철은 오수현의 몸에 몰입하면서 다시 미나의 얼굴을 떠올렸다. 그리고 오수현이 미나를 닮아간다는 생각을 했다.

계룡산은 청모골과 전혀 달라서 오직 산 냄새만 비슷했다. 청모골은 인적이 거의 닿지 않은 곳이라 곳곳에 썩은 나무가 뉘어졌고 골짜기에는 험한 바위가 깔려졌지만 계룡산의 모든 곳은 사람의 손길로 다듬어져 있었던 것이다. 그러나 오랜만에 산에 들어온 경철의 폐는 크게 움직였고 얼굴은 활기로 밝아졌다. 그래서 밤이 되었을 때 혼자서 산장을 나와 산을 올랐다. 물론 잘 닦여진 등산로를 따라 올라온 것이다. 산 중턱의 공터에서 발을 멈춘 경철은 아래쪽의 산장을 내려다보았다. 밤 12시가 지나있었으나 산장의 불빛은 환했고 아직도 자지 않고 떠드는 학생들의 소음이 희미하게 울렸다. 심호흡을 한 경철은 저고리를 벗어 던지고는 어깨를 폈다. 그러자 청모골이 다시 눈앞에 떠올랐다. 그곳에서 7년 동안 짐승처럼 살았지만 뼈가 굳어졌고 인생이 처절한 승부의 세계라는 것을 터득했다. 배국청은 이루지 못한 한을 무술과 내공의 연구로 분출했는데 그것이 그대로 자신에게 흡입된 것이다. 따라서 청모술은 한이 맺힌 살수들뿐이었다. 저도 모르게 자세를 잡은 경철은 풀숲 위를 뛰면서 허공을 주먹과 발길로 찢었다. 지금까지 한 번도 쉬지 않고 한 시간 가깝게 청모술을 단련했지만 오늘은 더 흥이 난 것이다. 경철은 마치 야차처럼 날고 구르면서 어둠 속을 향해 살수를 내 뿜었다.

숨을 죽이고 나무등치에 붙어 선 양숙명은 경철이 마치 귀신과 같다는 생각을 했다. 처음에는 무서워서 그냥 내려갈까 생각했지만 차츰 시간이 지나자 자신도 모르게 경철이 뿜어내는 분위기에 빨려 들었다. 교사들의 숙소인 산장을 나와 잔디밭에서 밤공기를 마시던 양숙명은 산을 오르는 경철을 보았던 것이다. 양숙명은 자신이 혼자 밖으로 나온 이유가 경철과 가까운 곳에 있고 싶다는 충동 때문이라는 것을 스스로도 의식하고 있었다. 그래서 몇 번이나 주저하다가 나온 터였는데 산에 오르는 경철을 보자 가슴이 뛰었던 것이다. 그래서 이번에는 망설이지 않고 뒤를 따랐다. 이러한 우연은 힘이 되는 법이다. 경철은 이미 한 시간이 넘도록 허공을 조각으로 부수고 있었지만 전혀 그칠 기색이 아니었다. 다리가 저린데다 전신이 굳어진 양숙명은 나무등치에 어깨를 붙였다가 미끄러졌다. 그래서 나무껍질이 몇 조각 떨어지면서 소리를 냈다. 그 순간이었다. 20미터쯤 앞쪽에서 뛰어 올랐던 경철이 땅바닥에 두 발을 딛더니 바람처럼 달려와 양숙명의 앞에 섰다. 눈 깜빡할 순간이어서 양숙명은 미처 몸을 바로 세우지도 않았다. 경철이 눈을 크게 뜨고 양숙명을 바라보았다.

"아니, 선생님 아니세요?"

경철의 얼굴은 땀에 젖어 번들거렸고 더운 숨이 양숙명의 얼굴 피부에 닿았다.

"여긴 웬일이세요?"

"산에 올라왔다가."

양숙명이 겨우 마른 목소리로 말했다. 몸을 세운 양숙명이 경철을 바라보았다.

"운동하는 걸 구경했어."

"전 산돼지인 줄 알았습니다."

얼굴의 땀을 손바닥으로 걸레질하듯 쓸면서 경철이 웃었다.

"하긴 이런 산에는 산돼지가 없다는 걸 깜빡했네요."

"내가 산돼지라구?"

마음을 가라앉힌 양숙명이 따라 웃었다.

"그런 얘긴 처음 듣네."

"혼자 이런 곳까지 오시는데 무섭지 않으셨어요?"

"전혀."

양숙명은 다시 뛰는 자신의 가슴 고동소리를 들었다.

"그런데 그게 무슨 운동이야? 처음 봐."

"그건 청모술이라는 겁니다."

경철이 발을 떼어 운동하던 공터로 나갔으므로 양숙명도 뒤를 따랐다.

"청모술이라는 운동도 처음 듣는데."

"아는 사람은 넷밖에 없지요."

"멋있었어."

그렇게 표현했지만 양숙명은 경철의 동작마다 강렬한 자극을 느꼈었다. 마음 그대로 말했다면 힘찬 남성을 느꼈다고 했을 것이다. 발레를 좋아하는 양숙명은 풀숲에 앉은 경철의 한 발짝쯤 옆에 앉았다.

"왜 친구들하고 어울리지 않았어?"

"노는 데 익숙하지 못해요."

시선을 마주친 경철이 입술 끝으로 웃었다.

"그리고 혼자 있는 것이 편하구요."

양숙명이 건성으로 머리를 끄덕였다. 경철의 과거를 아는 사람은 아무도 없다. 외삼촌 부부한테도 경철은 산에서의 성장 과정을 처음과 끝만 말해 주었을 뿐이다. 한동안 아래쪽의 산장을 내려다보던 양숙명이 입을 열었다.

"난 개학하면 학교를 그만두려고 했어."

머리를 돌린 양숙명이 경철을 보았다.

"그 이유는 알고 있지?"

"들었습니다."

"내 힘으로 안 되는 일이었어. 그래서 절망했지."

산새가 갑자기 옆으로 날아갔으므로 어깨를 움츠렸던 양숙명이 무릎 위에다 턱을 놓았다.

"경철이는 나한테 말 타고 나타난 왕자 같은 존재야."

경철은 양숙명의 옆모습을 바라보았다 전에도 느꼈지만 아까부터 마주쳤던 양숙명의 눈빛에서 호감 이상의 바람이 뿜어져 나오고 있었던 것이다. 그것은 이영혜와 오수현의 눈빛과도 같았다. 경철은 심호흡을 했다. 그러자 시고 쓴 산의 공기가 폐로 가득 차면서 온몸의 신경 세포가 모두 곤두선 느낌이 들었다.

"제가 열 살 때 어머니가 죽었지요. 어머니는 죽으면서 같이 죽자는건지 이리오라고 하더군요."

양숙명의 시선을 잡은 경철이 희미하게 웃었다.

"그 후부터 저는 혼자 헤쳐 나가야 했습니다. 마치 짐승 새끼처럼."

경철은 양숙명의 눈빛이 더 강해진 것을 느끼고는 이를 악물었다가 풀었다. 그리고는 손을 뻗어 양숙명의 손을 쥐었다. 경철이 손을 끌자 양숙명은 허물어지듯 안겨왔다.

"이러면 안 되는데."

헛소리처럼 말을 뱉은 양숙명은 경철이 끌어안자 눈을 감았다. 경철은 양숙명의 바지를 벗겼다. 팬티를 끌어내릴 때 양숙명은 몸을 비틀었지만 두 팔로 경철의 목을 감았다. 점퍼를 풀 숲 위에 깔면서 경철은 다시 미나를 떠올렸다. 하반신만 알몸의 양숙명을 점퍼 위에 눕힌 경철은 차분하게 바지를 벗고 양숙명의 위에 엎드렸다. 이미 남성은 산처럼 발기되어 있었지만 정신은 맑았다.

"괜찮겠어요?"

경철이 묻자 양숙명이 눈을 떴다. 별빛을 받은 검은 눈동자가 반짝이고 있었다.

"나도 모르겠어."

"하고 싶어요."

"그럼 해."

경철은 양숙명의 몸 안으로 친친히 들이갔다. 양숙명이 가는 신음

소리를 뱉으면서 경철의 몸을 힘주어 안았다.

"좋아해."

"저도 알고 있었어요."

경철이 이제 거칠게 하반신을 움직였으므로 양숙명은 짧게 비명을 지르더니 엉덩이를 흔들어 동작을 맞췄다. 이미 샘은 뜨거웠고 샘물은 넘쳐나고 있었다. 산새가 다시 머리 위로 지나갔다. 이윽고 절정에 오른 양숙명이 두 다리로 경철의 허리를 감아 죄더니 낮고 긴 탄성을 뱉었다. 그 순간 경철도 분출했고 둘이는 한동안 온몸을 굳힌 채 움직이지 않았다.

새벽 2시가 되어서 경철이 숙소의 2층 계단으로 올라갔을 때 뒤쪽에서 인기척이 났다. 머리를 돌린 그는 계단 끝에 서 있는 이영혜를 보았다.

"어디 갔다 왔어? 네 시간 동안이나?"

"산에서 운동했어."

경철이 이영혜가 들고 있는 맥주병을 보고는 웃었다.

"난 마시고 노는 체질이 안돼."

"내가 얼마나 찾았다구."

주위를 둘러본 이영혜가 목소리를 낮추고는 눈을 흘겼다.

"누군 놀고 싶어서 노는 줄 알아? 짝을 맞춘 애들은 놀다가 모두 빠져나갔어."

"이럴 때 규율부장이 있으면 안돼."

복도 쪽에서 떠들썩한 목소리들이 들렸으므로 이영혜가 이맛살을 찌푸렸다.

"정말 반장 못해먹겠어. 저 병신들은 잠도 안 자고 증말."

이영혜는 반장이어서 빠져나갈 수도 없었을 것이다.

5장

좌절

 석도는 보통 체격이었지만 합기도가 3단에 미들급 권투선수를 지냈는데 본인의 말에 의하면 10승 1무 1패의 전적에서 그만두었다고 했다. 어쨌든 석도는 영동회에서 알아주는 주먹으로 일이 생겼을 때는 여러 번 행동대장 역할을 맡아 앞장을 섰다. 그래서 경철이 나타나기 전까지 박종필의 경호역을 맡았다가 지금은 일계급 승진하여 마빈 빠찡코의 지배인이다. 오늘 박종필이 마빈 빠찡코에 들른 시간은 새벽 2시 반이어서 평소보다 한 시간 반이나 늦었으므로 석도는 긴장하고 있었다. 드문 일이었던 것이다.
 "야, 내가 한잔했다."
 마빈의 밀실에 들어선 박종필이 붉어진 얼굴을 펴고 웃었다.
 "오늘 실버호텔의 공사를 땄거든. 그래서 민태영이하고 한잔했다."
 "그렇더라도 연락을 해 주셔야죠. 어디 계신지 몰라서 걱정했습니다."

 석도가 박종필의 뒤에 선 이덕삼을 흘겨보며 말했다. 이덕삼은 박종필의 운전사 겸 경호원이었다.

 "저 자식도 연락이 안 되고 말입니다."

 "내가 연락하지도 전화 받지도 말라고 했다 민태영하고 같이 있는 것이 이놈 저놈한테 알려지면 좋지 않아."

 소파에 등을 붙인 박종필이 술기운에 흐려진 시선으로 석도를 보았다.

 "320억 공사란 말이다. 다음 주에 우린 선급금으로 60억을 받는다."

 "축하드립니다. 회장님."

 "그리고 임수환이 다음 번에는 상가 건물을 지어서 분양할 거야. 그 공사도 우리가 따낼 것이다."

 박종필의 분위기에 끌려든 석도도 얼굴을 펴고 웃었다. 박종필이 석도의 배웅을 받으며 마빈의 출입구를 나온 것은 새벽 3시경이었다. 오늘은 석도가 술에 취한 박종필을 따라 지하 주차장으로 함께 내려갔다. 먼저 내려간 이덕삼이 벤츠를 몰고 오자 석도가 허리를 굽혔다.

 "그럼 편히 쉬십시오. 회장님."

 "오후에 보자."

 그때였다. 지하 주차장의 양쪽 구석에서 10여명의 사내들이 쏟아지듯 달려들었으므로 박종필은 퍼뜩 머리를 들었다.

 "회장님."

짧게 외친 석도가 박종필의 앞을 가로막고 섰을 때 이미 사내들은 지척으로 다가왔다. 이덕삼이 놀라 벤츠를 급하게 앞에 세웠지만 때가 늦었다. 눈을 부릅뜬 석도가 주먹을 날려 앞을 가로막은 사내 하나의 턱을 쳐 쓰러뜨렸다.

"이 새끼들 다 죽인다!"

석도의 고함이 지하 주차장을 울렸다.

"회장님! 안으로!"

다시 고함을 치며 주먹을 날렸던 석도는 절망했다. 놈들은 뒤쪽 출구도 막고 있었던 것이다. 사내 하나가 휘두른 회칼이 박종필의 어깨를 스쳐 지났고 다시 한 사내의 얼굴을 쳐서 넘어뜨린 석도도 칼에 팔이 찍혔다. 사내들은 모두 손도끼와 회칼을 들었는데 뒤쪽에 선 두어 명은 일본도까지 쥐었다.

"덕삼아! 차를!"

석도가 악을 썼을 때 이덕삼은 벤츠를 몰아 사내 둘을 밀쳐 내면서 바짝 붙였지만 박종필과의 사이에는 서너 명의 사내가 가로막고 있었다. 사내들은 잘 훈련되어 있어서 소리 한번 지르지 않는다.

"아악!"

신음 소리가 지하 주차장을 울렸다. 석도의 등에 회칼이 찍힌 것이다. 상체를 뒤로 젖힌 석도가 찍힌 칼을 뽑으려고 손을 뒤로 젖혔을 때 손도끼가 날아와 다시 어깨를 쳤다.

박종필은 이를 악 물었다. 그도 이미 팔과 어깨에 세 군데나 칼에 찔리고 도끼를 맞은 상태였다. 그때 벤츠가 무섭게 돌진해 오더니 사내들을 벽에 박았다. 그 순간 지하실이 터져 나갈 것처럼 두 사내가 비명을 질렀다. 처음으로 터진 비명 소리는 처절했다. 사내들은 시멘트벽과 벤츠의 범퍼에 끼어 두 다리가 짓이겨진 것이다. 그때 벤츠와의 사이에 눈 깜짝 할 동안만큼의 공간이 생겼고 박종필은 그것을 놓치지 않았다. 몸을 날린 그가 벤츠의 뒤쪽 문을 열어젖힌 순간이었다.

"아악!"

이를 악문 박종필이 눈을 치켜뜨고는 뒷좌석 안으로 상반신을 밀어 넣었다. 등에 도끼가 찍힌 것이다. 이덕삼이 벤츠를 급하게 뒤쪽으로 후진 시켰으므로 뒤쪽에 섰던 사내 두엇이 튕겨 나갔다. 박종필은 두 발이 땅에 끌렸지만 의자 등받이를 쥐고 있어서 떨어지지는 않았다. 후진하던 차가 주차된 차를 받으면서 멈췄을 때 이덕삼이 에어백을 젖히더니 박종필의 팔을 잡아 안으로 끌어들였다. 그때 달려온 사내 하나가 열려진 차 안으로 일본도를 찔러 넣었지만 이덕삼이 차를 다시 앞으로 발진시키는 바람에 칼날은 박종필의 허리를 스치고 앞좌석에 박혔다. 박종필은 겨우 손을 뻗어 뒷좌석의 문을 닫았다. 벤츠는 요란한 파열음을 일으키며 지하 주차장의 출구를 향해 달렸다.

"회장님!"

이덕삼이 그제야 소리쳐 박종필을 불렀다. 벤츠가 지하 출입구의 벽에 부딪치며 도로로 퉁겨지듯 빠져 나왔을 때 이덕삼이 백미러로 박종필을 보았다.

"회장님! 괜찮으십니까?"

그 순간 이덕삼은 숨을 멈췄다. 박종필이 처참한 표정으로 웃었기 때문이다.

"이새끼, 고춘태."

입으로 피를 뱉으며 박종필이 말했다.

"전쟁이다. 석도의 원수를 갚겠다."

주차장에 버려진 석도는 죽었을 것이다.

"누가 찾아."

아침식사를 마친 경철이 방으로 돌아왔을 때 홍문수가 뛰어 올라왔다. 오전 8시가 조금 넘은 시간이었다.

"산장 앞에서 기다리고 있어. 돼지라고 하면 안다고 하던데."

자리에서 일어선 경철이 홍문수에게 말했다.

"다녀 올 테니까 넌 기다려"

"알았어. 방에서 기다릴게."

곧 등산을 하기로 되어 있는 것이다. 산장 앞에는 그랜저가 세워져 있었고 초조한 표정으로 차 앞에 서 있던 돼지가 경철을 보더니 서둘러 다가왔다.

"형님, 새벽에 회장님이 당했습니다."

다가선 돼지가 갈라진 목소리로 말했다.

"칼과 도끼에 찍혀서 중상이십니다. 지금 동부병원에 계신데 형님을 모시고 오라고 했습니다."

"누구한테 말이냐?"

놀란 경철의 목소리도 굳어졌다.

"제일회가 해결사들을 보냈다고 합니다. 지금 비상이 걸렸습니다."

"제일회가."

혼잣소리처럼 경철이 말했을 때 돼지가 바짝 다가섰다. 두 눈이 번들거리고 있었다.

"석도형님은 죽었습니다. 그래서 경찰도 난리가 났습니다."

돼지가 상황을 설명하는 동안 경철은 차츰 가슴이 가라앉아 가는 것을 느꼈다. 고춘태는 호텔 공사를 빼앗긴 것에 대한 앙갚음을 한 것이다. 저쪽이 임용우가 제거됨으로써 속수무책이 되었다면 이쪽도 박종필이 없으면 허수아비가 된다. 오히려 고춘태는 정면으로 부딪쳐 온 것이다.

"알았다. 잠깐만 기다려"

몸을 돌린 경철이 산장의 식당으로 들어섰다. 아직 교사들은 식사 중이었던 것이다. 장석호의 앞에 경철이 섰을 때 한 사람 건너 자리에 앉아있던 양숙명이 힐끗 시선을 주었다가 내렸다. 한쪽 귓불이 달아올라 있었다.

"선생님, 집에 급한 일이 있어서 가 봐야겠는데요."

경철의 말에 장석호가 씹던 것을 삼키더니 눈을 크게 떴다.

"무슨 일인데?"

"삼촌이 아프셔서 저를 데리러 왔습니다."

"뭐? 그렇다면 가 봐야지."

수저를 내려놓은 장석호가 일어섰다.

"어서 가 봐."

장석호에게 미안한 생각이 들었지만 경철은 절을 하고 식당을 나왔다. 다시 마음이 급해진 경철은 산장 밖으로 달려 나왔다. 박종필은 그에게는 상하관계라기보다 스승과 같은 존재였던 것이다. 배국청과는 전혀 다른 모습의 스승이다.

박종필은 창백한 얼굴로 누워 있다가 들어선 경철을 보더니 희미하게 웃었다.
"회장님."
갑자기 목이 메인 경철이 침상 옆에 무릎을 꿇고는 머리를 숙였다.
"제 잘못입니다. 제가 모시고 있었어야 했는데…."
"불가항력이었다."
가늘게 말한 박종필이 손을 내밀었으므로 경철이 두 손으로 쥐었다.
"나도 방심했다."
박종필은 중상이었다. 등에 찍힌 도끼날이 중추신경을 마비시켜 회복이 된다고 해도 하반신을 쓰지 못하는 불구가 된다는 것이다. 방 안에는 둘 뿐이었다. 경철의 손을 힘주어 잡은 박종필이 입을 열었다.
"나한테 아무도 말해 주지 않았지만 당분간 나는 활동할 수 없을 것 같다."
"곧 완쾌되실 것입니다."
"제일회 일을 극동건설의 안 전무한테 맡겼다. 나하고 10여 년 간 형제처럼 지내 온 사이니까 잘 따르도록 해라."
이제는 눈만 껌뻑이는 경철을 향해 박종필이 소리 없이 웃었다.

"고춘태한테 복수하지는 말아라. 그렇게 되면 그놈과 경찰의 함정에 빠지게 된다. 조직원을 위해서는 사감을 버려야 한다."

"회장님이 떠나시면 저도 그만두겠습니다."

"안 된다."

박종필이 정색하고 경철을 보았다.

"너는 내 희망이다. 너는 내 대역이 되어서 내가 이루지 못한 꿈을 이뤄야 한다."

힘없이 헛기침을 한 박종필이 말을 이었다.

"너한테 석도가 관리하던 마빈 빠찡코의 운영권을 넘기도록 안전무한테 지시했다. 먼저 그것으로 기반을 닦아라."

그리고는 길게 숨을 뱉은 박종필이 눈을 감았다. 이마에 땀방울이 돋아난 데다 볼이 상기되어 있었다.

그 날 밤 10시가 되었을 때 동안상사의 회의실에는 영동회의 간부들이 모두 모였다. 그러나 오늘은 박종필이 앉았던 상석을 안상준이 차지했다. 회의실의 분위기는 무거웠다. 이윽고 헛기침을 한 안상준이 간부들을 둘러보았다.

"회장님 수술은 잘 끝났지만 당분간은 요양을 하셔야 되겠어. 그래서 제일회는 회장님의 지시를 받아 내가 운영한다."

모두들 몸을 굳히고 그의 말을 들었다. 박종필은 그 자신이 예상했던 대로 하반신 불구가 된 것이다. 말석에 끼어 앉은 경철은 머리만 숙이고 있었다. 안상준의 말이 이어졌다.

"회장님의 지시로 고춘태에 대한 복수는 자제한다. 지금 우리가 움직였다가는 회장님도 저렇게 되신 마당에 승산도 없는데다 함정에 빠져 회가 분해될 가능성도 있어."

회의실에 모인 간부는 모두 20여 명이었다. 제각기 사업장을 나누어 받고 분가한 입장들이어서 머리를 든 경철은 그들의 표정을 읽을 수 있었다. 청모술의 내공법을 익히지 않았더라도 그들의 표정에서 안도감이 배어 나오는 것을 알 수 있었을 것이다. 안상준의 시선이 다시 간부들을 훑었다.

"그러나 언제든지 기회가 오면 복수를 할 것이다. 모두들 가슴 속 깊이 이 한을 담아두기 바란다."

경철은 부딪쳐 온 안상준의 시선을 잡았다. 그리고는 눈을 치켜떴다. 그러자 안상준이 시선을 준채로 말했다.

"회장님의 지시로 공석이 된 마빈 빠찡코의 운영을 야차에게 맡긴다. 그래서 야차를 간부회에 참석시킨 것이다."

이미 알고 있는 사실이었고 박종필의 지시인 것이다. 간부 몇 명이 경철에게 시선을 주었지만 부드러운 표정들이었다. 길게 숨을 뱉은 안상준이 다시 간부들에게 주의를 주었다.

"절대 경거망동하지 말고 애들 단속을 철저히 하도록. 놈들도 쉽게 나서지는 못할 것이다."

회의를 마치고 간부들과 함께 회의실을 나갔던 경철에게 간부 하나가 다가와 섰다. 극동건설의 이사 겸 루비 빠찡코 운영 책임자인 권명환이었다.

"회장대행이 부르신다."

경철이 회의실로 다시 들어갔을 때 혼자 앉아있던 안상준이 눈으로 앞쪽 자리를 가리켰다.

"거기 앉아라."

경철이 앉자 그가 입을 열었다.

"마빈 빠찡코는 알짜 사업장이다. 하루 수익이 1천만 원이 넘는 곳이야."

박종필과 함께 매일 수익 계산을 하고 다닌 터라 경철은 잠자코 안상준을 바라보았다. 안상준이 눈을 가늘게 떴다.

"잘 관리할 수 있겠어?"

"해 보겠습니다."

"회장님의 특별 지시였지만 불안하다. 열심히 한다고 되는 일이 아니거든."

"회장님의 기대에 어긋나지 않을 것입니다."

"회장님은 한 달쯤 후에 시골로 내려가실 거야."

시선을 돌린 안상준이 가라앉은 목소리로 말했다.

"아차, 회장님은 은퇴하셨단 말이다. 그것을 명심해라."

안상준은 40대 중반으로 박종필보다 연상이었지만 박종필을 깍듯이 모셔왔다. 경찰 출신이었던 안상준을 심복으로 삼은 박종필은 거의 모든 일을 상의해 왔으므로 안상준은 그날부터 새로운 체제를 가동시킬 수 있었다. 주먹보다 조직력과 권력을 잘 이용해야만 조직이 관리된다고 믿어온 안상준이다. 그는 또한 영동회 내부에 심복들을 심어둔 상태에서 이런 경우에 대부분의 조직에서 일어나는 주도권 다툼도 일어나지 않았다 경철이 마빈 빠찡코에 들어섰을 때는 오후

4시경이었다. 그는 돼지와 동행이었는데 동안상사의 대기요원이었 던 돼지를 총무부에 부탁해서 마빈 빠찡코로 옮기게 한 것이다. 빠 찡코 안쪽의 휴게실에 모인 부하는 돼지까지 8명이었다. 모두 어젯 밤까지만 해도 석도의 심복들이었는지라 서너 명은 빈소를 지키고 있다가 달려온 참이었다. 경철이 좌우를 둘러보았다. 의자가 부족해 서 세 명은 서 있었는데 모두의 눈에는 핏발이 섰다. 경철이 입을 열었다.

"들었겠지만 마빈은 내가 맡았다. 잘 부탁한다."

그가 부하들을 향해 머리를 숙여 보였으므로 서너 명은 당황해서 맞절을 했지만 나머지는 눈살을 찌푸렸다. 모두 경철의 나이가 스물 도 안 되었다는 것을 안다. 주먹이 우선인 사회에서 때로는 겸손이 웃음거리가 되는 경우가 있는 것이다. 머리를 든 경철이 정색했다.

"회장님과 지배인이 지하 주차장으로 내려가는데도 따라간 놈이 한 놈도 없었다는 것은 규율이 풀렸다는 증거다. 앞으로 두고 봐서 정신 빠진 놈은 내 쫓겠다."

경철의 시선을 받은 부하들은 제각기 눈길을 떨어뜨렸지만 얼굴 들은 굳어졌다. 박종필의 경호원으로 마빈에 매일 들렀으나 경철이 지배인으로 오리라고는 생각지도 않았을 것이다.

"에이 씨팔, 드러워서 그만 둬야겠다."

회의를 마치고 영업장에 올라왔을 때 차호태가 씹어뱉듯 말했다. 그는 스물세 살로 영동회에 가입한지 5년째인 고참으로 마빈의 영업 과장을 맡고 있었다. 그가 힐끗 휴게실쪽을 바라보았다.

"아무리 회장의 지시라고는 하지만 저런 비린내도 가시지 않은 고삐리를 모시라니 좆같군 그래. 증말."

"석도 형님은 최고라고 했어."

윤영천이 소리 죽여 말했다.

"직접 보았는데 훨훨 날았다는 거야."

"씨발, 내 눈으로 보기 전엔 안 믿어."

기계를 발끝으로 걷어찬 차호태가 어깨를 치켜올렸다. 그는 회칼을 잘 쓰는 독종으로 소문이 나서 2년 전에는 행동대원을 지내기도 했다.

"지가 회장 경호원이었으면 어젯밤에도 모시고 있었어야 할 것 아닌가? 도대체 누구한테 책임을 떠넘기는 거야? 씨발놈이."

고춘태와 민태영은 두 번째 만나는 셈이었는데 이번에는 분위기가 아주 달랐다. 지난번에는 민태영이 어깨를 펴고 시선이 다른 곳으로만 향해져 있었으나 지금은 자주 고춘태를 보았으며 어깨에도 힘이 빠졌다. 그들은 수원 교외의 식당 방 안에 단둘이 마주앉아 있었다. 고춘태가 웃음 띤 얼굴로 민태영을 보았다.

"민 사장님, 극동건설에서 10억을 받으셨더군요. 동생 명의로 주식에 투자하셨던데 우리가 자료를 다 갖고 있습니다."

얼굴만 굳힌 민태영을 향해 고춘태가 느긋하게 말을 이었다.

"지난 번에는 박종필이하고 짜고서 멋지게 일을 만드셨습니다. 그려."

"급한 일이라는 것이 그 말씀하시려고 했던 겁니까?"

"민 선생한테는 급한 일이 아닙니까? 임 회장이 그걸 알면 당장에 경찰에 고발할 텐데. 임용우한테 배신당했을 때보다 배나 충격을 받을 텐데요?"

"난 내 처남 일은 모릅니다."

"산골에서 돼지 키우면서 빚이 5천이나 있던 사람이 10억 어치 주식투자를 했단 말이요 그것도 며칠 전에야."

정색한 고춘태가 민태영을 바라보았다.

"나를 잘 모르시는 모양인데. 어제 신문도 안 읽으셨소?"

그러자 민태영의 얼굴이 하얗게 질렸다. 그가 고춘태의 만나자는 연락을 받고 마지못해 나온 것은 겁이 났기 때문이다. 박종필이 습격당해 중상을 입었다는 언론 보도를 보고서는 온몸에서 소름이 돋아났던 것이다. 그것이 고춘태의 소행일지도 모른다고 생각했는데 직접 본인의 입에서 그 사건을 듣는 순간 눈앞이 노래졌다. 고춘태가 다시 웃었다.

"나를 해코지하려는 놈은 꼭 그런 벌을 받지요. 그것 참, 이상하단 말이야."

"……."

"민 사장도 틀림없이 오늘내일 사이에 무슨 일을 당할 거요. 박종필이는 하반신을 못 쓰게 되었답니다."

"나한테 원하는 게 뭡니까?"

갈라진 목소리로 민태영이 묻자 고춘태가 상체를 뒤로 젖혔다.

"박종필이한테서 받은 10억을 내놔, 당장에 주식을 팔아오면 되지 않겠어?"

고춘태가 손끝으로 민태영의 콧등을 가리키며 말을 이었다.
"그리고 상가 공사를 한다고 들었는데 그 공사는 내가 따야겠어. 임수환이가 동양건설이라면 머리부터 흔들 테니까 다른 건설회사 이름으로 들어가도록 하지."

"김경철이 방과 후에는 시내에서 무슨 일을 하는 것 같습니다."
점심시간이라 교무실에는 교사가 대 여섯 명뿐이었다. 장석호의 말에 교사들이 모두 그를 바라보았다.
"무슨 일을 한다는 거요?"
교감 이명곤이 묻자 장석호가 머리를 기울였다.
"그건 자세히 모르겠습니다만 방과 후에는 학교 앞 북경반점 주차장에서 기다리는 그랜저를 타고 시내로 간답니다."
"누구한테 들었습니까?"
"우리 반 학생들은 다 알고 있습니다."
"그랜저를 타고 가는 것이 무슨 문제라도 된다는 겁니까? 비약이 심한데요."
입맛을 다신 이명곤이 동의를 구하듯 교사들을 둘러보았다. 양숙명은 이명곤의 시선이 오기 전에 얼른 머리를 숙였다. 이명곤은 경철에 대해서 절대적인 호의를 품고 있는 사람 중의 하나이다. 그가 경철에 대한 어떤 부정적인 생각도 용납할 수 없다는 듯이 정색하고 말했다.
"아르바이트를 한다니 가게 차를 탄 모양이죠. 차가 그랜저면 어떻고 벤츠면 어떻습니까?"

"그런데 체격이 건장한 운전사가 김경철에게 문까지 열어 준다는데요?"

장석호가 끈질기게 말하고는 힐끗 이명곤의 눈치를 보았다.

"물론 그것도 상관없는 일이긴 합니다만."

"문까지 열어 줘요?"

이명곤이 눈을 둥그렇게 떴으므로 마음을 놓은 장석호가 머리를 끄덕였다.

"예, 90도로 절을 하더랍니다."

교무실 안에 갑자기 정적이 흘렀으므로 양숙명은 소리 죽여 침을 삼켰다. 선뜻 입을 여는 교사는 없었지만 머릿속에서 거의 같은 생각을 하고 있을 터였다. 보스를 맞는 부하의 그림이었고 경철의 분위기와 어울린다고 생각할 것이다. 이윽고 이명곤이 헛기침을 했다.

"장 선생이 한번 물어보시지요. 담임이시니까."

6교시가 끝났을 때 생활 지도부실로 불러온 경철은 단정한 자세로 앉아 장석호를 보았다. 그래서 긴장하고 있던 장석호는 어깨를 늘어뜨렸다.

"너, 학교 끝나고 시내로 곧장 간다면서?"

곧장 그렇게 묻자 경철이 공손하게 대답했다.

"예, 선생님"

"그랜저를 타고 말이지?"

"예, 선생님."

"어디로 가는데?"

"역 앞의 빌딩으로 갑니다. 그곳에서 아르바이트를 하거든요."
"무슨 일인데?"
"경비원입니다."
"경비원이라."
눈을 가늘게 뜬 장석호가 머리를 끄덕였다. 어울리는 직업이었다. 그런데 의혹은 아직 가시지 않았다.
"그런데 그랜저 기사가 널 보고 절을 한다고 들었는데? 너는 사장처럼 인사를 받고 말이다."
"저하고 같이 일하는 동생이거든요."
"친동생은 아니겠고, 그렇지?"
"예, 선생님."
더 이상 물어볼 것이 없어진 장석호가 헛기침을 했다.
"아르바이트하는걸 말릴 수는 없지만 대학 들어가려면 공부도 더 해야 된다. 넌 일류에 들어갈 수 있어."
"저, 진학을 포기했습니다."
경철이 부드러운 시선으로 장석호를 보았다.
"이번에 결심했습니다. 선생님."
"허어, 외삼촌한테도 말씀드렸어?"
"예, 선생님. 제 뜻대로 하라고 하셨습니다."
입맛을 다신 장석호가 길게 숨을 뱉었다. 뭔가 아쉬웠지만 어쩔 수 없는 일이었던 것이다.

버스 정류장에 서 있던 양숙명은 검정색 그랜저가 옆에 서자 한 발짝 뒤로 물러섰다. 차창이 짙게 썬팅이 되어 있기에 가슴이 덜컥 내려앉았지만 뒤쪽 문이 반쯤 열렸을 때 안도의 한숨이 나왔다. 안에 경철이 타고 있었던 것이다.

"선생님, 타세요. 모셔다 드리겠습니다."

경철이 공손하게 말했으나 양숙명은 먼저 주위부터 둘러보았다. 저녁 7시여서 버스 정류장에는 일반인 셋이 있을 뿐이었다. 양숙명이 뒷좌석에 오르자 그랜저는 미끄러지듯이 출발했다. 경철이 운전석에 앉은 사내에게 말했다.

"나는 병원에다 내려 주고 넌 선생님을 댁까지 모셔다 드려."

"예, 형님."

몸을 굳힌 사내의 굵은 목과 넓은 어깨를 바라보던 양숙명이 힐끗 경철을 보았다. 교복을 벗은 경철도 사내처럼 말쑥한 신사복 차림이었다.

"병원에는 왜 가?"

"아는 분이 입원을 하고 계셔서요."

양숙명이 입을 다물었으므로 차 안에는 어색한 정적이 덮였다. 오늘 3학년은 6교시 수업만 하고 끝났으니 오후 4시가 되었을 때는 교실이 텅 비어 있었다. 머리를 든 양숙명이 경철을 보았다.

"집에 다녀오는 길이야?"

"예, 선생님을 기다렸습니다."

힐끗 앞쪽에다 시선을 주었던 양숙명이 다시 입을 다물었다. 경철이 가라앉은 목소리로 물었다.

"저, 후회하고 계세요?"

놀란 듯 양숙명이 머리를 돌려 경철을 보았다.

"왜 그렇게 생각해?"

"선생님 행동이 그렇습니다."

"그렇지 않아."

양숙명이 머리를 저었다.

"절대로."

그러나 그날 이후로 양숙명은 한 번도 경철에게 시선을 주지 않았고 말도 붙이지 않았다. 전보다 분위기가 더 경직되어 있었던 것이다. 양숙명의 시선을 잡은 경철이 말했다.

"저는 가게 하나를 관리하고 있습니다. 말하자면 지배인이죠."

"어떤 가게인데?"

"빠찡코예요."

숨을 멈춘 양숙명이 시선을 내렸다. 교무실에서 장석호는 교사들에게 경철과의 상담내용을 말해 주었던 것이다. 장석호가 경철이 건물의 경비원이라고 말했을 때 이명곤은 만족한 얼굴로 머리를 끄덕였다. 경철이 빠찡코의 지배인이라면 이쪽 물정에 어두운 양숙명이라고 해도 짐작이 되었던 것이다. 이윽고 머리를 든 양숙명이 경철을 바라보았다.

"나한테 그 이야기를 해 주는 이유는 뭐지?"

"선생님한테는 거짓말을 하기 싫었습니다. 그래서 선생님이 나오시기를 기다리고 있었지요."

"왜 나한테만?"

그러자 경철이 머리를 저었다.

"그건 저도 모르겠어요, 거짓말을 하면 안 될 것 같다는 생각이 들었을 뿐입니다."

"……."

"그 일을 어떻게 맡게 되었어?"

"우연한 기회에 회장님을 만나게 되었지요. 그 회장님이 저를 아껴 주셨기 때문입니다."

"……."

"그런데 지금은 입원하고 계시지요. 그래서 매일 병원에 갑니다."

"나쁜 짓은 안 하는 거지?"

그러자 경철의 얼굴에서 희미하게 웃음기가 떠올랐다.

"선생님을 실망시켜 드리지 않을게요."

"난 다음 달에 학교를 그만둘 거야."

따라 웃은 양숙명이 부드럽게 말했다.

"그리고 지난 일은 후회하지 않아."

수술을 마친 박종필은 1인실에 입원하고 있었는데 경철이 들어서자 환하게 웃었다. 그러나 얼굴빛은 창백했고 온몸에 붕대를 감고 있어서 방안의 분위기는 무겁고 그늘졌다.

"이렇게 매일 올 필요는 없다."

"병실밖에 경호원이 한 명도 없습니다."

박종필의 말에는 대꾸도 안한 채 경철이 눈을 치켜떴다.

"간호원한테 물었더니 회장님께서 다 내보내게 하셨다는데 사실입니까?"

"그래, 내가 다 보냈다."

박종필이 다시 소리 없이 웃었다.

"나는 이미 제거할 가치도 없어진 인물이 되었다. 그러니 경호원은 치장에 불과할 뿐이야."

"제가 남아 있겠습니다."

정색한 경철이 말하자 박종필이 손을 뻗어 경철의 어깨 위에 올려놓았다.

"경철아, 잘 들어라."

이름을 불린 적이 거의 없는 터라 경철은 긴장헌다. 박종필이 부드러운 시선으로 경철을 보았다.

"조직사회가 힘만으로 유지되는 것이 아닌 것을 너도 느꼈을 것이다. 이곳에서도 배신과 음모가 판을 친다."

"……"

"허점이 보이면 내부에서도 적이 생긴다. 그것을 명심해라."

"명심하겠습니다. 회장님."

"아무도 믿지 말아라. 오직 너 자신만을 믿어라."

"예, 회장님."

"안상준이 이번 사건에 개입된 것 같다."

박종필이 입술만을 달싹이며 말했지만 경철이 숨을 멈췄다. 그러자 박종필이 소리 없이 웃었다.

"돌아가는 정황을 보면 그렇다. 안상준과 고춘태 사이에 어떤 밀약이 있었어. 나는 방심했다. 그래서 내외의 적이 연합할 기회를 준 것이지."

"회장님."

와락 상체를 굽힌 경철의 어깨를 박종필이 힘을 주어 쥐었다.

"기다려라, 안상준이 아마 너에게 음양으로 압박을 가해 올 것이다 이젠 그것을 너는 순전히 네 힘으로 헤치고 나가야 한다."

박종필이 눈만 부릅뜬 경철에게 속삭이듯 말했다.

"마빈을 기반으로 삼아 힘을 키워라. 마빈의 운영권을 네 앞으로 이전시켰으니 안상준이 뺏지는 못할 것이다."

"회장님."

박종필이 팔을 떨어뜨리더니 길게 숨을 뱉었다.

"나는 내일 시골로 내려간다. 하지만 너를 지켜 볼 것이다.

"부르셨수?"

하면서 차호태가 들어섰는데 눈 주위가 붉었다. 술을 마신 것이다. 경철이 머리를 끄덕이며 웃었다.

"근무시간인데도 술을 마셨구나."

"광철이 형이 와서 한잔 했수다."

차호태가 앉으라는 말도 하지 않았는데 앞쪽 의자에 털썩 앉았다. 석도의 장례식이 끝난지 닷새 째가 되는 날이었다. 박종필은 이틀 전에 대전 근처의 별장으로 떠났고 영동회는 새로운 회장인 안상준의 체제로 무리 없이 움직이고 있었다. 경철이 웃음 띤 얼굴로 차호태를 보았다. 최광철은 안상준의 심복으로 극동건설 부장이었으니 경철보다 몇 계단이나 위인 간부이다.

"최 부장하고는 근무 시간에 술을 마셔도 괜찮은 거냐?"

"최 부장한테 따져 보지 그래."

경철이 머리를 저었다.

"그럴 순 없지."

"그럼 괜히 시비걸지 말어."

"아무래도 넌 안 되겠구나."

"날 어떻게 하지는 못할텐데."

눈을 가늘게 뜬 차호태가 경철을 바라보며 웃었다.

"넌 이제 좆도 아니란 말이야. 며칠 있으면 넌 끝나."

그러자 차호태의 시선을 받은 경철이 머리를 끄덕였다.

"최광철이 그렇게 말해 주었구나?"

"씨발놈아, 누가 말했던 간에."

자리를 차고 일어난 차호태가 어깨를 펴고 경철을 노려보았다.

"앞으로 날 부르지도 말어. 이 새끼야."

빠찡코를 뛰쳐나온 차호태는 벌렁거리는 가슴을 진정하려는 듯이 가슴을 펴고 밤공기를 깊게 마셨다. 경철에게 눈을 부릅뜨고 해 대었지만 속으로는 무섭게 긴장하고 있었던 것이다. 경철의 실력을 직접 보지는 않았으나 석도의 말이 반만 사실이라고 해도 상당할 수준일 터였다. 그러나 경철은 전혀 해 볼 기색이 아니어서 긴장만 했다가 나왔다.

"씨발놈이 순전히 구라빨 아녀?"

혼잣소리를 뱉은 그는 빠찡코 옆쪽의 주차장 구석으로 다가가 지퍼를 내렸다. 긴장했던 참이라 오줌발은 길었다. 시원하게 소변을 끝낸 그가 몸을 돌렸을 때였다. 퍼뜩 시선을 든 차호태는 한 걸음 물러섰다가 금방 자신이 오줌을 갈긴 벽에 등이 닿았다. 바로 눈앞에 경철이 서 있었던 것이다.

"뭐야?"

하면서 차호태가 옆구리에 차고 다니는 회칼의 손잡이를 쥐자 경철이 어둠 속에서 이를 드러내고 웃었다.

"네가 회장님 습격을 도왔지?"

"뭐, 뭐라고."

눈을 부릅뜬 차호태가 재빨리 회칼을 꺼내 든 순간이었다. 그는 명치끝을 관통 당한 것 같은 충격으로 입을 딱 벌리더니 주르르 자신의 오줌 위로 주저앉았다. 그리고는 눈을 한껏 치켜뜨고 경철을 올려다보았지만 온몸의 근육 하나도 움직일 수 없었고 말도 나오지 않았다. 금방 얼굴이 땀으로 젖은 그가 입술만을 달싹였다. 이미 얼굴은 공포에 젖어 있었는데 도대체 자신이 어디를 무엇으로 당했는지도 몰랐기 때문에 더 그랬다. 경철이 바짝 다가서더니 허리를 굽혀 차호태를 보았다

"넌 그대로 두면 10분 안에 죽는다. 명치끝이 찔렸으니 아마 술 처먹고 심장마비를 일으켰다는 해부결과가 나올 거야."

경철의 말은 똑똑히 들렸으나 이쪽은 목구멍이 막혀 신음 소리도 뱉을 수가 없다. 정색한 경철이 차호태를 바라보았다.

"바른 대로 불면 살려 준다. 자, 말은 하게 해 주마. 쓸데없는 말을 한마디만 뱉더라도 그냥 죽인다. 알았느냐?"

그러자 차호태가 땀으로 범벅이 된 머리를 끄덕였다. 가슴의 고통을 참을 수가 없는 데다 그보다 더한 공포심으로 이미 자제력을 잃

은 것이다. 경철이 주먹으로 가볍게 위쪽 가슴을 치자 차호태는 길고 가늘게 앓는 소리를 뱉어냈다. 그러나 아직 손가락 하나 움직일 수도 없다. 경철이 물었다.

"너, 회장님이 습격당하실 때 어떻게 놈들을 도왔어?"

"오셨다는 연락을 주었습니다."

차호태가 헐떡이며 말하더니 얼른 말을 이었다.

"나는 최 부장의 지시를 받고 움직였을 뿐이오."

"주차장에 놈들을 넣은 건 너지?"

"나는 경비를 불러냈습니다. 그자들을 넣은 건 최 부장이오."

경철이 머리를 끄덕였다. 박종필의 예감이 적중한 것이다. 머리를 끄덕이는 경철을 보자 차호태가 헐떡이며 말했다.

"가슴이 너무 답답합니다. 조금 풀어 주시오."

다시 머리를 끄덕인 경철이 차호태의 심장을 주먹으로 쳤다. 그러자 눈을 치켜 뜬 차호태가 긴 숨을 뱉더니 머리를 뚝 떨어뜨렸다. 숨이 끊어진 것이다.

다음 날 오전, 경찰서로 불려 간 경철은 수사관 노경석의 앞에 앉아 조사를 받았다. 노경석은 30대 후반쯤의 나이에 날카로운 인상이었다. 익숙하게 자판을 두드리며 그가 물었다.

"박종필 씨가 너한테 마빈 빠찡코 운영권을 넘겨주고 뒤에서 조종할 계획이었던 모양이군 그래. 내 말이 맞지?"

"저는 모르는 일입니다."

"다른 업체는 모두 동안상사 소속으로 남겨 두었는데 마빈만 네 앞으로 떼어 주었단 말이야. 그걸 모르다니 말이 돼?"
자판에서 손을 뗀 노경석이 경철을 쏘아보았다.
"너 한가락한다면서? 다 들었다."
입을 다문 경철을 노려보며 노경석이 말했다.
"그놈의 마빈 빠찡코는 자리가 안 좋아. 지하 주차장에서 칼에 찔려 죽지를 않나 이번에는 오줌싸다가 심장마비로 죽다니 그렇지 않나?"
"……."
"고3짜리가 빠찡코 소유주 겸 지배인이라니 신문에 날 일이야."
"학교 그만두면 되겠지요."
"이 자식이."
눈을 부릅뜬 노경석이 내뱉듯이 말했다.
"네 학교 교사들이 모두 너한테 좋은 말을 안 해 주었다면 네놈을 며칠 잡아놓고 조사를 했을 거야. 인마."
그리고는 조서용지를 거칠게 경철 앞에 밀어 놓았다.
"여기다 도장 찍고 학교로 돌아가. 인마, 도장 없으면 지장 찍고."

"네가 빠찡코 주인이라니 나는 놀라서 정신이 없었다."
이명곤이 찌푸린 얼굴로 경철을 보았다. 경찰서에서 학교로 돌아온 경철은 곧장 지도부실로 불려가 이명곤과 장석호 앞에 앉은 것이다. 오후 3시경이었으니 6교시가 끝나갈 무렵이었다. 헛기침을 한 이명곤이 말을 이었다.
"경찰서 수사관한테서 다 들었다. 네가 조직폭력단 회장한테서 신임을 받았다고 하더구나."

"학교에 누가 되면 퇴학시켜 주십시오."

"이놈아, 내가 그런다고 하더냐?"

버럭 목소리를 높였던 이명곤이 길게 숨을 뱉었다.

"그래, 조사는 잘 끝났느냐?"

"예, 선생님."

"그 가게에서 사람이 둘이나 죽었다면서? 물론 어제는 심장마비였다지만…."

"예, 선생님."

"그래도 계속 그 일을 할 작정이냐?"

"예, 해야 됩니다."

그러자 이제는 장석호가 물었다.

"불법 영업은 아니지?"

"아닙니다. 선생님."

"네가 학생 신분을 벗어난 일을 한 적도 없고?"

"예, 선생님."

장석호와 이명곤이 시선을 맞추더니 이명곤이 입을 열었다.

"어떻게든 졸업은 해야지. 네 덕분으로 우리 학교가 기강이 잡혔으니 네가 불법적인 일을 저지르지 않았다는 말을 믿겠다. 하지만 나는 실망했다."

다음 날 아침에는 학교에 소문이 확 퍼지는 바람에 경철이 지나가면 모두가 입을 다물었다. 그들에게 경철은 더욱 두렵고 어려운 존재가 된 것이다. 이영혜도 경철의 옆을 지날 때는 몸이 뻣뻣해져서 걸음이 부자연스러웠는데 아마 집에서 이명곤으로부터 더 자세하게 내막을 들었기 때문일 것이다. 그래서 경철은 거의 종일을 혼자 보냈다. 언제나 알랑거리던 홍문수마저 멀찍이 떨어져서는 눈치만 보았던 것이다. 경철이 영동회 간부로서 시내에서 빠찡코 업체를 운영하고 있을 줄은 상상도 하지 못했기 때문이다. 6교시가 끝났을 때 경철에게 조기호가 찾아왔다. 복도에서 경철을 눈짓으로 불러 낸 조기호는 밖으로 나가자 깍듯하게 말했다.

"형님, 회장님께서 9시까지 동안상사로 나오시라고 합니다."

경철이 조기호를 똑바로 보았다 조기호는 경철을 박종필에게 소개시킨 장본인이었지만 준회원이었다. 그래서 경철이 박종필의 총애를 받아 승승장구할 때 상대적으로 소외감을 느꼈을 것이다.

"너한테 누가 연락해 온 거야?"

"극동건설의 송준수 형님한테서 연락을 받았습니다."

경철이 머리를 끄덕였다. 송준수는 과장급으로 경철과 동급이었고 최광철의 직계였다. 곧 안상준의 직계로서 이제는 떠오르는 세력이다. 힐끗 경철의 눈치를 살핀 조기호가 말했다.

"형님, 저도 어제 날짜로 정식회원이 되었습니다. 그래서 오늘부터 미도 나이트클럽에서 일합니다."

"축하한다."

경철이 손을 내밀어 조기호의 손을 잡았다.

"난 왠지 너를 끌어들이기 싫었다. 그냥 너하고 친구 사이로 지내고 싶었어."

그러자 조기호가 얼굴을 일그러뜨리며 웃었다.

"어쨌든 잘 부탁합니다. 형님."

미도 클럽은 안상준이 직접 경영을 맡고 있었는데 송준수가 극동 건설의 과장 겸 미도 클럽의 영업부장을 겸임했다. 조기호는 회장의 직계 라인을 탄 것이다. 다시 교실로 돌아 온 경철의 얼굴은 어두웠다. 조기호가 파격적으로 회원이 되면서 안상준의 직계로 배치 받은 것이 걸렸기 때문이다. 안상준은 주위에 있는 자들을 모두 포섭해 갈 모양이었다.

경철이 회장실에 들어섰을 때 안상준은 마악 전화기를 내려놓은 참이었다. 그가 턱으로 앞쪽 의자를 가리켰다.

"석도에 이어서 차호태가 죽다니. 그 마빈 빠찡코는 아무래도 고사를 한번 지내야 할 것 같다."

정색한 그가 앞에 앉은 경철을 바라보았다.

"멀쩡하던 놈이 심장마비로 급사를 하다니 말이야."

경철은 안상준의 눈빛에서 자신에 대한 적의를 읽었다. 그 순간 자신의 눈빛이 강해진 것을 의식한 경철은 머리를 숙였다.

"면목이 없습니다. 회장님"

"오후에 경찰에서 다녀갔다. 아직 고등학교 재학 중인 애가 빠찡코 사업을 맡게 된 것이 문제라고 했다."

"그래서 제가 오늘 학교에 퇴학시켜 달라고 했습니다."

"네가 졸업할 때까지 마빈을 우리가 맡는 것이 낫겠다. 네 생각은 어떠냐?"

경철의 말을 무시한 채 안상준이 몰아붙이듯이 말했다.

"내일 변호사를 보낼 테니 수속을 밟도록 해라, 금방 끝날 것이다."

"그렇게 할 수 없습니다."

머리를 저은 경철이 안상준을 똑바로 바라보았다. 안상준의 시선은 이제 살의를 담고 있었다.

"전(前)회장님께서 타인에게 양도할 수 없도록 만들어 놓았다고 하셨습니다."

"네가 운영권 포기 각서를 쓰면 되는 거다."

"저는 못씁니다. 회장님."

그러자 안상준이 의자를 등에 붙이더니 입술 끝을 비틀며 웃었다.

"네가 지금 누굴 믿고 이러는 거냐?"

"저 자신만을 믿습니다."

"너는 지금 회장의 지시를 면전에서 거부했다. 넌 이 시간부터 영동회원이 아니다."

"알겠습니다."

자리에서 일어선 경철이 안상준을 바라보았다.

"빠찡코 문을 닫더라도 명의는 절대로 넘기지 않을 겁니다."

"이 개새끼가."

마침내 얼굴을 하얗게 굳힌 안상준이 이를 악물고 경철을 노려보았다. 그가 먼저 자제력을 잃은 것이다. 그러더니 곧 이의 힘을 풀고는 얼굴을 일그러뜨리며 웃었다.

"널 개처럼 죽여주마."

"안상준이 서두는군."

박종필이 낮게 말했지만 경철은 그의 눈빛에서 이글거리며 끓어오르는 원한을 보았다. 안상준의 그것보다 몇 배나 더 강렬한 눈빛이었다. 밤 12시가 넘은 산속 골짜기는 조용했다. 이곳은 대전 남쪽 교외에 세워진 별장으로 민가와는 3km 가깝게 떨어진 외진 곳이다. 박종필은 늙은 가정부 한 명만 고용하고 마치 은둔자처럼 생활하고 있었다. 경철이 휠체어에 앉은 박종필을 바라보았다. 그에게 차호태한테서 들은 사실도 다 보고한 것이다.

"회장님, 안상준을 임용우처럼 만들어 놓겠습니다."

"안 된다."

대뜸 머리를 저은 박종필이 쓴웃음을 지었다.

"그건 최악의 방법이다."

"그럼 어떻게 하면 좋습니까?"

"서울로 올라가서 정팔호를 찾아라. 그놈은 수원이 고향이지만 나한테 쫓겨나 서울로 갔다."

박종필이 정색하고 경철을 보았다.

"그놈은 내 부하였지. 그런데 안상준과 사이가 좋지 않아서 내가 추방시킨 것이다."

"찾아서 어떻게 합니까?"

"사정을 이야기하고 마빈의 관리부장을 맡아달라고 해라. 그놈도 내려올 기회를 엿보는 중일 테니 승낙할 것이다."

"그자가 안상준의 조직과 상대가 됩니까?"

"그놈도 수원 바닥에 직계 부하들이 있어. 만만치 않을 거야."

휠체어에 머리를 기댄 박종필이 말을 이었다.

"성격이 급하고 욕심이 많은 놈이지 이제 네가 그놈을 어떻게 다루느냐가 네 앞날의 첫 번째 관문이 되었다. 그것으로 네 인생이 결정되는 것이야."

"서울로 가겠습니다. 회장님."

결심한 듯 경철이 말하자 박종필이 머리를 끄덕였다.

"내가 보냈다고 말하면 안 된다."

"알고 있습니다. 회장님."

"내가 안상준을 제거하지 말라고 한 이유를 아느냐?"

그러자 한동안 박종필을 바라보던 경철이 입을 열었다.

"그렇게 되면 복수는 이루겠지만 영동회가 깨질 가능성이 많기 때문입니다."

"그렇다."

크게 머리를 끄덕인 박종필이 웃었다.

"조직의 보스는 큰 것을 봐야 한다. 사감에 치우치면 안 된다."

"명심 하겠습니다."

"네가 영동회를 인수해서 중앙으로 진출하는 것이 내 꿈이다."

박종필이 번들거리는 눈으로 경철을 보았다.

"필요하다면 무릎도 꿇어라. 발을 핥으라면 핥고, 정상에 오르기 위해서는 인내와 고통이 따르는 법이다."

"예, 회장님."

"타협해라. 경찰서의 윤영만 경감을 찾아가서 사정을 설명하고 봉투를 쥐어 줘라. 그러면 상당한 편리를 봐 줄 거야."

"예, 회장님."

"나를 보아라."

박종필이 두 팔을 들더니 눈으로 방 안을 가리켰다. 그는 입술 끝으로만 웃고 있었다.

"이런 꼴로 별장에 박혀서 아무도 찾아오지 않는데도 아래쪽 길만 바라보고 있다. 패자가 되면 이렇게 된다."

이를 악물고 머리를 떨어뜨린 경철의 귀에 박종필의 말이 이어졌다.

"너는 언제나 나를 떠올리며 행동해야 한다. 너에게 나는 살아있는 교과서가 될 테니까."

"제가 회장님 대신으로."

했다가 경철은 목이 메어 말을 그쳤다.

제6장

재기

"형님, 면목없습니다."

머리를 숙인 돼지의 목소리가 점점 가늘어졌다.

"어제는 영업을 못했습니다. 밤에 준수형님이 애들을 모두 데리고 가 버리는 바람에."

아침 7시였다. 경철은 돼지와 함께 빠찡코 안에 들어와 있었는데 넓은 영업장 안에는 그들 둘뿐이었다. 경철이 돼지를 바라보았다.

"준수가 뭐라고 하더냐?"

"예, 형님은 어제 날짜로 파문되었다고 했습니다. 더 이상 영동회원이 아니라고."

"그런데 넌 왜 혼자 남아있어?"

"영업장은 누군가 지켜야 하지 않습니까?"

머리를 든 돼지가 가는 눈으로 경철을 보았다.

"형님은 어떻게 하실 작정입니까?"

"네 걱정이나 해. 넌 어떻게 할 거냐?"

"준수 형님은 미도 클럽에서 받아 준다고 했습니다만…."

그리고는 돼지가 다시 눈치를 보았다.

"형님이 무슨 일을 하신다면 데려가 주십시오."

"널 말이냐?"

턱을 든 경철이 소리 없이 웃었다.

"내 한 몸 건사하기도 어렵다."

경철이 빠찡코 안을 둘러보고는 정색했다.

"문을 모두 닫고 출입구에는 자물쇠를 채워라. 당분간 휴업이다."

"휴업입니까?"

했지만 당연한 처분인 듯 돼지가 서둘러 창문과 앞뒤 출입구를 닫고는 열쇠를 채웠다. 그가 출입구 앞에 서 있는 경철에게 열쇠를 건네주며 물었다.

"형님, 언제까지 휴업입니까?"

"그건 나도 모른다."

발을 뗀 경철이 돼지를 돌아보며 웃었다.

"돼지, 준수가 그걸 알아오라고 하더냐?"

"아, 아닙니다."

돼지는 금방 얼굴이 빨개지더니 머리를 숙였다. 그리고는 더 이상 따라오지 않았으므로 경철은 발을 크게 떼었다.

"아예 문을 닫았단 말이지?"

머리를 끄덕인 송준수가 코를 벌름거리며 웃었다. 아침 10시인데도 미도 클럽의 홀 안은 어두웠고 어젯밤에 버려진 술과 안주의 악취가 풍겨왔다. 송준수가 앞에 선 돼지를 바라보며 다시 물었다.

"그 새끼, 학교 간다고 했냐?"

"그건 모르겠습니다. 형님."

"할 수 없군. 잡아서 족쳐야지."

주먹으로 손바닥을 내려친 송준수가 옆에 선 사내에게 소리쳐 말했다.

"야, 조기호한테 연락을 해서 그 새끼 수업 언제 끝나는가를 알아내라."

그리고는 주머니에서 핸드폰을 꺼내들었다. 직속 보스인 최광철에게 연락을 하려는 것이다.

정팔호는 체중이 1백킬로가 넘었지만 몸이 빨라서 예전에는 제비라는 별명이 붙었는데 그것은 수원에 있을 때의 일이었다. 박종필에게 파문당해 서울의 천호동으로 옮겨온 다음부터는 별명이 반달곰으로 바뀌어졌다. 이마에 반달 모양의 상처가 있었기 때문이다. 오늘도 천호동의 3류 호텔인 로망호텔 커피숍에 진을 치고 앉아있던 정팔호는 다시 안상준의 얼굴을 떠올리고는 길게 숨을 뱉었다. 박종필이 습격을 당하고 나서 안상준이 회장이 되었으니 수원으로 내려갈 길은 더욱 어려워진 것이다. 서울 생활을 시작한지 올해로 3년째가 되었는데도 기반을 잡기는커녕 지난 달 여관비도 밀려 있는 형편이었다. 뜨내기 전과자들과 어울려 노름방을 털거나 부도난 어음을 들고 돈을 받아 주는 해결사 노릇으로 살아오면서 한 번도 목돈을 쥔 적이 없었던 것이다. 오후 3시가 되었을 때 그는 3시간 동안이나 앉아있던 커피숍에서 일어섰다. 전문 노름방 털이꾼인 김을수를 기다렸던 것인데 약속도 하지 않은 터라 기다리기에 지쳤기 때문이다.

"정팔호 씨지요?"

하고 장신의 사내가 다가와 섰을 때 정팔호는 깜짝 놀라 눈을 크게 떴다. 사내가 다가온 기척을 느끼지 못했던 것이다. 사내의 위아래를 재빨리 훑어본 정팔호는 어깨를 늘어뜨리면서 이맛살을 찌푸렸다. 말끔한 양복 차림을 했지만 사내는 대학생쯤으로 보였기 때문이다.

"그런데 왜 그래?"

"나하고 이야기 좀 하십시다."

"네가 누군데?"

저라고 해야 되는데 나라고 하는 것에 와락 화가 난데다 놈의 눈빛도 세었으므로 정팔호가 눈을 치켜떴다. 키가 한 뼘이나 자신보다 큰데다 어깨도 넓었고 첫째로 눈빛이 만만치 않았다. 싸움꾼인 정팔호는 상대의 눈빛만 보아도 실력을 짐작할 수 있는 것이다. 사내가 앞쪽 자리에 앉더니 얼굴에 웃음을 띠었다.

"난 수원의 마빈 빠찡코 소유주인 김경철이오."

"마빈 빠찡코? 자네가?"

정팔호가 눈을 가늘게 뜨고 경철을 쏘아보았다. 그가 마빈 빠찡코를 모를 리가 없는 것이다. 그러나 소유주는 박종필이다.

"박회장이 소유주일텐데."

"저한테 명의 이전을 해 주셨지요."

"샀나?"

"양도받았습니다."

"얼마로? 10억? 15억?"

"그건 차츰 알게 되실 것이고."

정색한 경철이 정팔호를 바라보았다.

"빠찡코의 관리부장을 맡아 주지 않겠습니까? 직원은 마음대로 고용해도 좋습니다."

"내가?"

하고 대뜸 물었다가 헛기침을 한 정팔호가 의자에 등을 붙였다. 가늘게 뜬 눈을 여러 번 깜빡이던 그가 다시 물었다.

"마빈 빠찡코는 지금 어떻게 되었어?"

"어제부터 문을 닫고 휴업 중이오."

"왜?"

"안상준이 나한테서 경영권을 빼앗아 가려다가 내가 거부하자 직원들을 모두 데리고 나간 것이지요."

"그런데 도대체."

이맛살을 찌푸린 정팔호가 머리를 기울이며 경철을 보았다.

"자넨 누군가?"

"난 박회장님의 경호를 맡았다가 회장님한테서 빠찡코를 물려받았지요."

"그렇군."

이제야 이해가 간다는 듯 정팔호가 커다랗게 머리를 끄덕였다.

"안상준이 빠찡코를 빼앗아 가려는 이유를 이제 알겠군…. 박회장도 안상준이 그놈을 이제야 알게 되었을 거야."
"안상준은 날 영동회에서 추방까지 시켰소."
"나도 그놈의 모함에 걸려서 추방당했어."
그러더니 정팔호가 다시 정색했다.
"그런데 날 어떻게 알았나?"
"소문을 들었지요. 안상준과 대적할 만한 실력이 있다고 합디다."
"그래?"
다시 의자에 등을 붙인 정팔호가 눈을 가늘게 떴다.
"내가 좀 비싼데. 애들 모으려면 자금도 있어야 할 것이고, 감당할 수 있겠어?"
"당신이 날 사장으로 모신다면."
잘라 말한 경철이 정팔호의 시선을 잡고 웃었다.
"그것이 정상 아니요?"
"자네 몇 살이야?"
"나이순으로 대통령 합디까?"
"그래도 난 서른셋이야."
"어떻소? 승낙하면 지금부터라도 말투를 고치겠소?"
그러자 정팔호가 목구멍으로 앓는 소리를 내더니 대답대신 머리를 끄덕였다.

그날 저녁 7시가 되었을 때 조기호는 집을 나왔다. 무스를 바른 머리는 곤두세워져 있었으며 검정색 신사복을 입은 데다 구두도 광이 나게 닦아서 미도클럽 소속으로 손색이 없는 차림이었다. 집 앞의 골목을 지나서 대로가 보이는 골목 모퉁이를 들어 들어섰을 때였다. 갑자기 뒤통수에 거센 충격이 왔으므로 입을 딱 벌린 조기호는 베어진 나무가 쓰러지듯이 앞으로 넘어졌다. 일격에 의식을 잃은 것이다. 골목 모퉁이에서 나온 경철은 조기호의 신사복 안주머니에서 지갑을 꺼내었다. 그리고는 허리를 펴고 서더니 조기호의 다리뼈를 힘을 주어 밟았다.

"뚜둑!"

뼈가 부러지는 섬뜩한 소리와 함께 조기호가 무의식 상태에서도 가늘게 신음소리를 뱉었다. 경철은 골목을 빠져 나오면서 조기호의 지갑을 펴 보았다. 만 원권 두어 장과 천 원권이 서너 장 있을 뿐이었다.

한 시간쯤 후인 저녁 8시경에 경철은 시내 중심부에 위치 한 일식당 화정으로 들어섰다. 종업원의 안내를 받아 그가 2호실의 문을 열었을 때 윤영만은 혼자서 정종잔을 들고 있었다.

"자네가 김경철이야?"

눈을 둥그렇게 뜬 윤영만이 경철을 바라보며 물었다. 그는 대머리였는데 왼쪽 귀의 위쪽 머리를 정성스럽게 길러 머리꼭지를 그물처럼 덮어 놓았다.

"예, 제가 김경철입니다."

윤영만이 앞에 앉은 경철의 위아래를 훑어보는 시늉을 했다.

"고3이라고 해서 아인줄 알았는데 다 컸구만 그래."

"여러 가지로 폐를 끼치게 되었습니다."

"그나저나 박회장은 안됐어. 자네가 경호원이었다면서?"

경철에게 술잔을 권한 윤영만이 웃었다.

"한가락한다면서?"

"소문일 뿐입니다."

"박회장이 소문만 난 놈을 경호원으로 데리고 다녔을 리가 없지. 그리고 마빈을 넘겨 줄 리도 없고.…."

한 모금 정종을 삼킨 윤영만이 경철을 보았다. 부드러운 시선이었다.

"그래, 날 보자는 이유는 뭔가?"

"안회장이 저한테서 마빈의 경영권을 뺏으려고 합니다. 그래서 직원들을 모두 내보내는 바람에 당분간 휴업하게 되었습니다."

"그건 나도 알고 있어."

윤영만이 정색하고 말했다.

"하지만 우리가 나설 일이 못 돼. 법에 걸리는 일이 아니란 말이야."

"알고 있습니다."

머리를 끄덕인 경철이 윤영만의 옆으로 들고 왔던 과자 박스를 내려놓았다.

"앞으로 잘 부탁드린다는 말씀을 드리려고 뵙자고 한 것뿐입니다."

"이건 뭐야?"

술잔을 내려놓은 윤영만이 과자박스의 뚜껑을 열더니 눈이 둥그래졌다. 만 원권 뭉치가 20개나 들어 있었기 때문이다. 머리를 든 그가 경철을 바라보았다.

"자네 통이 크구만 그래."

"그냥 인사드리는 것입니다."

"박회장 보다도 통이 커."

윤영만이 다시 술잔을 들더니 웃었다.

"내가 박회장하고는 사이가 좋았지. 그런데 안상준이 그놈은 경찰 출신이어서 그런지 뺀질거리기만 한단 말이야. 지가 경찰 내막을 꿰고 있다는 거지."

"그 새끼가 어딜 갔을까?"

이맛살을 찌푸린 안상준이 묻자 최광철이 대답했다.

"혹시 도망쳤는지도 모릅니다. 아무래도 어린놈이라 겁이 났을 겁니다."

"그럴 놈은 아녀, 병신아"

안상준이 혀를 차더니 병신 보듯이 눈썹을 좁히면서 최광철을 보았다.

"학교에다 몸이 아프다고 전화를 한 것은 거짓말이야. 놈이 무슨 수작을 꾸미고 있는지도 몰라."

회장실 안에는 최광철과 이번에 경호원이 된 황창섭, 이렇게 셋이 앉아 있었다. 안상준이 못마땅한 얼굴로 다시 혀를 찼다. 경철이 학교에 나오지 않은 것은 조기호가 즉각 보고를 해 왔지만 행방을 알 수 없었기 때문이다. 어제 아침 7시에 돼지를 만나고 나서 종적을 감추었다는 것이다.

"애들을 풀어서 그놈을 찾아라. 마빈을 저렇게 놀릴 수는 없어."

마빈은 위치가 좋아서 하루 이익이 천만 원이 되는 곳이다. 이미 마빈을 수중에 넣은 기분인지라 안상준은 마음이 조급 했다.

"벌떡 일어나, 어서."

했을 때 문이 열리더니 부하 하나가 들어섰다. 그가 최광철에게 말했다.

"형님, 미도에 새로 나온 조기호가 강도를 만나 당했습니다. 지금 중앙병원에 있습니다."

"강도를 만났다구?"

눈살을 찌푸린 최광철이 물었다.

"병신같은 놈이 그래서 어떻게 되었어?"

"뒷머리에 금이 가고 다리가 부러져서 석 달은 입원해야 한답니다."

"가만."

안상준이 나섰으므로 사내가 부동자세로 섰다. 정색한 안상준이 사내를 보았다.

"조기호라면 이번에 가입한 놈 아니냐?"

"예, 회장님."

"강도한테 당했다구?"

"예, 강도가 지갑을 털어 갔답니다."

어금니를 문 안상준의 시선이 다시 최광철에게로 옮겨졌다. 조기호는 김경철을 감시하기 위해서 회원으로 승격시킨 똘마니였던 것이다. 그런데 며칠 만에 그 기능을 상실해 버렸다.

"이것, 아무래도 꺼림칙한데."

안상준의 시선을 받은 최광철이 긍정할 수 없다는 듯이 머리를 조금 기울였다.

"강도한테 당한 것이 말입니까?"

"이런 돌머리 같은 놈."

혀를 찬 안상준이 금방 정색하고 말했다.

"김경철이 주변에 두었던 애들이 당하고 있단 말이다. 마빈의 차호태가 죽더니 이젠 학교에 둔 놈이 강도를 당해 병신이 되었다는데도, 이상하지 않단 말이냐?"

조기호가 강도한테 당했다는 소식은 다음 날 오전 중에 학교 전체로 퍼졌는데 동정하는 학생은 거의 없었다. 영동회의 정식회원이 되고 미도클럽에 나가게 되었다면서 기세를 올렸던 조기호의 꿈은 사흘 만에 박살난 것이다. 따라서 다시 일어나려던 조기호의 기호파는 완전히 분해되었다. 조기호는 석 달 동안 입원하고 있어야만 하는데다 퇴원해도 다리가 정상으로 회복되는 데는 시간이 더 걸린다고 했기 때문이다.

점심시간이 되었을 때 홍문수가 다가와 앞쪽 책상에 앉았다. 그가 조심스런 시선으로 경철을 보았다.

"학교 그만 두겠다고 했다면서?"

경철이 머리만 끄덕이자 홍문수는 바짝 다가앉았다.

"방학 때 빼면 앞으로 석 달만 학교 나오면 되지 않아? 선생님들도 말린다던데 그렇게 하지 그래?"

"넌 내가 무슨 일을 하는지 몰라서 그래."

경철이 부드럽게 말했다.

"학교에 누를 끼치기 싫어서 그런다."

"나도 대충은 알아."

정색한 홍문수가 말을 이었다.

"하지만 법을 어긴 것도 아니지 않어? 재벌들은 세 살짜리 손자한테도 몇 십억씩 주식을 상속해 준다는데."

"그것하고는 틀려."

머리를 저으며 경철이 웃었다. 그러나 홍문수의 배려는 고마웠다. 그가 학교생활에서 만난 홍문수는 유일한 친구였던 것이다.

"양숙명 선생이 내일부터 학교 그만둔대. 곧 결혼한다고 하더구만."

홍문수가 화제를 바꿨다.

"짝사랑하던 놈들 가슴 터지게 생겼어."

경철이 학교를 나왔을 때는 오후 5시경이었다. 이제는 마빈 빠찡코에서 보내 주는 차도 없었으므로 그는 학교 앞 버스 정류장으로 다가가 섰다. 정류장에 서 있던 서너 명의 하급생이 긴장하더니 인사를 했으므로 그는 머리를 끄덕이며 웃었다. 이미 학교를 떠나기로 마음을 굳힌 터라 착잡했던 것이다. 시내로 가는 버스가 곧 도착해서 그는 버스에 올랐다. 그리고는 뒤쪽 창으로 밖을 내다보았다. 승용차 두 대가 버스 뒤에 붙어 있었는데 앞쪽 차의 앞좌석에 타고 있는 사내가 송준수였다. 그들이 학교 정문을 나설 때부터 따라오고 있다는 것을 경철은 알고 있었던 것이다. 그리고 이것은 시작일 뿐이라는 것도 경철은 알았다. 그래서 수업이 끝났을 때 미리써 놓았던 자퇴원을 홍문수에게 건네주고 나온 것이다. 비스에는 자리가 여러 개 비어 있었지만 경철은 손잡이를 잡고 서서 창밖을 바라보았다. 7월초의 국도변 논에는 벼가 익어 가는 중이었고 건너쪽 산은 숲이 울창했다. 눈을 가늘게 뜬 그는 다시 청모골을 떠올렸다. 그곳에서 생활한 7년 동안 그는 이기는 방법만 배웠다. 배국청의 청모술은 사람의 마음을 읽고 허점을 노리는 살수뿐이었다. 시선을 돌린 경철은 뒤쪽을 바라보았다. 두 대의 차는 빈틈없이 따라붙고 있었다.

"자퇴서를 내고 왔어?"

다가선 이영혜가 불쑥 물었으므로 홍문수는 당황했다. 이제까지 이영혜가 한 번도 직접 말을 걸어온 적이 없었기 때문이다. 더구나 지금은 하교 길이어서 주위의 시선이 모여지고 있었다.

"응, 조금 전에."

어물거리면서 말하자 이영혜가 턱으로 운동장가의 나무 벤치를 가리켰다.

"나하고 얘기 좀 해."

"그러지 뭐."

물론 홍문수는 이영혜가 경철의 문제로 이야기하자는 건 안다. 그러나 학교에서 제일 콧대 높고 그만큼 가치도 있는 이영혜와 둘이만

있게 된다는 것이 거북하면서 설레었다. 나무 벤치에 나란히 앉은 그들을 힐끗거리면서 학생들이 지나갔다.

"문수는 경철이하고 제일 친했으니까 알거야. 경철이가 운영한다는 빠찡코 상호가 뭐야?"

이영혜가 묻자 홍문수는 뒷머리를 긁었다.

"난 몰라. 그건 조기호가 알 텐데."

조기호는 병원에 있는 데다 물어 볼 사이도 아니었다. 한동안 앞쪽만 바라보던 이영혜가 다시 물었다.

"아까 경철이하고 이야기를 꽤 오래 하던데 무슨 이야기였어?"

"선생님들한테 미안하다고 전하라고. 꼭 인사드리러 오겠다고 했어."

홍문수가 머리를 돌려 이영혜를 보았다.

"반 아이들한테도 그 말 전하랬어. 일이 잘 풀리면 만나서 놀자고 하더구만."

"흥, 놀긴 뭘 놀아."

치마에 붙은 먼지를 손끝으로 털어 내면서 이영혜가 말했다.

"가는 길이 달라졌는데 만날 수도 없을걸 뭐."

"나하고는 다음 일요일에 만나기로 했어."

이영혜의 콧등을 내려다보면서 홍문수가 말했다.

"오후 5시에 종합운동장 앞 분수대에서."

머리를 든 이영혜와 시선이 마주쳤을 때 홍문수가 얼굴을 펴고 웃었다.

"네가 내 대신 나가도록 해. 나는 별로 할 말도 없으니까."

그러자 이영혜의 얼굴이 금방 빨개졌지만 가타부타 대답은 하지 않았다.

"저 새끼가 어딜 가는 거야?"

짜증이 난 송준수가 눈을 부릅떴다. 그들은 번화가를 내려가는 중이었는데 30미터쯤 앞쪽으로 경철이 걸어가고 있다. 오후 6시 반이어서 거리에 통행인이 제일 많은 시간대였다. 시내 복판에서 버스를 내린 경철이 인도를 걷기 시작했으므로 송준수의 일행 일곱 명도 차에서 내려 따라붙은 것이다.

"놓치지만 말아라."

송준수가 급한 마음을 진정시키려는 듯이 허리를 펴고는 크게 숨을 들이켰다.

"이젠 시간문제다."

조기호가 갑자기 병신이 되는 바람에 송준수는 오전부터 학교 앞에서 진을 치고 있었던 것이다. 경철이 학교에 출석했다는 것도 경찰을 사칭해서 교무실에다 물어보고 나서야 알게 되었는데 송준수는 경철을 놓칠 까봐 간이 탔다. 그러나 지금은 잡힌 것이나 마찬가지였다.

"형님, 저 새끼가 마빈 쪽으로 가는데요?"

옆에 붙어있던 부하가 말하지 않았어도 송준수는 경철이 번화가의 오른쪽으로 꺾어져 들어가는 것을 보았다. 마빈 빠찡코는 50미터쯤 전방이었다.

"어렵쇼, 형님. 마빈이 문을 열었습니다."

놀란 부하가 눈을 크게 떴고 송준수도 마빈의 네온사인이 아직 초저녁인데도 번쩍이는 것을 보았다. 그리고 입구에는 사내 두 명이 서서 손님들을 맞는다. 곧장 마빈으로 다가간 경철이 출입구 앞에 다가갔을 때 사내들이 일제히 허리를 꺾어 절을 했다.

"모르는 놈들입니다."

이제 걸음을 멈추고 24시간 매장 앞에서 마빈을 바라보고 선 송준수에게 부하 하나가 말했다. 경철은 마빈 빠찡코 안으로 들어간 것이다.

"형님, 어떻게 할까요?"

"마빈이 영업을 해?"

와락 목소리를 높였던 안상준이 옆에 앉은 최광철을 흘겨보더니 전화기를 고쳐 쥐었다. 동안상사의 회장실 안이다. 흥분을 가라앉히려는 듯 이를 악문 안상준이 잇사이로 물었다.

"전혀 모르는 놈들이라구?"

송준수가 중언부언 더듬대며 보고를 하는 동안 아랫입술을 여러 번 물었다가 푼 안상준이 전화기를 내려놓았다. 그리고는 어느 사이에 냉랭해진 얼굴로 최광철을 바라보았다.

"외지에서 데려온 놈들로 마빈을 채웠다는 말이야?! 야차 이새끼 우리하고 정면으로 붙어 보겠다는 거로군."

"가소로운 놈입니다."

허리를 편 최광철이 입술을 비틀면서 웃었다.

"뭐, 오늘 밤에 끝장을 내지요. 제가 직접 가겠습니다."

정팔호는 새로 산 검정 양복을 입었고 구두도 새것이었다. 흰색 셔츠에다 노란 바탕의 넥타이를 매어서 조금 색깔이 맞지 않았지만 어쨌든 말끔한 차림이다.

"어서, 오셔."

경철이 들어서자 그가 반말도 존댓말도 아닌 어정쩡한 말투로 맞았다. 빠찡코 안은 손님이 가득 차 있어서 기계의 소음으로 시끄러웠다. 경철과 정팔호는 안쪽 사무실로 들어가 마주 앉았다.

"내일 두 놈이 더 오기로 했으니까 나까지 여섯이면 관리는 충분한데."

말끝을 그렇게 자른 정팔호가 경철을 바라보았다.

"안상준이 마음만 먹는다면 10분도 안 되어서 이곳을 뒤집을 수 있어. 물론 신경 쓰고 계시겠지?"

"알아, 그런데…."

정색한 경철이 끄덕이며 말했다.

"내가 지금 신경 쓰는 건 당신의 말투야. 얼렁뚱땅 반말로 넘기지 말어"

"이런 젠장!"

정팔호가 버릇처럼 이마의 상처를 손끝으로 문질렀다.

"슬슬 고쳐지겠지. 급하게 몰아붙이지 말어."

"지금 밖에 안상준 부하들이 와 있을 거야. 나가서 얼굴이나 보여주지 그래?"

"당연히 와 있겠지. 이미 소문이 났을 테니까."

"날 미행해 온 거야."

"어쨌거나 내가 관리부장을 며칠이나 하게 될지 궁금하구만 그래."

투덜거린 정팔호가 양복 깃을 바로 잡더니 사무실을 나갔다.

"정팔호라구?"

와락 눈썹을 치켜세운 안상준이 전화기를 고쳐 쥐었다. 최광철을 내보낸 그는 방에서 혼자 TV를 보던 중이었다. 그가 앞쪽의 벽을 노려보았다.

"틀림없어?"

"예, 회장님."

긴장한 송준수가 더듬거렸다.

"정팔호가 마빈의 관리부장이라고 합니다. 애들 시켜서 물어 보았습니다."

"그 놈이."

어금니를 문 안상준이 내려치듯 말했다.

"최부장이 그 쪽으로 갈 것이다. 상황을 보고 나서 다시 나한테 보고하라고 해."

"알겠습니다, 회장님."

부서지듯이 전화기를 내려놓은 안상준이 이제는 쓴웃음을 지었다.

"그 애새끼가 정팔호를 데려오다니, 아무래도 어떤 놈이 뒤에서 조종하는 모양이군, 그래."

룸살롱 청원에서 술을 마시고 있던 고춘태가 마빈 사건을 알게 된 것은 밤 10시경이었다. 동양건설의 전무이자 심복인 정호열과 둘이서 영계 둘을 끼고 흥이 나 있던 참이었는데 부하의 보고를 듣고는 흥흥 웃었다.

"그 아새끼가 안상준이 코털을 뽑으려고 드는구나."

"정팔호를 데려왔다면 한 번 붙어 보자는 배짱 아닙니까?"

정호열이 묻자 고춘태가 눈을 가늘게 떴다.

"그 아새끼 배후에 누군가가 있는 것 같다. 그 놈이 정팔호를 알 리가 없거든."

"누굴까요?"

"박종필일 수도 있어."

"설마 그럴라구요? 병신이 되어서 은퇴한 처지 아닙니까?"

"안상준이 성급했어."

정색한 고춘태가 술잔을 들어 위스키를 한 모금 삼켰다.

"어떤 놈이 배후에 있건 어떻게 되건 간에 우리한테 해될 일은 없다. 두고 보는 거야."

고춘태는 팔을 뻗어 영계의 허리를 당겨 안았다.

"그리고 기회를 봐서 들어간다. 그쪽 분란이 커질수록 들어가기가 쉬울 테니까."

"부채질을 해 주지요, 뭐."

정호열도 밝은 표정으로 술잔을 들었다.

"그 아새끼가 조금 길게 버텨 주었으면 좋겠는데요."

밤 11시가 되었을 때 안상준은 모르는 전화를 받았다. 조금 전까지 마빈 근처의 카페에 진을 치고 앉아 있는 최광철과 긴 통화를 하고 난 참이어서 그는 핸드폰을 귀에 붙이면서 냉수를 벌컥벌컥 마셨다.

"이 봐, 안 회장. 술 마시는 거요?"

하고 송화구에서 걸직한 목소리가 울렸으므로 안상준은 물컵을 내려놓았다.

"누구시오?"

"내 목소리도 잊어먹었군 그래. 나 윤영만이오."

"아, 윤 경감님."

긴장한 안상준이 이맛살을 찌푸렸다. 윤영만과는 박종필과 함께 몇 번 만난 적이 있지만 회장이 된 후로는 통화도 한 적이 없다. 그러나 윤영만이 경찰의 간부인 이상 한 번 만나기는 해야겠다고 마음먹고 있었던 참이었다.

"아이구, 이 시간에 웬일이시오, 높으신 양반께서."

"안 회장이 높은 사람이 되더니만 연락도 없드만 그래."

"잘 아시다시피 졸지에 그렇게 되어서요. 곧 인사드리려고 했습니다."

"그런데 안 회장, 일 일으키지 마시오."

윤영만의 목소리에 웃음기가 가셔졌다.

"마빈 빠찡코 주변에 애새끼들이 깔려 있데만 그래."

"그게 무슨 말씀입니까?"

"이 보쇼, 내가 새대가린 줄 알아?"

이제는 윤영만이 목소리를 높였다.

"마빈에 있던 똘마니들을 싹 몰아내고 문을 닫게 만들었다가 주인이 새 멤버들을 채워 놓으니까 엎어 버리겠다는 수작이 아녀?"

"이것 보십시오, 윤 경감님."

"내가 교통과로 옮겼으니 별 볼일이 없는 놈이라고 생각한 모양인데 이래봬도 내가 정보과 밥만 10년 먹은 사람이야. 그리고 경찰이라구."

"아니, 누가 뭐라고 했습니까?"

"분란 일으키지 말라는 충고를 하는 거요. 다 옛정을 생각해서 하는 소리니까 더 이상 마빈에서 사고 치지 말아요."

"저는 전혀 모르는 일입니다."

"사람이 둘이나 죽어 나갔는데 한 번만 더 일이 벌어지면 영동회는 안 회장 대에서 끝납니다. 지금이 어떤 세상이라고."

"어쨌든 충고는 고맙습니다. 제가 알아보고 나서."

"다 해산시켜요. 기동대를 투입하기 전에."

그리고는 전화가 끊겼으므로 안상준은 이를 악물었다. 오늘 밤에 두 번씩이나 놀란 것이다. 정팔호에 이어서 윤영만까지 전혀 예상도 안 했던 놈들이 나타났다.

다음 날 아침에 경철이 집으로 들어서자 외숙모가 반색을 했다.

"오늘은 웬일이냐? 아침에 집으로 오구."

마빈을 맡게 된 다음부터 경철은 사무실에서 자고는 곧장 학교로 갔는데 저녁에만 집에 들렀다. 그래서 거의 집을 떠나 있는 셈이었다. 외삼촌 고석만은 간판가게 문을 닫고 마을 근처의 땅을 빌려 돼지를 기를 계획이어서 바빴다. 경철이 오석만과 마주 앉았을 때 외숙모가 들어와 옆에 앉았다.

외숙모는 이제 완전히 경철의 편이 되어서 오석만이 뭔가를 나무라면 무조건 가로막았다. 그것도 그럴 것이 경철은 매달 2백만 원씩을 생활비로 주어온 것이다. 경철이 외삼촌 부부를 바라보았다.

"삼촌, 저는 당분간 시내에서 일을 해야 될 것 같습니다. 그래서 집에는 자주 들를 수가 없겠어요."

조심스럽게 말하자 오석만이 정색했다.

"시내에서 다니다니? 아예 집에는 오지도 않겠다는 말이냐?"

"자주 들르겠어요."

"시내에서 학교로 통학을 해?"

"학교에는 자퇴서를 냈습니다."

그러자 오석만이 눈을 치켜떴다.

"뭐? 왜?"

"다닐 형편이 안 됩니다. 일을 해야 되기 때문에."

경철이 서둘러 말을 이었다.

"검정고시에 합격했으니까 졸업장은 없어도 됩니다."

"이런 고약한 놈!"

오석만의 얼굴이 붉게 상기되었다.

"정상적으로 학교생활을 해 보라고 보낸 것인데 네 마음대로 자퇴서를 내? 이놈이 제 어미하고 똑같이 제 고집대로 하는구만 그래."

"아니, 이보시오. 경철이 말도 맞는 데가 있소."

하고 나섰던 외숙모가 오석만의 험악한 눈빛을 보더니 말을 삼켰다. 오석만이 손끝으로 경철을 가리켰다.

"도대체 네 놈이 시내에서 하는 일이 뭐냐? 식당 일로 한 달에 2백씩을 번다는 말은 못 믿겠다. 바른 대로 대."

"외삼촌, 나쁜 일은 아닙니다. 불법적인 일도 아니고요."

"말하지 못해?"

"나중에 꼭 말씀드리겠습니다."

"이런 버르장머리 없는 놈이!"

어깨를 부풀렸던 오석만이 한동안 경철을 노려보더니 이윽고 길게 한숨을 뱉었다.

"이놈아, 우리는 너를 조카가 아니라 친자식처럼 생각하게 되었다. 어떻게 네 마음대로 이럴 수가 있단 말이냐?"

"저도 친부모처럼 생각하고 있습니다. 하지만…."

이를 악물었던 경철이 외삼촌 부부를 번갈아 보았다.

"저는 이 길로 가기로 이미 결심했습니다."

"어떤 길이냐?"

그렇게 물었던 오석만이 경철의 굳게 닫힌 입을 보더니 다시 한숨을 뱉었다.

"네가 보통 아이하고 다른 건 진작부터 알고는 있었다. 어쨌든 절대로 나쁜 짓은 하지 말아라."

"명심하겠습니다."

"자주 들르고."

"매일 전화하겠습니다."

경철이 구석에 놓았던 가방을 들더니 오석만 앞에 내려놓았다.

"삼촌 사업 자금으로 쓰세요."

지난 번 박종필한테서 받은 1억 중에서 정팔호와 윤영만등에게 떼어 주고 남은 6천만 원이었다.

"안상준 그 새끼는 뒤가 무르거든."

정팔호가 턱을 들고 말했다.

"나하고 붙으려면 피 좀 흘릴 테니까 지금 머리 굴리고 있을 거야."

점심 시간이라 경철은 정팔호와 함께 마빈 근처의 설렁탕집에 앉아 있었다. 설렁탕 그릇을 들고 국물까지 깨끗이 비운 정팔호가 냅킨으로 이마의 땀을 닦았다.

"어이, 사장. 물어 볼 말이 있는데…."

정팔호가 정색하고는 경철을 보았다.

"소문을 들었는데 사장 별명이 야차라면서? 박 회장이 직접 별명을 만들어 주었다던데."

"그게 어쨌단 말이야?"

"야, 차야? 발로 차라는 거야?"

정팔호가 느물거리며 웃었다 마빈을 개업한지 오늘로 일주일 째였는데 첫날부터 무언가 일으킬 것 같이 근처로 모여들었던 영동회가 갑자기 철수하더니 이제까지 잠잠했다. 그것을 정팔호는 순전히 자신의 공으로 치부하는 것이다. 경철은 안상준이 윤영만의 경고를 받고 물러났다는 이야기는 해 주지 않기로 마음먹었다. 웃음 띤 정팔호의 얼굴에는 자신감이 배어 나왔고 그것은 힘을 증가시킨다. 청모술을 가르친 배국청의 지론이다. 수저를 내려놓은 경철이 정팔호를 보았다.

"시장 입구에 있는 동경 나이트클럽 임대기간이 끝났어. 그런데 주인은 건물주하고 재계약을 하지 않는다는 거야."

경철이 눈만 끔벅이는 정팔호에게 말을 이었다.

"고춘태한테 이익금 절반을 보호비로 바치는 데다 뜯기는 돈이 많아서 보증금만 빼고 사업을 그만둘 모양이야."

"어떻게 그렇게 잘 알아?"

"정보원이 있어."

"그래서 어쩌겠다는 거야?"

"내가 그곳을 인수할 생각인데, 물론 사장을 내세워서 말야."

"자금은 있어?"

머리를 끄덕인 경철이 정색했다.

"같이 해 보겠나?"

그러자 정팔호는 정색했다. 그도 사태의 심각성을 느낀 것이다. 고춘태의 지배권에 파고든다는 말이었고 고춘태에게 굴복하든지 싸우든지 둘 중의 하나를 택해야만 할 것이다. 정팔호가 경철을 쏘아보며 말했다.

"제길, 산 넘어 산이로구만. 안상준, 고춘태 양쪽하고 전쟁을 하자는 말은 아니겠고. 안상준이 한쪽만 해도 우리는 하루도 버티지 못할 판국인데."

"10분에서 하루로 늘었군."

"고춘태 밑으로 들어가자는 거야?"

"대리 사장을 세운다고 했지 않아."

그러자 정팔호가 주위를 둘러보았다. 손님들이 빠져나간 옆 쪽 테이블은 모두 비어 있었다.

"대리 사장을 세운다고 고춘태가 손을 뗄 것 같아?"

"보호비를 주는 거지."

"그럼 고춘태 밑으로 들어가는 것이나 마찬가지 아냐?"

"하지만 세력을 키울 수는 있지."

목소리를 낮춘 경철이 말을 이었다.

"고춘태는 영업부장하고 몇 명을 심어 놓겠지만 나머지는 우리 애들로 채울 수가 있어. 종업원이 50명이나 되는 곳이야."

"도대체 그 계획은 누가 짜낸 거야? 사장이 만든 것 같지는 않은데."

"그건 따질 일이 아냐."

"바지 사장을 세우고 뒤에서 우리가 조종하자는 말이지?"

"이제야 말귀를 알아듣는군."

"이봐, 벌써 너무 설치는 거 아냐?"

눈을 치켜뜬 정팔호가 침을 삼키고는 바짝 다가앉았다.

"바지 사장으로 찍어둔 사람은 있어?"

"그건 당신이 골라. 서울에서 노름방을 털던 동료나 어음해결사 중에서 골라도 될 거야. 우리가 배후에 있다는 걸 이쪽 놈들이 눈치 채지 못하게만 하면 되니까."

"이런, 씨발."

경철에게 눈을 흘겨 보인 정팔호가 잇사이로 말했다.

"아주 내 뒷조사도 해 놓았군 그래. 점점 더 찜찜해 지는데, 당신 뒤가…."

그렇지만 정팔호의 얼굴에는 생기가 떠올랐다. 박종필의 말대로 뱃심과 욕심이 있기 때문일 것이다.

"오빠, 저한테 말두 안 하고 왜 그랬어요?"

자리에 앉자마자 오수현이 투정하듯 말하더니 입술을 삐죽 거렸다. 사복차림인데다 굽 높은 구두까지 신어서 오수현은 성인같이 보였다. 마빈 근처의 카페 안이다. 저녁7시여서 손님이 왜 많았는데 대부분이 20대였다. 경철이 오수현을 바라보았다. 반소매 셔츠에 짧은치마를 입은 오수현은 몸매가 그대로 드러났다. 그리고는 얼굴에 엷은 화장까지 해서 한 달도 안 되는 동안에 훌쩍 성인이 되어 버린 것 같았다.

"너하고 동생들이 궁금해서 만나자고 한 거다. 별일 없지?"

"우린 잘 있어요."

"그럼 됐어."

"오빠가 학교 그만둔 뒤로 재미가 없어졌지만."

"재미로 학교 다녀?"

"영혜언니는 자주 만나요?"

"안 만났어."

경철이 맥주병을 쥐고 한 모금 삼켰다.

"학교 애들 중에서 만난 사람은 너 뿐이야."

그리고 이제는 오수현과도 그만 만나야겠다고 경철은 마음먹었다.

혹시나 양부 서동수나 친모 박영옥이 다시 괴롭히지나 않을까 걱정이 되어서 불러낸 것이다. 경철이 주머니에서 휴대 전화 번호만 적힌 쪽지를 꺼내어 내밀었다.
"이건 내 연락처니까 무슨 일이 있으면 연락해."
"그럴게요."
쪽지를 받아 쥔 오수현이 경철을 바라보았다.
"오빠는 사업을 크게 하신다면서요?"
"내가 사업은 무슨 사업."
"소문이 다 났어요. 빠찡코 사업으로 돈을 엄청 번다고."
아마 조기호가 병원에 입원하기 전에 마음 놓고 퍼뜨린 소문일 것이다. 감시를 당하지 않으려고 병원에 입원시켰지만 지금 상황으로선 그렇게까지 할 필요가 없었다. 다만 결과적으로 학교의 분위기를 위해서는 잘 된 일이었다. 오수현이 다시 쉬지 않고 조잘거렸다.
"양숙명 선생님은 학교 그만두고 서울로 갔는데 곧 결혼 한대요. 대학 때부터 사귀던 남자가 있었대요."
경철이 건성인 것처럼 머리를 끄덕였지만 가슴이 무거워졌다. 오수현을 불러낸 이유 중의 하나가 바로 이것이었다. 그는 양숙명에 대한 어떤 이야기라도 듣고 싶었던 것이다.

더 같이 있고 싶어하는 오수현과 헤어진 경철이 수원 교외의 갈빗집에 들어섰을 때는 밤 10시 정각이었다. 갈비 집의 깊숙한 방안에는 정팔호가 한 사내와 나란히 앉아 있었는데 경철이 들어서자 둘은 엉거주춤 일어섰다.

"어, 인사해라. 우리 사장이셔."

사내에게 그렇게 말한 정팔호가 경철을 바라보았다.

"이 놈이 조봉원이라고 상계동에서 날리던 놈이여."

경철은 조봉원이 재빠르게 자신을 훑어보자 쓴웃음을 지었다. 악수를 나누고 그들과 마주 앉았을 때 경철이 조봉원에게 물었다.

"말씀 들었습니다. 서울에서 부동산을 하셨다면서요?"

"네."

상체를 뒤로 젖힌 조봉원이 눈을 가늘게 뜨고 경철을 보았다.

"그냥 놀았죠, 뭐."

조봉원은 30대 초반쯤으로 정팔호와 비슷한 연배로 보였지만 인상은 더 험악했다. 각진 얼굴에다 눈초리가 치켜 올라갔고 육중한 체격이었다. 그의 시선을 잡은 경철이 부드럽게 물었다.

"해결사 노릇을 했습니까?"

"아니, 그게 무슨 말이오?"

하면서 조봉원이 눈살을 찌푸렸을 때 경철이 다시 쓴웃음을 지었다.

"이번 일을 맡으려면 나한테 거짓말을 하지 않는 것이 좋아. 그렇게 못한다면 죽여서 입을 막는 수밖에 없으니까."

"아니, 뭐라고?"

하면서 조봉원이 상체를 반쯤 일으켰을 때 경철이 불쑥 앞으로 손을 뻗었다. 그 순간 수도에 목을 찔린 조봉원이 털색 주저앉더니 금방 얼굴이 자줏빛으로 변해갔다. 경철이 정색하고 말했다.

"정팔호한테 어떤 말을 들었는지 모르지만 나한테 허세 부리지

마. 넌 내가 한 번 더 치면 송장이 된다."

"아, 아니, 이게."

하며 정팔호가 어깨를 폈지만 눈동자가 조봉원과 경철의 사이를 분주하게 오갔고 얼굴빛은 하얘졌다. 이제 조봉원의 자줏빛 얼굴에서는 땀이 비 오듯 쏟아졌고 목구멍에선 가래 끓는 소리가 났다. 경철이 다시 물었다.

"먼저 분명히 하고 넘어갈 일이 있다. 네가 일을 맡으려면 나한테 대하는 태도가 분명해야 한다. 어때 하겠나?"

그러자 조봉원이 손을 들더니 자신의 목을 가리켰다. 어떻게 해달라는 시늉이었다. 경철이 손을 뻗쳐 그의 목울대를 가볍게 치자 길게 숨을 뱉은 조봉원이 머리를 돌리더니 한 움큼의 침을 뱉었다. 경철이 정색하고 말했다.

"자, 내가 묻는 말에 정직하게 대답해. 그 동안 무얼 하고 지냈어?"

"해결사 노릇도 하고 노름방을 터는 강도짓도 했습니다."

조봉원이 손바닥으로 얼굴에 흐르는 식은땀을 훔치면서 대답했다. 그가 힐끗 옆에 앉은 정팔호를 흘겨보았다.

"물론 정팔호하고 같이 했습니다."

"그것까지는 묻지 않았어."

쓴웃음을 지은 경철이 다시 물었다.

"정팔호가 뭐라고 하던가?"

"호구가 하나 있으니 둘이서 나눠먹자고 했습니다. 나이 어린 호구라고 했지요."

그러자 헛기침을 한 정팔호가 일그러진 얼굴로 경철을 보았다.
"이놈을 끌어들이기 위해서 한 소리야. 본의가 아니었어."
건성으로 머리를 끄덕인 경철이 조봉원을 바라보았다.
"어떻게 나눠먹자고 하던가?"
"호구는 전혀 영업을 모른다고 하더만요. 그러니 고춘태한테 떼어주는 몫만 빼고는 얼마든지 빼낼 수가 있다고 했습니다."
"아니, 이것 봐."
하며 정팔호가 눈을 부릅떴을 때였다. 그는 앞에 앉은 경철을 아까부터 잔뜩 경계하고 있었기 때문에 경철의 왼쪽 손이 뻗쳐 나오는 것을 보았다. 그래서 번쩍 상체를 뒤로 젖힐 수가 있었는데도 목에 강한 충격이 왔다.
"억!"
눈을 치켜뜬 정팔호가 어느 사이에 경철의 손이 걸혀져 있는 것을 보고는 온몸에서 소름이 돋아났다. 경철의 손이 자신의 눈보다도 빠르게 목을 치고 걸혀진 것이다. 조봉원과 똑같이 목을 맞은 정팔호는 끔찍한 고통에 먼저 숨부터 막혔다. 그 다음에 온몸의 기력이 순식간에 떨어지더니 손끝 하나 움직일 수가 없었고 목에서 소리도 나오지가 않았다. 눈을 부릅뜬 정팔호는 자신의 얼굴에서 식은땀이 흐르는 것을 느꼈다. 조봉원처럼 얼굴이 자줏빛이 되어 있을 것이다. 그때 경철이 조봉원을 향해 물었다. 아무 일도 없었다는 듯한 표정이었지만 조봉원은 나무토막처럼 굳어져 있다.
"고춘태와 안상준에 대해서는 뭐라고 하던가?"
"만일 사장님이 배후에 있다는 것을 그자들이 알게 된다면 그날로

끝장이 날 테니 주의해야 한다고 했습니다."

고분고분 대답한 조봉원이 목이 탔는지 엽차 잔을 들고 게걸스럽게 두어 모금을 삼켰다. 그러나 시선은 경철에게서 떠나지 않았다. 경철이 머리를 끄덕였다.

"그래서 해 보겠다고 했나?"

"예, 놀고 있는 처지라서."

몸을 세운 조봉원이 무릎을 꿇고 앉아 경철을 바라보았다.

"일을 시켜 주십시오. 배신하지 않겠다고 맹세하겠습니다."

경철이 조봉원에게서 정팔호에게로 시선을 옮겼다.

"넌 욕심은 많지만 신의는 있는 놈이라고 들었는데 그 동안 쓰레기가 된 것 같다. 잘못 본 모양이야."

정팔호가 입을 달싹거렸으나 말 대신 땀만 쏟아졌다. 경철이 손을 뻗자 정팔호는 가만있었다. 수도로 정팔호의 목을 친 경철이 자리에서 일어섰다.

"한 번만 더 기회를 준다. 내일 동경 나이트클럽 계약을 할 테니까 건물주를 만날 준비를 해."

몸을 돌린 경철의 등뒤에서 정팔호의 가쁜 숨소리가 울리더니 곧 연달아 재채기를 했다.

"동경나이트에 임자가 나섰어?"

신문을 내려놓은 고춘태가 정호열을 바라보았다. 오후 3시 경이어서 점심을 마친 그는 동양 건설의 회장실에 앉아 있었다.

"예, 서울 놈인데 부동산 사업으로 돈을 번 놈이랍니다. 이곳에는 아는 놈도 없다는데요."

정호열이 말하자 고춘태가 입술을 비틀고 웃었다.

"이곳 물정을 모르는 놈이야?"

"예, 홍병규가 건물주하고 같이 그놈을 만났습니다. 완전히 숙맥이라는데요."

홍병규는 동경나이트의 영업부장이자 정호열의 심복이다. 고춘태가 머리를 끄덕이며 웃었다.

"하긴 동경나이트가 시가보다 싸게 나왔기는 했지. 물정 모르는 서울 놈이 덥석 물려고 달려들었군."

동경나이트는 이미 지난주에 임대기간이 끝나 건물주는 전 임차인에게 전세금을 돌려 준 상태였다. 그래서 일주일 동안이나 문을 닫아두고 있었던 것이다. 건물주도 속이 탔지만 매일 5백 정도씩 들어오던 상납금도 끊긴 데다 10명 가까운 부하들이 놀게 되어서 고춘태도 조바심이 난 참이었다. 정색한 그가 정호열을 바라보았다.

"병규 그 놈더러 구라를 잘 치라고 해."

"아마 지금쯤 그 호구를 붙잡고 있을 겁니다."

고춘태의 시선을 받은 그가 웃었다.

"그놈 구라는 회장님도 잘 아시지 않습니까?"

"하루 순이익이 8백은 보장됩니다."

정색한 홍병규가 빈 홀을 손으로 가리켰다. 홀 안은 어둑했지만 깨끗하게 청소가 되었고 옅게 향수 냄새까지 풍겼다. 홍병규가 미리 손을 쓴 것이다.

"시설도 의자 몇 개만 갈면 됩니다. 내부 공사를 작년에 했거든요."

"그런데 전 임차인은 왜 재계약을 안 했답니까?"

어벙벙한 표정으로 조봉원이 묻자 홍병규의 얼굴에 웃음이 떠올랐다.

"그건 아무한테나 말씀 드리기가 곤란합니다. 이해해주십시오."

"말할 사람이 따로 있단 말이요?"

"예, 아무래도 사생활에 관한 일이어서요."

그들이 홀 안의 테이블에 마주보고 앉았을 때 불이 환하게 켜지더니 웨이터 셋이 술과 안주를 가져왔다.

"아니, 이건."

당황한 조봉원의 표정을 본 홍병규가 부드럽게 웃었다. 20대 후반의 홍병규는 잘생긴데다 매너도 깔끔했다. 10년 가깝게 클럽 생활을 한 베테랑인 것이다.

"부담 갖지 마시고 한 잔 마시면서 차분하게 둘러보시지요. 제가 성의껏 대접해 드리겠습니다."

조봉원은 환하게 불을 밝힌 클럽 안을 둘러보았다. 300평 가까운 홀에다 앞쪽에는 스테이지가 있고 밴드 좌석은 좌우측 2층으로 나뉘어졌다. 그리고 50평이 넘는 플로어 위에서 휘황하게 조명등이 돌아가고 있었다. 서울에다 내놓아도 손색없는 일류 클럽이었다.

"전 사장님께서 그런 일만 없었으면 계속 운영하셨을 겁니다. 정말 저로서도 안타깝습니다."

조봉원의 잔에 맥주를 따르면서 홍병규가 말했다. 그가 정색하고 조봉원을 보았다.

"전 사장님께는 죄송하지만 말씀드리지요. 전 사장님께서 이곳에서 만난 여자하고 말썽이 생기셨습니다. 대개는 제가 알아서 처리해 드렸는데 저도 모르게 일을 저지르셔서 시모님하고 심각한 상태까지 갔습니다. 그래서 이곳을 정리하는 조건으로 합의를 하신 겁니다."

이제야 납득이 간다는 듯이 조봉원이 환하게 펴진 얼굴로 웃었다.

"이제 알겠소. 이곳에 여자가 많이 오는가 보지?"

"20대에서 30대까지가 많습니다. 분위기가 좋다고 소문이 나서…."

"홍부장은 믿을 만한 사람같이 보입니다."

자리에서 일어선 조봉원이 홍병규에게 손을 내밀었다.

"계약하겠다고 건물주한테 전해 주시오. 앞으로 잘 해 봅시다."

"제가 충성으로 모시겠습니다."

조봉원의 손을 두 손으로 쥔 홍병규가 허리를 90도로 숙였다.

"맡겨 주시면 하루 1천은 뽑아 보겠습니다, 사장님."

제7장
한울 품고

경철이 박종필의 별장으로 들어섰을 때는 새벽 1시경이었다. 열흘에 한 번꼴로 그것도 깊은 밤에 도둑처럼 찾아가지만 별장에서 기르는 도베르만 두 마리는 짧은 꼬리를 흔들며 반겼다. 어느덧 8월 중순이어서 더위가 기승을 부리는 날씨인데도 별장의 응접실은 시원했다. 박종필은 셔츠 차림으로 그를 맞았는데 언제나처럼 웃음 띤 얼굴이었다. 인사를 마친 경철이 소파에 앉았을 때 그가 물었다.

"조봉원은 잘하고 있느냐?"

"예, 회장님."

정색한 경철은 박종필이 항상 인간관계부터 묻는다는 것을 깨달았다. 사람 관리가 우선인 것이다.

"눈치가 빠르고 신의가 있어 보입니다."

"나는 네가 관상 공부도 했다는 건 안다."

관상 공부가 아니라 내공이었다. 배국청이 들었다면 화를 냈을 것이지만 경철은 잠자코 머리를 숙였다.

"너는 순간의 사람 마음을 읽을 수는 있겠지만 수시로 변하는 게 인간이란 족속이야. 방심하지 마라."

"예, 회장님."

"동경에는 몇 명이나 심어 두었느냐?"

"열둘입니다."

"믿을 만한 놈들인가?"

"조봉원의 심복들입니다."

박종필이 머리를 끄덕였다. 동경나이트에 영업부장 홍병규가 그의 수하 일곱 명을 그대로 두는 대신으로 조봉원은 열둘을 채용했는데 모두 서울 출신들이었다. 일정한 직업 없이 떠돌던 건달들이어서 조봉원은 그들에게 충성의 서약까지 시키고는 데려온 것이다.

"당분간은 조용히 힘을 키워야 한다."

"예, 회장님."

선뜻 대답한 경철이 머리를 들었다.

"중앙로에 용역 회사 한 곳이 나왔습니다. 그곳을 인수하고 싶습니다만…."

"자금은 있느냐?"

"예, 빠찡코에서 모은 돈으로 됩니다."

동경나이트의 인수 대금 15억은 박종필이 건네 준 것이다. 경철이 조심스럽게 입을 열었다.

"조직을 갖추는 데는 힘보다도 조직원을 먹여 살리는 기반이 먼저 필요하다고 생각합니다. 그러려면 관리자가 있어야 하구요."

그러자 정색하고 듣던 박종필이 웃었다.

"현장에서 뛰는 터라 너는 깨닫는 속도가 빠르다. 그래서 어떻게 하겠다는 거냐?"

"용역 회사가 업체의 자금을 관리하도록 하겠습니다. 지금 인원이 다섯 명뿐이지만 얼마든지 늘어날 수가 있습니다."

박종필이 머리를 끄덕였다.

"조직원을 늘리는 데는 좋은 방법이지, 그러면 관리는 누구한테 맡길 생각이냐?"

"회장님께서 추천해 주십시오."

정색한 경철이 박종필을 보았다.

"저는 아직 미숙합니다."

그 날 밤 갈빗집에서 봉변을 당한 후로 정팔호는 경철을 대하는 자세가 달라졌는데 아직도 반말도 존댓말도 아닌 어정정한 말투는 고쳐지지 않았다. 조봉원이 싹 존댓말로 고친 것과는 대조적이다. 오늘도 사무실로 들어온 정팔호가 이마의 상처를 문지르며 경철을 보았다.

"저, 조봉원한테 홍병규가 업소에 나타나지 말라고 했다는데."

경철의 시선을 받은 그가 말을 이었다.

"조봉원이 매상 장부도 보지 못하게 한다는 거야. 어젯밤에는 조봉원한테 술잔을 집어 던졌다는구만."

홍병규의 본색이 드러난 것은 동경이 재개업한 날부터였다. 그는 조봉원에게 인사도 하지 않았을 뿐만 아니라 종업원들을 인사시키지도 않았다. 조봉원이 데려온 열두 명은 모두 현관 일이나 잡일을 시키는 바람에 한 달도 안 된 지금 벌써 넷이 그만두었다. 상황이 예상했던 것보다 심하고 빨리 진행되어서 이쪽이 먼저 흔들리는 것이다. 경철이 머리를 끄덕였다.

"홍병규가 검도를 한다고 했지?"

"검도 3단이야. 지금도 아침 6시면 어김없이 도장에서 연습을 한다는군."

그리고 승용차 트렁크에는 날이 시퍼런 일본도를 넣어 가지고 다니는 것이다. 한국에서는 총싸움이 거의 없는 터라 일본도를 넣고 다니는 홍병도로서는 천하무적의 기분이었을 것이다.

"내일 아침에 나하고 그 도장에 가자구"

경철의 말에 정팔호가 퍼뜩 시선을 들었다.

"그 놈을 치겠다는 거야?"

"검도 도구를 준비해 둬. 소문 안 나게."

"그놈하고 검도를 하려고? 사장은 검도도 했어?"

"나뭇가지로 조금 흔들어 보았어."

그러자 눈을 끔뻑이던 정팔호가 머리를 끄덕였다.

"수도로 목을 치는 게 특기인 줄 알았는데 볼 만하겠군."

"홍병규가 없어지면 고춘태가 다른 놈을 보내겠지?"

"당연하지. 하루 매상도 놓치지 않을 거야. 하지만 어수선해진 분위기를 틈타 조봉원의 기반이 조금 굳어질 수도 있어."

고춘태의 수하 조직원은 100명도 넘는 데다 간부급도 수두룩하다.

홍병규의 제거는 임시방편이 될 뿐이라는 말이었다.

"우석이라고 하는데요."
직원의 말에 경철은 머리를 기울였다. 저녁 8시여서 빠찡코 안은 손님들로 가득차 있었다. 퇴근 후에 중독자가 된 직장인들이 들어차는 것이다.
"데려와 봐."
기억나진 않았지만 경철은 찾아온 사람을 만나기로 했다. 직원이 나간 후에 일 분도 되지 않아서 사내 하나가 들어섰는데 돼지였다. 문 앞에 서서 머리를 숙여 보인 돼지가 뒷머리를 손으로 쓸었다.
"바쁘신 데 찾아왔습니다."
"난 네 이름이 우석인 것을 잊었다."
경철이 웃음 띤 얼굴로 돼지에게 자리를 권했다. 돼지와는 두 달 만에 만나는 셈이었다. 빠찡코를 재개업했을 때부터 돼지는 경철 앞에 나타나지 않았던 것이다.
"갑자기 무슨 일이냐?"
"예, 그냥 왔습니다."
하고는 경철의 시선을 받은 돼지가 머리를 숙였지만 표정이 어두웠다. 경철이 불쑥 물었다.
"문제가 있어?"
"예, 저를 받아 주셨으면 해서요"
"영동회를 그만 두었나?"
"그건 아닙니다."

"널 받으면 영동회하고 전쟁이 일어날 지도 모른다."

"그것도 압니다."

머리를 든 돼지가 정색했다.

"영동회에서는 저한테 이제 잡일도 시키지 않습니다. 그래서 놀고 있습니다."

경철이 잠자코 돼지를 바라보았다. 모두 돼지가 경철을 따랐다는 것을 알고 있기 때문일 것이다. 돼지가 말을 이었다.

"저를 이곳으로 보내려고 했지만 제가 안가겠다고 했거든요. 그래서 찍힌 것 같습니다."

"오지 그랬어? 그래서 내가 쫓아내면 지금 보다는 나았을 것 아냐?"

"형님이 뻔히 알고 계실 텐데 얼굴 내밀기가 부끄러웠습니다."

"지금도 난 널 못 믿는다."

"정보를 가져왔습니다."

침을 삼킨 돼지가 작은 눈을 크게 뜨고 경철을 보았다.

"제 정보를 듣고 결정해 주십시오."

"대가로 뭘 바라는데?"

"생활비만 주시면 됩니다."

긴장한 듯 헛기침을 한 돼지가 몸을 굳히고는 경철의 대답을 기다렸다. 한동안 돼지를 바라보던 경철이 입을 열었다.

"말해라."

"송준수 똘마니한테서 들었는데 곧 형님을 친다고 합니다."

"그런 소문은 처음부터 났어."

"뺑소니 사건으로 만들려고 차까지 준비해 놓았답니다."
"찻길로 안 다니면 돼."
"형님 숙소인 광명여관 앞길에서 두 대로 받는다고 했습니다."
돼지의 얼굴은 하얗게 굳어져 있었다. 안상준이 윤 경감의 경고 한 번쯤으로 그냥 물러갈 위인이 아니었다. 영동희의 대권을 차지하려고 주군을 습격시킨 인물인 것이다. 그것도 적과 제휴하여 반역을 성공시킨 교활하고 치밀한 놈이다. 경철이 머리를 끄덕였다.
"인간 세상이 참 험악하구나. 산 속에서 나뭇가지 휘둘렀을 때가 좋았던 것 같다."

홍병규는 안면 보호구를 단단히 조여 묶고 나서 아끼는 목검을 들었다. 아침 6시여서 도장의 반들거리는 마룻바닥에 두 발을 딛고 선 사람은 그 혼자뿐이다. 목검을 두 손으로 움켜쥔 그는 심호흡을 했다. 그리고 중단으로 검을 겨누자 온 몸의 세포 끝까지 짜릿한 전율이 왔다. 살기였다. 그는 언제나 이때가 좋았다 도장은 7시부터 개장이라 그 때는 초짜들의 어설픈 기합과 소란스런 움직임으로 정신이 흐트러졌고 마땅한 대련 상대도 없는 것이다. 그래서 관장한테서 도장 열쇠를 복제해 받고는 이렇게 혼자서 보이지 않는 상대를 벤다. 그는 한 발짝 앞으로 나서면서 섬광처럼 빠르게 앞 쪽 공간을 옆으로 후렸다. 그리고는 검 끝을 따라 빙글 돌면서 상대의 턱밑을 찔렀다. 눈 깜빡할 사이에 둘을 베었다. 숨을 들여 마신 그가 제자리에서 솟구쳐 올랐을 때였다. 목검을 머리끝까지 추켜올리고는 상대의 머리통을 박살낼 자세였는데 보호구의 구멍 사이로 도장으로 들어서는 사내를 보았다. 검정 안면 보호구를 써서 얼굴은 보이지 않았으나 1미터 85쯤의 키에 체격이 육중했다. 그리고 한 손에 한 번도 사용한 것 같지 않은 목검을 들었고 허리 받침도 차지 않았다. 마룻바닥에 발을 딛는 순간까지 그는 상대를 다 파악했다. 검도에는 문외한이다. 추켜올렸던 목검을 내려치지 못한 터라 그는 가볍게 좌우측 공간을 베었다. 그 사이에 사내는 홍병규의 세 발짝쯤 앞에 와 섰다.

"목검 승부를 한 판 할까요?"

불쑥 사내가 묻자 홍병규는 웃는 모습이 보이지 않을 터라 홍홍 소리 내어 웃었다.

"이봐, 초짜 같은데 그건 그렇고 당신 누구야?"

"목검 연습하는 걸 보고는 그냥 한 판 붙고 싶은 사람이야."

"이게 웃기는데."

두 손으로 목검을 움켜쥔 홍병규는 긴장했다. 사내가 의도적으로 접근했다는 것을 깨달은 것이다. 그의 머리는 빠르게 회전되었고 상대를 해치워야만 이곳을 떠날 수가 있다는 것을 금방 알았다.

"좋아."

하면서 홍병규는 상반신을 뒤로 젖히는 것처럼 보이더니 무릎도 굽히지 않은 채 뛰어 올랐다. 그리고는 조금 전에 그냥 내려온 유감까지 더 하여 상대의 머리통을 부서져라 내리쳤다. 맞는다면 보호구를 썼더라도 골이 부서진다. 그때였다. 사내가 춤을 추듯이 흔들거리면서 발을 떼었으므로 홍병규의 목검은 하마터면 마룻바닥에 닿을 뻔하다가 겨우 멈췄다. 허공을 친 것이다.

"에잇!"

내려오는 서슬로 바닥에 두 발이 닿는 순간의 탄력을 이용하여 홍병규는 목검으로 상대의 목을 찔러 올렸다. 그러자 이번에도 사내는 서툰 탭댄스처럼 발을 떼었는데도 목검 끝은 얼토당토않게 빗나갔다.

마침내 홍병규의 입에서 기합대신 욕설이 터져 나왔다. 와락 다가선 그는 목검으로 사내의 허리통을 쳤다. 보호대도 없는 터라 맞으면 창자가 터질 것이다. 그 때였다. 사내가 성큼 다가서는 바람에 홍병규의 목검 손잡이 부분이 사내의 허리에 닿으면서 또 헛쳤고 다음 순간 홍병규는 목에 극심한 충격을 받고는 세 발짝이나 주르르 뒤로 물러갔다. 그리고는 눈을 치켜떴다. 사내가 미끄러지듯이 따라오는 것이다.

"이것이 한국 검법이다."

홍병규는 그렇게 말한 사내가 한 손으로 목검을 치켜드는 것을 보았다. 눈을 부릅뜬 홍병규는 목검을 들어 막는 순간 온 몸에서 소름이 돋아났다. 이미 두 손은 비어 있었던 터라 빈손만 올라간 것이다. 다음 순간 홍병규의 무릎에서 둔탁한 소리가 났다.

"으아악!"

도장을 울리는 비명소리를 뱉으며 홍병규는 뒤로 반듯이 넘어졌다. 무릎이 박살이 난 것이다.

돌아가는 차 안에서 정팔호는 10분이 지나도록 아무 말도 하지 않았다. 직좌석에 앉은 경철이 안면 보호구와 도복을 벗고 양복으로

211

갈아입는 동안 차 안엔 엔진 소리만 났다.

  차가 신호등에 멈춰 섰을 때 정팔호가 생각난 듯 백미러로 경철을 보았는데 도장을 빠져나온 지 15분쯤이나 지난 후였다.

  "사장, 그 놈 다리가 병신 되었겠지?"

  그는 사무실 쪽 창가에서 다 보고 있었던 것이다. 경철이 머리를 끄덕였다.

  "무릎뼈가 박살났으니 그럴 거야. 그리고 당분간은 말도 못할 것이고."

  신호가 풀렸으므로 정팔호는 다시 차를 발진시켰고 차안에 덮인 정적이 어색했다. 이윽고 정팔호가 입을 열었다.

  "사장 별명이 야차라는 게 실감이 나는구만 그래. 눈 한 번 깜빡 않고 사람을 병신 만들다니."

  "내가 가방 끈이 짧아서."

  의자에 등을 붙인 경철이 웃었다.

  "검정고시 출신이라 도덕하고 사회과목 수업을 거의 듣지못했거든."

  "도장에서 춤을 추는 모습이 귀신같았어."

  힐끗 백미러를 올려다본 정팔호의 얼굴은 굳어져 있었다.

  "그게 한국 검법인가? 아주 괴상하고 잔인하구만 그래."

  그러자 경철이 소리 없이 웃었다. 정팔호는 극히 일부분만 본 것이다. 택견의 손기술 발기술에다가 중국 태극권의 48식 격투기 기법을 혼합시켜 배국청이 살수 위주로만 다시 만들어 낸 것이 청모술이다.

"한국 검법은 아냐. 청모술에 포함된 외공의 하나야."

"청모술이라니?"

"청모골에서 만들어진 무술이지."

다시 힐끗 백미러를 올려다본 정팔호는 입을 다물었다. 나는 감정이 없는 살인 기계로 만들어 졌는지도 모른다. 문득 그런 생각이 든 경철도 창밖으로 시선을 돌렸다. 어린 시절을 나는 그렇게 살 수밖에 없었다. 다른 길은 찾을 수도 없었던 것이다. 배국청은 아이들의 정서나 도덕, 그리고 생명의 존중 따위를 가르쳐 줄 성품도 아니었고, 지금 생각하면 모든 것을 잃고 청모골에 박혀 자기 자신에 대한 한을 무공으로 풀었다. 나는 배국청의 한이 담긴 무공을 그대로 전수받은 살수 인간이다. 창에서 머리를 텐 경철은 정팔호의 뒷머리를 바라보았다. 그리고 다시 만난 제2의 스승이 박종필이다. 그는 나에게 처음으로 인간의 가치를 알려 주었고 믿음과 정이 무엇인지를 느끼게 해 주었다. 그러나 그도 부하에게 배신당해 쫓겨난 인물이다. 나는 그로부터 또 하나의 한을 업게 된 것이다. 눈을 치켜뜬 경철은 입술을 비틀며 웃었다. 그래서 나는 강해졌긴 했다. 조금도 감정에 흔들리지 않는 기계인간이 되었다. 그것이 내 운명이다.

"도대체 어떤 놈이"

고춘태가 멍한 표정으로 주위를 둘러보았지만 아무도 시선을 맞추지 않았다. 도장에 쓰러져 있는 홍병규를 발견한 관장이 급하게 병원으로 실어 갔으나 무릎뼈가 박살이 난데다 목은 수술을 해야 하는 중상이었다. 홍병규는 폐인이 된 것이다. 동양건설의 회장실 안에는 숨이 막힐 것 같은 정적이 덮여졌다. 이것은 분명히 의도적인 공격이었는데 도무지 상대의 감이 잡히지 않는 것이다. 마침내 정호열이 머리를 들고 고춘태를 보았다.

"조봉원이가 했을 가능성이 제일 큽니다. 요즘 홍병규하고 자주 다투었거든요."

정호열이 눈만 가늘게 뜬 고춘태를 향해 말을 이었다.

"검도를 잘하는 놈을 샀을지도 모릅니다."

"가능성이 있느니 그럴지도 모르느니 하는 개같은 소리는 집어치우고."

버럭 고춘태가 목소리를 높였다.

"당장에 조봉원이 그놈을 잡아 다그쳐."

"예, 회장님."

"그리고 사건이 경찰에 알려지면 시끄럽게만 된다. 연습하다가 다쳤다고 해."

"알고 있습니다."

엉거주춤 정호열이 자리에서 일어서자 이제까지 찍소리 않고 앉아있던 나머지 사내들도 따라 일어섰다.

"그 병신 같은 놈."

고춘태가 잇사이로 말하고는 의자에 등을 붙였다.

"목검만 쥐면 천하무적이니 뭐니하고 떠들더니."

경철이 변두리의 다방으로 들어섰을 때는 오전 10시였다. 20평도 안 되 보이는 다방 안에는 마담을 중심으로 네 아가씨가 둘러앉아

회의를 하는 것 같았는데 구석자리에 앉아 있던 사내가 경철을 보더니 자리에서 일어섰다. 20대 중반 쯤의 나이에 다부진 체격의 사내였다. 그가 다가선 경철에게 손을 내밀었다.

"박삼이올시다."

"김경철입니다."

그들이 자리에 앉았을 때 머리 한쪽을 노랗게 물들인 아가씨가 다가오더니 엽차잔을 거칠게 내려놓았는데 짝짝 소리를 내며 껌을 씹고 있었다. 커피를 시키고 난 박삼이 돌아가는 아가씨를 보며 웃었다.

"저건 오래 열일곱인디요. 신분증을 위조혀서 스물 둘로 행세헌당게요."

"잘 아시는데."

"저게 두 번이나 남자 등을 쳐서 돈을 챙겼습니다. 줄때는 스물 둘로 혀놓고 열일곱짜리라고 까발리면 꼼짝못헙니다."

"어떻게 그렇게 잘 아시오?"

"용역회사에서 밥 먹을라면 솔찬허게 꿰고 있어야 합니다. 저년이 우리헌티 남자들 재산상태를 알아달라고 용역을 주었습니다."

머리를 끄덕인 경철이 정색했다. 박삼은 용역회사의 영업과장이었다. 말이 좋아 용역회사지 심부름센터로서 온갖 궂은 일을 맡아하는 곳이다. 그러나 근래에 들어 비온 뒤에 풀 나는 것처럼 수많은 용역회사가 생기는 바람에 박삼의 수원용역은 부도가 나서 사장이 도망가 버렸다. 경철이 박삼을 바라보았다.

"그러면 나에 대해서도 알고 있겠는데."

그러자 박삼이 싱긋 웃었다.

"마빈 빠찡코를 운영허고 계시더만요. 그리고 영동회허고 솔찬허게 안 좋은 사인줄로 알고 있습니다."

"그것뿐이요?"

"전 회장인 박종필 씨헌티 굉장헌 신임을 받으셨더만요. 실력도 뛰어났다고 들었습니다."

"박형은 고향이 어디요?"

"전라도 김제올시다. 열아홉 살때 어뜨케 허다봉게 일로 흘러와서 용역밥 먹은지 5년 되앗습니다."

박삼의 눈을 한참이나 들여다본 경철은 그의 진실성을 읽었다. 경철이 머리를 끄덕였다.

"내가 자금을 댈 테니 박형이 다시 용역회사를 세우시오. 단 이 일은 영동회나 제일회쪽에 새 나가면 안됩니다."

"문제없습니다."

자리를 고쳐 앉은 박삼이 눈을 크게 떴다.

"다시 일 허게만 혀 주시면 무슨 일이던지 허겠습니다."

성격이 급한데다 욕심이 많아서 박종필의 휘하에 있을적부터 위아래 사람들과 분란이 끊이지 않았던 정팔호이다. 그래서 영동회의 2인자였던 안상준과 대립했다가 추방당했을 때에도 아무도 동정하지 않았다. 그런 안하무인의 정팔호가 오늘은 갑자기 정중해졌다. 부하들이 보고 있는데도 경철이 들어서자 머리를 숙이는 것이다.

"이제 오십니까?"

정팔호는 그렇게 인사를 하더니 사무실로 따라 들어섰다.

"사장, 조봉원이한테 정호열이가 왔다 갔답디다."

그는 어중간한 존대말을 쓴다.

"오늘 새벽에 무얼하고 있었느냐고 형사처럼 캐물었답디다."

오후 3시였다. 경철은 이제까지 용역회사 설립 문제를 마무리하고 온 것이다.

"고춘태가 홍병규 대신으로 곧 영업부장을 넣겠군."

"당연하지요."

정색한 정팔호가 머리를 끄덕였다.

"고춘태 수하에는 아직도 굵직굵직한 놈들이 여럿이오."

하지만 당분간은 어수선할 것이었고 조봉원과 정팔호는 그 사이에 심복 서너 명을 동경나이트에 더 심을 것이었다. 경철이 길게 숨을 뱉었다.

"안상준이 날 노리고 있어. 곧 송준수를 시켜 날 없애려고 한다는 거야."

"송준수라면 최광철이 똘마니인데."

긴장한 정팔호가 경철을 보았다.

"누가 그럽디까?"

"우석이가 말해주었어."

"그 돼지 말을 믿을 수 있을까요? 그 새끼는 내가 있을 적에도 머리가 제대로 안 돌아가서 잡일만 시켰는데."

"거짓인것 같지 않았어."

"씨팔, 양쪽에서 눌러 오는구만."

어깨를 늘어뜨렸던 정팔호가 경철을 보았다. 그도 머리 돌아가는 건 돼지보다 약간 나을 뿐이었다.

"사장, 어떻게 하시려우? 아예 내가 먼저 송준수 그 새끼를 없애 비릴까?"

"그랬다간 우리 소행인줄 빤히 드러날 테니 영동회보다 경찰이 먼저 찾아올거야."

"그럼 앉아서 당하겠단 말이오?"

그러자 경철이 머리를 저었다.

"숨어야지."

"숨다니?"

정팔호가 놀란듯 눈을 크게 떴다.

"도망친다는 말이요?"

"아니, 숨어서 기회를 기다린다는 말이지."

"제기, 그 말이 그 말 아닌가?"

눈을 껌벅이며 경철을 바라보던 정팔호가 이윽고 머리를 끄덕였다.

"하긴 지금은 어쩔 수 없지, 영동회하고 붙으면 우린 금방 절딴나."

"오늘부터 나는 가게에 나오지 않겠어."

"그럼 어디로 숨을 거요?"

"시내에, 하지만 당신하고 조사장한테는 수시로 연락할테니까."

"그래야지."

다시 머리를 끄덕인 정팔호가 정색했다.

"가게 걱정은 마시오. 잘 해 나갈 테니까."

"그 새끼는 오늘까지 닷새째 집에 들어오지 않았습니다."

서둘러 차에 오른 송준수가 말했다. 아침 9시였다. 차가 속력을 내었을 때 최광철이 옆에 앉은 송준수를 바라보았다. 송준수는 닷새째 경철의 숙소를 감시하느라 수염도 깎지 않았다.

"아무래도 그놈이 튄 것 같다. 마빈에도 닷새째 나타나지 않았어."

"제 생각도 그렇습니다."

"그렇다면 그놈이 우리 계획을 눈치챈 것인데…."

"제 생각도."

말을 멈춘 송준수가 힐끗 최광철을 보았다.

"계획이 새 나갔을까요?"

"새 나갔다면 우리쪽이다."

차가 종합운동장 근처의 해장국집 앞에서 멈춰 섰고 그들은 식당으로 들어가 구석자리에 마주 앉았다. 음식맛이 좋다고 소문난 곳이어서 넓은 식당 안에는 손님이 반 이상 차 있었다.

"그놈이 사라지니까 회장님 신경이 더 날카로와졌어."

입맛을 다신 최광철이 주위를 둘러보고는 목소리를 낮췄.

"아무래도 그놈의 뒤를 박종필이 봐 주고 있는 것이 틀림없는 것 같다. 회장님도 같은 생각이야."

"박종필이 다시 돌아오려고 한단 말입니까?"

이해가 안 간다는 듯 송준수가 머리를 기울였다.

"휠체어를 타고 뭘 어떻게 한다고."

"야차 그놈을 앞세우면 될 것 아니냐, 이 자식아. 회장이 주먹 쓰더냐? 머리만 쓰면 돼."

상반신을 앞쪽으로 굽힌 최광철이 낮게 말했다.
"너, 오늘 대전으로 내려가."
송준수가 퍼뜩 시선을 들었다. 그것이 무슨 뜻인지 금방 알아챈 것이다.
"아주 보내란 말씀입니까?"
"본래 처음부터 그럴 작정 아니었어? 산속에서 도를 닦는다고 소문은 났지만 내가 박종필을 잘 알아. 이미 지금쯤 나나 회장님이 관련되었다는 것을 눈치채고 있을지도 모른다."
"설마 그럴라구요. 고춘태가 한 짓인 줄로 알고 가지 않았습니까?"
"그건 네 수준의 대갈빡에서 나오는 생각이고."
혀를 찬 최광철이 정색했다. 그는 이 말을 하려고 송준수를 해장국집으로 데려온 것이다.
"먼저 후환부터 없애는 거다. 그런 다음 야차 그 애송이를 찾는 거야. 일이 잘되면 마빈 빠찡코는 네 것이다."

일요일이어서 오수현은 시장에 갔고 미현은 빨래를 했다. 오후 5시 반이었다. 경철은 미현이 가볍게 부르는 콧노래를 들으며 차분하게 마음이 가라앉는 것을 느꼈다. 오수현의 집에서 지낸 지가 오늘로 일주일째였다. 같은 방을 쓰게 된 석호가 처음에는 부끄러워하더니 이제는 익숙해져서 형이라고 부르며 따른다. 형제가 없는 경철도 그들이 동생처럼 느껴졌다. 콧노래 소리가 가까워지더니 방문 앞에서 미현이 말했다.
"오빠, 빨래감 내놔요."

"없다."

"다 알아요. 팬티하고 양말 구석에다 박아둔거."

쓴웃음을 지은 경철이 석호의 책상 밑에다 쑤셔 넣은 한 뭉치의 팬티와 양말을 꺼냈다. 경철이 방문을 열었을 때 미현이 환하게 웃었다.

"거 봐, 잔뜩 있으면서, 석호한테 들었어요."

"그 자식이 고자질이나 하는 놈인데…."

빨랫감을 받아든 미현이 경철을 보았다.

"오빠, 오늘 밤에 가면 언제 돌아와요?"

"시간나면 들를게. 팬티도 찾아가야지."

"언니가 맨날 오빠 얘기만 했어."

그러고는 미현이 눈을 가늘게 뜨고 웃었다. 주방 옆의 좁은 마루에 앉은 경철은 오수현이 동생 미현도 양부가 건드렸을지도 모른다고 했던 말이 떠올랐으므로 머리를 돌렸다.

그러나 미현은 전혀 그런 낌새를 보이지 않아온 것이다. 미현은 수현과 대조적인 성격이었다. 벽에 등을 붙이고 앉은 경철은 세탁기 앞에 선 미현의 뒷모습을 바라보았다. 미현은 미나를 닮았다. 미나도 미현과 마찬가지로 청또골에서 배국청의 노리개로 살아오면서도 저렇게 밝았었다. 그리고는 나와 고석규를 철저히 이용한 것이다. 현관문이 열리더니 수현과 석호가 시장에서 돌아왔다. 둘은 모두 가득 찬 비닐봉지를 들고 있었는데 오늘 밤에 떠나는 경철을 위해 음식을 장만하려는 것이다.

밤 10시가 조금 지났을 뿐인데도 변두리 지역인 거리는 인적이 드물었다. 오늘도 오수현은 거리까지 경철을 배웅하러 나왔는데 두 팔로 가슴을 싸안듯이 하고 있었다. 걸음을 멈춘 경철이 오수현을 바라보았다.

"무슨 일 있으면 연락해라."

"그럴게요."

밤이면 기온이 뚝 떨어지는 가을 날씨였다. 오수현이 경철을 올려다보았다.

"오빠한테 지금 무슨 일이 있는 거죠?"

"없어."

일주일 동안 경철은 외출을 두 번 했을 뿐이었다. 그것도 새벽 한 시쯤에 나가서 해가 뜨기 전에 돌아왔고 낮에는 집을 지키고 있었던 것이다.

"오빠가 무슨 일을 했건 상관없어요. 언제든지 오세요. 숨겨 드릴 테니까."

오수현이 야무지게 말하자 경철은 소리 없이 웃었다.

"그럴게. 고맙다."

"돈 필요하면 얘기해요. 통장에 아직도 2천 7백이나 남았어."

"아껴썼구나."

"세 식구가 한 달에 40만원이면 충분해요."

머리를 끄덕인 경철이 오수현의 어깨를 가볍게 두드렸다. 지금 살고 있는 연립주택은 박종필의 소유였으니 집세 낼 걱정은 없는 것이다.

"나, 간다."

"조심해요. 오빠."

오수현의 눈을 잠시 들여다본 경철은 몸을 돌렸다. 예민한 오수현은 경철의 분위기에 불안해진 것 같았다. 길을 꺾어 오수현의 시선에서 벗어났을 때 경철은 세웠던 어깨를 늘어 뜨렸다. 그리고 이제 오수현의 집에는 가지 않겠다고 마음먹었다. 앞으로는 셋이서 의지하며 살아갈 수 있을 테고 자신은 오히려 짐만 될 것이다. 그리고 청모골에서 배국청은 인연은 죄업만 쌓는 것이라고 했다. 여자는 욕망을 채울 때만 이용하라고 가르쳤는데도 그것을 어겼다가 미나에게 참담한 배신을 당해 버렸다. 밤하늘을 올려다본 경철은 문득 고석규의 얼굴을 떠올렸다. 그리고는 곧 배국청의 얼굴이 겹쳐졌다.

박삼은 그 동안 용역회사를 다시 설립했고 사장은 나기승이 맡았다. 나기승은 40대 후반으로 서울에서 조그만 가구회사 영업부장을 하다가 내려온 사람이었다. 그는 박종필의 연락을 받자 두말없이 가구회사를 박차고 나왔는데 3년 전에는 변호사 사무실의 사무장을 지냈다고 했다. 그때 박종필과 알게 되었지만 안상준과는 모르는 사이라는 것이 선택된 이유중의 하나일 것이다. 경철이 서울 강남대로변의 조그만 카페에 들어섰을 때는 밤 12시가 조금 넘어 있었다.

"광고를 몇번 냉게로 일감이 들어오기 시작허는구만요."

자리에 앉았을 때 박삼이 먼저 말했다. 그는 전에 있던 직원 세 명에다 고향에서 후배 네 명을 더 끌고온 터라 관리부장으로 책임을 느끼는 것이다. 머리를 끄덕여보인 경철이 들고온 가방을 나기승의 앞에 내려놓았다.

"신용금고의 자본금 7억이오. 동경나이트와 마빈 빠찡코에서 나오는 수익금도 일단은 고려용역으로 넘길 테니까 이것으로 시작합시다."

"알겠습니다. 사장님."

공손하게 대답한 나기승이 가방을 집어 의자 밑에 놓았다. 경철이 놀라 눈만 껌벅이는 박삼에게 말했다.

"동남용역은 동남신용금고와 같은 사무실을 쓰면서 같은 일을 하는 거요. 무슨 말인지 아시겠지?"

"아, 그러믄요."

박삼이 얼굴을 활짝 펴고 웃었다.

"아들이 밥값을 허겄고만요."

용역회사의 일에 돈 대신 받아주는 일이 많았던 터라 박삼에게 신용금고의 일은 적격이었다. 당장에 애들 할 일이 생긴 것이다. 정색한 경철이 두 사내를 번갈아 보았다.

"동남용역이 우리 사업의 기반이 되는 거요. 잘 부탁합니다."

"박 회장님도 그렇게 말씀하셨습니다. 사장님의 기대에 어긋나지 않겠습니다."

나기승이 머리를 숙여 보이며 대답하자 박삼도 따라 숙였다. 박종필은 가지고 있던 현금에다 부동산을 처분하여 대부분을 경철에게 준 것이다. 그에게는 경철이 자신을 대신할 분신이나 마찬가지였고 그것을 나기승에게도 말해준 것 같았다.

서울은 경철에게 여덟 살 때까지 살아온 도시였지만 타향이나 다름없었다. 어머니와 둘이서 살던 대림동의 20평형 아파트도 기억에 희미했고 찾아가 봐야 기억해 줄 사람도 없다. 그러나 수원에서 쫓기는 처지여서인지 택시에 앉아 창밖을 보는 경철의 가슴은 오랜만에 안정되었다. 그리고 변화하고 거대한 거리를 보면서 알 수 없는 기대감도 솟아올랐다.

박종필은 수원에서 자리를 굳힌 다음 서울로 옮겨야 한다고 만날 때마다 입버릇처럼 말해왔다. 그것은 그의 꿈이었던 것이다. 폐인이 된 그는 오히려 더 적극적이 되었는데 아마 자신을 되돌아볼 시간이 많아서라기보다 조급해진 때문인지도 모른다. 경철이 청담동의 아파트 앞에서 택시를 내렸을 때는 오전 11시경이었다. 아파트 입구에선 경철이 곧 주머니에서 핸드폰을 꺼내어 버튼을 눌렀다. 그러자 신호음이 세 번 울리더니 응답 소리가 들렸다.

"여보세요."

여자의 맑은 목소리가 울렸을 때 경철은 긴장해서 입술을 혀로 적셨다. 양숙명이다.

"선생님, 저 경철입니다."

경철이 말하자 양숙명은 놀란 듯 잠시 대답하지 않았다.

"갑자기 웬일이야?"

"서울에 온 길에, 저, 아파트 앞에 있습니다."

양숙명이 다시 말을 끊더니 낮게 말했다.

"기다려, 곧 나갈게."

잠시 후에 그들은 길 건너편의 커피숍에서 마주 앉았다. 양숙명이 오히려 긴장으로 얼굴을 굳히고 있었으므로 경철의 말이 많았다.

"학교 그만 두신 것이 아무래도 저 때문인 것 같아서요. 그래서…."

"……."

"결혼하신다는 이야기도 들었거든요. 축하도 드리려고, 인사만 하고 갈 생각이었습니다."

한동안 경철을 바라보던 양숙명이 천천히 머리를 끄덕였다. 표정이 조금 부드러워져 있었다.

"와 줘서 고마워."

"결혼은 언제 하세요?"

"거짓말이야. 그런 핑계를 대야 그만두는 게 자연스러울 것 같았어."

이번에는 경철의 말문이 막혀서 양숙명의 말이 많아졌다.

"사업은 잘 돼가?"

"예, 잘 돼 갑니다."

"나쁜 짓 하는 건 아니지?"

"전 어린애가 아닙니다."

긴장을 푼 경철이 얼굴을 펴고 웃었다.

"10살 때부터 저는 어른이 되었지요. 혼자서 살아가는 법을 배웠습니다."

"말해 봐, 살아 온 이야기."

"저는 지금도 매일 단련을 합니다. 그래서 선생님의 눈을 보면 마음을 읽을 수도 있지요."

그러자 양숙명이 시선을 내렸다. 깊게 숨을 들이킨 경철은 문득 가슴 가득하게 차 오르는 평온함을 느끼고는 의자에 등을 붙였다 양숙명은 미나와도 그리고 이영혜와도 오수현과도 전혀 다른 형태의 여자였다. 그리고 열살 때까지 겪었던 어머니의 모습도 아니었다. 경철이 저도 모르게 입을 열었다.

"저는 선생님의 행복을 위해서라면 무슨 일이든지 할 겁니다."

그것이 지금 경철이 만들어 낼 수 있는 최상의 표현이었다.

경철이 나기승의 전화를 받았을 때는 양숙명과 마악 헤어진 정오 무렵이었다. 아파트 근처의 택시 정류장에 서 있던 그에게 나기승이 소리치듯 말했다.

"사장님, 큰일났습니다."

퍼뜩 눈을 치켜뜬 경철이 핸드폰을 귀에 더 붙였을 때 나기승의 목소리가 울렸다.

"회장님이 당하셨습니다. 경찰은 자살로 발표했지만 살해된 것이 틀림없습니다."

"어떻게 된 거요?"

경철이 갈라진 목소리로 묻자 나기승은 말을 이었다.

"신문에 났습니다. 어젯밤 12시경에 별장에서 목을 매었다고 합니다. 경찰도 그렇게 추정하고 있습니다."

"그건 말이 안 돼."

"그렇습니다. 회장님은 살해되셨습니다."

박종필과 통화를 한 것이 어제 낮이었다. 그리고 사흘 전에는 찾아가 신용금고 설립자금을 받아왔다. 어제 낮에도 박종필은 신용금고 운영에 대한 조언을 해 주었으며 상황이 풀리면 찾아오라고 말했던 것이다. 경철은 이를 악물었다. 안상준이다. 내가 사라지자 회장님이 배후에 있는 것을 확신한 놈은 먼저 회장님을 제거한 것이다. 그때 나기승이 말했다.

"사장님, 대전으로 내려가시면 안 됩니다. 놈들이 함정을 파놓고 기다릴 겁니다."

"무슨 일이야?"

이맛살을 찌푸린 정팔호가 앞에 선 사내를 위아래로 훑어보았다. 사내는 군살이 없는 날씬한 몸매에 윤곽이 뚜렷한 미남이어서 얼핏 보면 제비 같았다. 그러나 노련한 정팔호는 사내의 눈에 깔려있는 살기를 읽었다. 흰 창에 실핏줄이 얽혀있는 눈은 컸다. 이런 놈이 사람 살을 회칼로 뜨는 놈인 것이다.

"어이, 무슨 일이냐고 물었다."

어깨를 늘어뜨린 정팔호가 물었을 때 사내가 한걸음 다가섰다. 정팔호의 숙소인 국일여관 현관 앞이었다. 오후 3시여서 그는 빠찡코로 출근하려고 나온 참이다.

"네가 정팔호냐?"

사내가 물었을 때 정팔호는 이를 악물었다. 국일여관 앞은 골목길이어서 한낮에도 인적이 드물었다. 골목에 서 있는 사람은 둘뿐이었고 사내가 뜸을 들인 것은 조금 전에 옆을 지나 여관으로 들어가는 두 남녀를 보내기 위해서인 것이다. 정팔호가 몸을 날렸을 때 사내도 거의 비슷한 순간에 와락 달려들었다. 싸움에는 일가견이 있는 정팔호이다. 그는 사내가 달려들면서 겨드랑이에 찬 대검을 뽑아 드는 것을 보았으므로 몸을 비틀고는 발길로 사내의 허리를 찼다.

"쌍."

발길이 빗나간 정팔호가 빙글 몸을 돌렸을 때 사내의 대검도 겨드랑이 밑으로 빠져나갔다. 잇사이로 욕설을 뱉은 정팔호는 사내의 옆머리를 주먹으로 쳤지만 또 빗나갔다. 그 순간에 사내가 옆으로 그은 칼날이 양복 깃을 찢고 지나갔다. 사내가 조금더 정확했던 것이다. 사내가 대검을 고쳐 쥐고는 웃었다. 이만 드러내는 섬뜩한 웃음이다.

"대낮에 치러 올 줄은 몰랐겠지?"

말이 끝나기도 전에 사내가 와락 닥쳐오면서 대검을 내찔렀으므로 정팔호는 골목의 옆쪽 담장에 등을 붙이는 반동을 이용하여 발길로 사내의 사타구니를 차 올렸다. 덮쳐온 사내가 몸을 비튼 바람에 정팔호의 발끝은 사내의 허리를 찼고 사내의 칼끝은 정팔호의 옆구리 살점을 뜯어냈다. 그 순간 정팔호는 이마로 사내의 얼굴을 받았지만 또 빗나갔다. 그가 주먹으로 사내의 턱과 가슴을 쳤을 때 사내는 팔꿈치로 정팔호의 턱을 치면서 떨어졌다. 눈을 부릅뜬 정팔호는 거칠게 숨을 뱉었다.

"이새끼, 너 죽이고 내가 죽는다."

그때 그의 시선 끝으로 골목 입구에 모여선 사람들이 보였다. 구경꾼이다. 거의 동시에 그것을 본 사내가 대검을 허리춤에 끼워 넣으면서 몸을 돌려 뛰었다. 사내가 골목 입구로 달려가자 행인들이 고기처럼 흩어졌다. 정팔호는 그때서야 옆구리를 손바닥으로 눌렀다.

"씨팔, 새 양복 베렸네."

저녁 7시가 되었을 때 경철은 천안 시내의 커피숍에서 박삼과 마주 앉았다. 서울에서 곧장 천안으로 내려온 것인데 박삼은 박종필의 상가에서 올라왔다.

"사람들이 솔찬이 많던디요."

경철의 눈치를 본 박삼이 말을 이었다.

"안상준이허고 고춘태도 내려왔던디요. 쫄다구들을 열댓 명씩 데리꼬 와서 상가가 북적거렸습니다."

"안상준이가 오후에 정팔호를 쳤어. 다행히 옆구리만 조금 찢어졌지만…."

경철이 굳어진 얼굴로 말했다.

"정팔호도 처음 보는 칼잡이였다는데 솜씨가 좋았다고 하더군."

"토꼈는가요?"

"구경꾼이 모이자 도망쳤다는군."

"안상준이 요즘 서너 명을 고용했습니다. 그 중에 한 놈일 것 같은디요."

길게 숨을 뱉은 박삼이 경철을 보았다.

"안상준이 몰아붙이는디요? 우리가 기반을 굳히기 전에 마빈이 깨지면 안되는디…."

그것은 동경클럽도 마찬가지인 것이다. 홍병규가 병원으로 실려간

바로 그날 밤에 동경에는 고춘태가 보낸 최영수가 영업부장으로 부임했다. 사장인 조봉원과는 한마디 상의도 없는 조처였다. 박삼의 시선을 받은 경철이 입을 열었다.

"살인자들이 관을 지키고 있는 통에 회장님은 저승에도 제대로 가지 못하시겠군."

"그러면 어쩌실라고."

긴장한 박삼이 물었지만 경철은 몸을 굳히고는 대답하지 않았다. 이제부터는 혼자서 결정해야 하는 것이다. 스승이자 유일한 보호자였던 박종필은 불구의 몸으로 손도 쓰지 못한 채 목이 매달렸다. 박종필의 모습을 다시 머리에 떠올린 경철이 이윽고 입을 열었다.

"내 식으로 할 테야. 앞으로는."

밤이 되자 산속의 별장에는 휘황하게 불이 밝혀졌다. 대형천막이 세 개나 앞쪽 마당에 세워졌고 문상객의 떠들썩한 소음으로 상가는 황기에 차 있었다. 박종필의 조문객들은 계층이 다양했다. 그는 기업가로도 두각을 나타낸 터라 발이 넓었던 것이다. 밤 10시가 되었을 때 안상준은 상주측에 인사를 하고는 상가를 나왔다. 그가 앞쪽 산기슭에 주차된 차로 다가갈 때였다.

"회장님."

사람들을 헤치고 사내 하나가 다가와 섰다. 고춘태의 경호원인 유상이다.

"저희 회장님께서 같이 가시자는데요."

그가 낮게 말하자 안상준이 머리를 끄덕였다.

"좋아, 그렇게 하지."

고춘태의 차는 검정색 벤츠였다. 안상준이 뒷좌석에 오르자 고춘태는 웃음 띤 얼굴로 맞았다.

"상가에서 같이 돌아기는 우리를 누가 이상하게 보지는 않겠지?"

"그렇게 볼 사람은 어제 죽었어."

등받이에 기대 본 안상준이 입술 끝을 비틀었다.

"국산차 쿠션보다 못하군 그래."

"배알이 있는 놈들은 대개 그렇게 한마디씩 하지."

"벤츠타고 다니면서 할부 값도 못내는 놈들도 있다더군."

운전사는 긴장했는지 산길을 시속 20킬로 정도밖에 내지 않았으므로 뒤를 따르는 7, 8대의 승용차들은 답답했을 것이다. 고춘태가 정색하고 안상준을 보았다.

"상가 공사는 내년 초에 시작이야. 그래서 이번 달에 종합건설회사를 설립할거야."

"동양건설이 이름만 바꾼다는 말이군."

"안 회장만 입 다물고 있으면 돼."

"민태영이한테 칼을 들이댄 모양이던데."

"칼만 대면 되나? 사탕도 줘야지."

서로의 얼굴을 마주 본 둘이는 빙긋 웃었다. 안상준은 이미 호텔 공사를 시작했고 내년 초에 건립될 임수환의 상가 빌딩은 고춘태가 맡는다는 말이었다. 임수환의 대리인인 사위 민태영은 이제 그들의 꼭두각시가 되어 있는 것이다. 국도로 들어선 차가 속력을 내었을 때 고춘태가 힐끗 안상준을 보았다.

"잘했어. 역시 안 회장은 뒤가 깨끗해."

안상준의 날카로운 시선이 고춘태에게 옮겨졌지만 입은 열리지 않았다. 고춘태가 희미하게 웃었다.

"내가 녹음이라도 하고 있을까 봐 그러나?"

"무슨 소리를 하는 거야?"

눈을 크게 뜬 안상준이 고춘태를 노려보았다.

"뭘 잘했다고 그래?"

"이봐, 알았어, 알았어."

고춘태가 쓴웃음을 짓고는 창밖으로 시선을 돌렸다. 그는 박종필을 해치운 이야기를 했던 것이다. 한동안 정적이 흐른 다음 고춘태가 문득 안상준을 보았다.

"참, 그 박회장 경호원 출신 애새끼가 속을 썩인다면서? 아직 못 잡았나?"

입맛만 다신 안상준을 본 고춘태가 정색했다.

"내가 도와줄까?"

"필요 없어. 당신 일이나 잘해. 동경클럽 영업부장이 병신이 되었다면서."

그러자 고춘태의 얼굴이 찌푸려졌다.

"곧 잡을 거야."

"그 애새끼도 곧 잡아."

둘이는 다시 입을 다물었고 벤츠는 고속도로를 향해 달렸다.

변두리의 룸살롱 방안에서 만난 정팔호는 아직도 흥분이 가시지 않았는지 잠시도 가만있지 않았다.

"안상준이 그 새끼가 시킨 거요."

눈을 부릅뜬 그가 경철에게 말했다.

"이젠 전쟁이야."

그러나 그는 경철의 지시로 빠찡코에 들어가지 않고 조금 전까지 오산의 카페에 숨어 있었다. 경철이 정색하고 정팔호를 보았다.

"그일, 누구한테 말하지 않았겠지?"

"내가 어린애요? 싸웠다고 이야기하게?"

조금 진정이 되었는지 어깨를 늘어뜨린 정팔호가 물었다.

"그런데 그건 왜 물으셔?"

"소문이 나면 좋지 않아."

"내가 옆구리 살점은 떨어졌지만 그 새끼도 턱뼈에 금이 갔을 거요. 진 싸움도 아니란 말이요. 쪽팔릴 건 없어"

"이겼건 졌건 간에."

경철의 목소리가 굵어졌다.

"소문이 나면 경찰이 당신을 당장에 부를 테니까 말이야."

"왜 나만 불러? 나는 습격을 당한 사람인데? 그리고 그 놈은 대검을 갖고 있었단 말이요, 아주 잘 갈아서 면도날 같더구만."

그때 노크 소리가 들리더니 문이 열리면서 돼지가 들어섰다.

"어? 저 새끼가?"

하고 정팔호가 놀랐지만 돼지는 경철을 향해 머리를 숙여 보이더니 끝쪽 자리에 앉았다. 그리고는 서두르듯 말했다.

"형님 말씀을 듣고 알아보았더니 아무래도 황창섭이 같습니다. 그

놈은 오늘 안 회장을 따라서 상가로 내려가지 않았데요."

"황창섭이 누구냐?"

정팔호가 다그치듯 물었으나 돼지가 경철에게만 시선을 주고 대답했다.

"지난달에 안회장이 고용한 경호원이지요. 소문으로는 청와대 경호원이었다고 합니다."

"그러면 그렇지."

평소 같았으면 코웃음을 쳤을 정팔호가 어깨를 펴더니 옆구리가 아픈지 이맛살을 찌푸렸다.

"그놈 실력이 보통이 아니었어."

"인상을 말해 봐."

경철의 말에 정팔호가 돼지를 향해 앉았다.

"그놈 눈이 크고 흰 창에 핏줄이 깔렸더냐?"

"맞습니다."

"기집애처럼 살색이 희고 날씬허지?"

"예, 입술이 붉지요."

"그놈이다."

정팔호가 불끈 주먹을 쥐었다.

"개자식 넌 이제 내 손에 죽었어."

"그만."

손을 들어 정팔호의 말을 막은 경철이 돼지에게 물었다.

"송준수가 너를 믿고 있을 것 같으냐?"

"네?"

놀란 듯 돼지의 가는 눈이 크게 떠졌다.
"그게 무슨 말씀입니까?"
"네 배신을 송준수가 눈치 채고 있을 거라는 말이다."
"그, 그걸 어떻게."
경철이 몸을 굳힌 돼지를 보며 웃었다.
"아마 송준수는 네 뒤를 미행 시켰을 것이다. 그러니 너는 옆방으로 가서 여자를 불러 술이나 마셔. 우린 뒷문으로 나갈테니까."
자리에서 일어선 경철이 주머니에서 만 원권 한 뭉치를 꺼내어 돼지의 무릎 위에 던졌다.
"내일 오후 세시에 연락하겠다."
경철의 눈짓을 받은 정팔호가 입술을 부풀리며 일어섰다.
"아니, 그까짓 쥐새끼들은 당장에 끝장을 낼 수 있는데 왜."
"그러면 돼지가 우리를 만난 것이 들통이 나지 않아?"
경철이 정팔호의 등을 밀면서 돼지를 보았다.
"우린 먼저 나간다."

다음날 오후 4시경에 경철은 유성의 세차장 사무실에서 네 사내와 모여 앉아 있었다. 좌우로 동그랗게 벌려앉은 네 사내는 박삼과 그의 용역회사 부하 직원인 명구, 성봉, 대일이다. 세차장은 유성 번화가에서 떨어진 국도변에 있어서인지 손님도 없었고 직원도 보이지 않았다. 세차장 주인인 박삼의 친구가 일하는 아주머니까지 데리고 아래쪽 살림집으로 갔기 때문이다. 박삼이 입을 열었다.
"오늘 밤에도 안상준이는 물론이고 고춘태까지 올 것 같은 디요.

상가에 진작 두 놈의 부하들이 먼저 와 있거든요."

"안상준이는 7시에 출발해서 9시쯤에 도착할거야."

경철이 말했다. 조금 전에 돼지한테서 들은 것이다. 안상준이 내외에 박종필에 대한 자신의 의리를 보이려는 수작이다.

"아마 고춘태가 먼저 상가를 나가겠지."

"그러겠지요. 허지만 안상준도 밤을 새지는 않을 겁니다."

박삼은 경철보다 사회경험은 물론이고 관혼상제에 대해서도 더 안다. 그가 말을 이었다.

"내일 아침 8시가 발인잉게로 어디서 자빠져 자다가 그 시간에 올 겁니다."

"수원의 숙소로 돌아갔다가 내려올까?"

"그러면 상가에서 열두 시에 나온다고 혀도 자빠져 자는 시간이 서너 시간 빼끼 안되는디요?"

"그럼 이곳 유성에서 가겠구만."

"유성에서 칠까요?"

대뜸 박삼이 말을 받았으나 경철이 머리를 저었다.

"유성을 둘러 보았더니 장소가 마땅치 않아. 호텔에서 치려면 아무래도 소동이 일어난다."

경철이 눈만 껌뻑이고 있는 세 사내를 둘러보았다. 모두 박삼의 고향 후배들이다.

"놈들은 열 명도 넘겠지만 우린 넷 뿐이다. 운 나쁘면 죽을 수도 있어."

그러자 하나가 턱을 들었다. 얼굴이 검고 목이 어깨속에 딱 틀어

박힌 사내였다.

"암시랑 안히요."

아무렇지도 않다는 말이었는데 경철은 표정으로 알아들었다. 머리를 끄덕인 경철이 박삼에게로 머리를 돌렸다.

"일 끝나면 천만 원씩 주도록 내가 나 사장한테 말해 놓겠다. 일이 실패해도 준다. 그리고…."

경철이 정색하고 사내들을 다시 보았다.

"무슨 일이 생기면 가족한테 삼천씩 준다."

"어이구."

배를 걷어 채였을 때 마침내 돼지는 신음소리를 뱉으며 사무실 바닥에 무릎을 꿇었다. 그러나 배를 움켜쥐고 반쯤 일어났던 그는 다시 옆구리를 채이자 이번에는 모로 쓰러졌다.

"이 새끼, 네가 야차 그놈하고 통하고 있다는 걸 내가 모르고 있었는 줄 알아?"

송준수가 뒤쪽을 향해 손을 벌리자 손에 야구배트가 쥐어졌다.

"불지 않으면 뼈를 모두 작살낼 거다."

사무실 안에는 송준수의 부하 7, 8명이 벽에 등을 붙인 채 서 있었지만 아무도 거들지 않았다. 사람 패는 것이 송준수의 취미여서 나섰다가 얻어맞는 수도 있는 것이다. 송준수가 겨우 상반신을 일으킨 돼지의 어깨를 겨냥하듯이 가볍게 치더니 배트를 번쩍 치켜들었다. 마치 도끼로 장작을 패는 자세였다.

"그놈이 어디 있는가를 불어 안 불어?"

"난 모른다."

마침내 돼지의 입에서 반말이 나왔을 때 퍼뜩 눈을 치켜떴던 송준수가 입술을 부풀리며 웃었다.

"이 새끼도 깡이 있구만 그래, 이거 팰 맛 나는데."

"씨발놈아, 맘대로 해라."

그 순간 배트가 바람소리를 내며 내려쳐졌고 어깨를 맞은 돼지는 둥글게 몸을 굽히면서 엎어졌다. 송준수의 눈에는 이제 핏발이 섰다.

"오늘 이 새끼를 아예 쥑여서 파묻어 버리겠어."

"형님."

하고 뒤쪽에서 부하 하나가 나섰다가 송준수가 보지도 않고 휘두른 배트가 머리를 스치자 질색을 하면서 물러섰다. 돼지는 비척대며 상반신을 일으키려고 했지만 잘 안되었다. 머리 한쪽이 찢어져서 얼굴은 피투성이가 된데다 온몸이 만신창이가 되도록 10여 분 간이나 맞은 것이다. 돼지가 바닥에서 얼굴만을 겨우 들고는 말했다.

"송준수, 너도 이 새끼야. 곧 송장이 될 놈이야. 그러면 내가 선배다. 씨발놈아."

그러자 송준수가 미친놈처럼 배트를 치켜들고 다가섰다. 두 눈이 번들거려서 그의 모습도 끔찍했다. 이번에 송준수가 겨눈 곳은 돼지의 머리였다. 아예 죽이려는 것이다. 그때 문이 벌컥 열리더니 최광철이 들어섰다. 방 안의 광경을 본 그가 다급하게 소리쳤다.

"멈춰!"

그러나 송준수는 주춤했다가 다시 배트를 치켜들었으므로 최광철의 목소리가 높아졌다.

"이 씨발놈아. 안 멈춰!"

그제야 송준수가 배트를 내동댕이치고는 몸을 돌려 최광철을 보았다. 눈을 치켜뜬 최광철이 한 발짝 다가서더니 맵시좋게 송준수의 귀빰을 쳤다.

"이 씨발놈이 회장님 안 계신다고 사무실에서 대장 노릇을 해?"

빰을 맞은 송준수가 눈을 들었으므로 다른 쪽 빰에서 야무진 소리가 났다.

"사무실에다 누가 피칠을 하라고 했어. 건방진 새끼야."

한 걸음 물러선 송준수는 그제야 시선을 내렸다. 부하들 중에서 하나가 근처에 있던 최광철에게 연락을 했던 것이다. 부하들 앞에서 체면을 구긴 송준수는 표정이 굳어졌고, 자신의 한마디에 냉큼 따르지 않은 송준수에 대해 최광철도 아직 화가 풀리지 않았다. 그래서 턱으로 쓰러져 있는 돼지를 가리키며 말했다.

"저 새끼를 지하실에다 박아둬. 다시 캐물을 테니까."

벽에 걸린 둥근 시계가 밤 10시를 가리키고 있었다.

"난 가겠어. 이만하면 얼굴은 충분히 팔았으니까."

어둠에 덮힌 산쪽을 향해 오줌 줄기를 뿜으면서 고춘태가 말했다. 안상준은 페니스를 털고 나서 진저리를 쳤다. 서너 잔 마신 소주 기운이 얼굴에만 올라와 몸뚱이가 으스스했다. 지퍼를 올린 안상준이 힐끗 고춘태를 보았다.

"하긴 이틀 연짱 왔으니 그만하면 됐어."

"당신은 내일 장지까지 따라 가야겠지?"

지퍼를 올리면서 고춘태가 이를 드러내고 웃었다.

"이 봐, 관속의 송장이 이를 갈고 있겠는데. 그렇지 않어?"

"죽으면 끝이야. 말 만들지 말어."

뒤쪽에서 와자한 탄성이 울려왔는데 제일회와 영동회원이 섞여진 노름판이 네 군데나 되었다. 안상준의 시대에 와서 양쪽 조직은 화해의 분위기가 조성되었다고 볼 수가 있다. 안상준과 고춘태는 내놓고 말은 안 했지만 수뇌의 분위기는 말단에까지 금방 전달되는 법이다. 밤하늘은 맑아서 무수한 별이 보였다. 안상준이 하늘을 보면서 감탄했다.

"야, 난생 처음으로 별을 보는 것 같구나."

8장
복수

 경철이 평지처럼 가파른 산을 뛰어 올랐으므로 박삼과 세 부하는 목구멍에서 쇳소리를 내며 뒤를 따랐다. 그러나 다시 거리가 멀어졌다.
 "아따, 산짐승 같네. 잉."
 헐떡이며 부하 하나가 말했을 때는 경철의 모습이 또 사라진 후였다. 밤 10시 반이었다. 그들은 박종필의 별장 앞쪽의 산을 타고 있었는데 이미 산길로 20리는 걸었다. 별장에서 5킬로쯤 떨어진 국도에서 차를 내린 다음 뒤쪽의 산을 타고 앞쪽으로 나오려는 것이다. 길도 없는 산이어서 작업복에 간편한 운동화들을 신었지만 나뭇가지에 얼굴이 긁혔고 등걸에 걸려 넘어지기도 했다.
 "오매."
 앞장을 섰던 성봉이 질색을 하며 놀라 멈춰 섰다. 검은 물체가 불쑥 앞을 가로막았기 때문이다. 경철이었다.

"다 왔다. 이쪽으로 내려가기만 하면 된다."

경철이 숨 한번 흐트러지지 않는 목소리로 말했다.

"이쪽 모퉁이를 돌아 내려가기만 하면 길이 나온다."

박삼이 헐떡이며 얼굴에 흐르는 땀을 손바닥으로 씻었다.

"놈들은 우리가 이렇게 산을 타고 올 줄은 생각도 못했을 겁니다."

그들이 모퉁이를 돌았을 때 아래쪽의 별장이 환하게 눈 안에 들어왔다. 천막 주위에 모닥불을 두 곳이나 피워 놓아서 불꽃이 밤하늘로 날아올랐고 서성대는 사내들도 똑똑히 보였다. 그들은 다시 일렬로 서서 산을 내려가기 시작했다.

"차가 열두 대나 되는디요"

뒤를 따르던 박삼이 나뭇가지 사이로 드러난 별장 옆 주차장을 보며 말했다.

"반만 잡아도 안상준이가 서른 명은 데리꼬 왔겄는디요."

경철의 시선이 점점 가까워지는 별장 주변을 예리하게 훑었다. 곳곳에 경호원이 배치되어 있어서 제법 철저한 경호태세를 갖추고 있다. 그는 잠자코 발을 떼었다. 별장주변 지리는 환한 것이다.

"야, 교대하자."

비틀대며 서만규가 다가왔으므로 오명국은 피우던 담배를 버리고 일어섰다. 별장 아래쪽의 공터를 임시 주차장으로 사용하고 있어서 고르지 않은 땅위에 차들은 불규칙하게 세워 졌다. 오명국이 서둘러 위쪽 별장으로 올라가자 서만규는 나뭇등걸 밑에 앉았다. 소주를 세

병쯤 마신 터라 날씨가 쌀쌀했는데도 눈꺼풀이 무거워졌다. 그러나 잘 수는 없다. 손목시계를 내려다본 그는 잠을 깨려는 듯 머리를 흔들었다.

11시 40분이었다. 20분 후면 회장이 내려올 테니 그때까지만 버티면 된다. 옆에서 나뭇가지가 젖혀지는 소리가 났으므로 서만규의 머리끝이 곤두섰다. 머리를 돌린 그는 바로 옆쪽에 서 있는 사내를 보았다.

"누구?"

눈을 치켜 뜬 그가 말을 끝내기도 전이었다. 바람처럼 다가온 사내는 손을 휘둘렀다.

"퍽!"

짧고 둔한 타격음이 들리더니 서만규는 휘청 머리를 뒤로 젖히면서 밤이슬에 젖은 풀숲 위로 넘어져 움직이지 않았다.

"죽지는 않을 거다."

박삼과 세 부하가 다가왔을 때 경철이 서만규를 내려다보면서 말했다. 머리를 든 그가 위쪽을 바라보았다. 별장과는 50미터쯤의 거리여서 모닥불 주위에 서 있는 사내들의 얼굴도 다 보였다.

"나는 살인은 하지 않을 작정이야."

"어, 어디를 치셨는디요?"

박삼이 발끝으로 서만규의 허리를 건드리며 묻자 경철이 쓴웃음을 지었다.

"뒷머리를, 한 시간쯤 후에는 깨어날 거야. 하루 이틀 동안은 머리가 흔들거리겠지."

정색한 경철이 네 사내를 둘러보았다.

"내가 안상준을 처치하면 너희들은 산으로 튀어라. 내가 당해도 마찬가지다."

경철이 어둠 속에서 흰 이를 보이며 웃었다.

"회장님의 혼이 내려다보시는 것 같다."

으스스했는지 어깨를 움츠렸던 부하들은 박삼의 지시를 받고 재빠르게 움직였다. 흩어진 그들은 주차장에 세워진 차들에 달라붙더니 주머니에서 꺼낸 칼로 타이어를 찢기 시작했다. 타이어 두 짝만 찢으라고 했지만 뒤에 있는 경철을 의식했기 때문인지 박삼도 타이어 네 짝씩을 다 찢었다.

12시 5분 전이 되었을 때 문상 온 기업체 사장 셋과 어울려 고스톱을 치던 안상준이 손을 털고 일어섰다.

"난 몸이 좋지 않아서 잠간 쉬었다가 내일 일찍 올랍니다."

"아, 그러셔야죠."

수원에서 룸살롱을 경영하는 최 사장이 말했다.

"우리는 계속 할 랍니다."

"회장님께서 고생이 많으시오."

대형 슈퍼마켓 사장인 한 사장이 안상준에게 아부를 했다. 시내 중심가에 가라오케를 매입할 예정인 그는 안상준에게 일부러 패를 내줘서 돈을 따게 했지만 다른 두 사람은 모른척했다. 천막을 나온 안상준은 상주가 되어 있는 박종필의 사촌형에게 인사를 했지만 그는 외면했다. 거북했고 냉랭한 분위기였다. 안상준은 상주인 그에게는 거의 말도 걸지 않고 무시해 왔던 것이다. 안상준이 별장을 나서자 7, 8명의 부하들이 뒤를 따랐고 운전사와 서너 명은 먼저 주차장으로 뛰었다. 고스톱을 치면서 소주를 한 병쯤 마신 터라 찬바람이 피부에 닿자 안상준이 얼굴을 펴고 웃었다.

"공기가 맑구나, 별도 보이고, 나도 이런 곳에 별장을 하나 만들어야겠다."

"이곳을 아예 접수하시죠."

한 발짝쯤 옆으로 떨어져 걷던 황창섭이 말하자 그는 쓴 웃음을 지었다.

"임마, 이보다 더 좋은 곳도 많다."

깊은 밤이어서 별장을 나오자 주차장까지의 길은 어두웠다. 그들이 비포장의 좁은 길을 반쯤 내려왔을 때였다. 퍼뜩 머리를 돌린 황창섭이 길가의 풀숲을 훑어보더니 안상준이 옆으로 바짝 붙었다.

"왜 그래?"

안상준이 의아한 듯 묻자 황창섭이 낮게 말했다.

"아닙니다."

그때였다. 반대쪽 풀숲에서 검은 물체가 솟아오르더니 안상준을 덮쳤다. 놀란 안상준이 몸을 젖혔다가 황창섭의 어깨에 부딪쳤고 그 순간 대열의 뒤쪽에서 고함소리와 함께 신음소리도 났다.

"아앗!"

황창섭은 안상준을 뒤로 밀어 넘어뜨리는 순간 어깨에 격심한 타격을 받고는 휘청거렸다. 사내가 휘두른 것이 주먹인지 손바닥인지 알 수 없었지만 왼쪽 어깨뼈가 부서졌는지 팔이 덜렁거렸다.

"습격이다!"

누군가가 목이 터져라고 외쳤지만 금방 기합과 신음소리에 묻혀졌다. 사내들은 옆과 앞뒤에서 동시에 공격해온 것이다. 황창섭은 성한 오른쪽 손으로 허리춤에 차고 있던 대검을 빼 들었지만 괴한이 바짝 다가섰을 때 이미 승부가 난 것을 알았다. 괴한은 눈만 내어놓은 방한 마스크를 쓰고 있었는데 달려든 부하 두 명을 모두 한 주먹씩에 눕힌 것이다. 그것은 황창섭으로서는 처음 보는 동작이었는데 술에 취한 것처럼 비틀거리면서 한 명은 주먹으로 또 한 명은 손바닥으로 얼굴과 머리를 때려 쓰러뜨렸다.

"이 새끼."

왼쪽 팔을 덜렁거리며 황창섭이 달려든 것이 그로서는 최선의 선택이었다. 괴한도 마악 이쪽으로 몸을 날리는 참이어서 피할 길도 없었을 것이다.

"에익!"

황창섭은 자신의 칼이 빗나간 순간 온몸에서 도는 한기를 느꼈고 다음순간 목이 잘려 나가는 것 같은 충격으로 덜컥 머리를 뒤로 꺾였다. 경철은 황창섭이 땅바닥에 쓰러지기도 전에 몸을 날려 앞을 가로막는 사내 하나의 얼굴을 손바닥으로 쳐서 길을 텄다. 안상준은 별장 쪽으로 도망치고 있었는데 바로 세 발짝 앞이었다. 다시 뛰어오른 그는 박삼과 서로 멱살을 붙잡고 있는 사내 하나의 뒤통수를 쳐서 쓰러지게 한 다음 안상준의 목덜미를 움켜쥐었다.

"이 새끼."

안상준이 머리를 틀면서 악을 쓰듯 소리친 것은 부하들을 불러 모으려는 것이다. 그는 주먹을 휘둘러 경철의 상체를 세 번이나 쳤는데 재빠른 동작이었다. 경철은 그 주먹을 고스란히 맞으면서 손을 하늘로 치켜들었다. 그때 뒤에서 달려든 사내 하나가 경철의 등을 노리고 칼을 찔렀으나 빗나갔다. 성봉이 사내의 옆구리를 발길로 차는 바람에 칼끝이 비틀려 진 것이다. 경철은 안상준의 뒤통수를 내려쳤다.

"어억!"

눈알이 빠져 나올 것처럼 치켜 뜬 안상준이 입을 딱 벌리더니 검은 액체를 뿜어내었다. 피다. 그러나 경철은 다시 한 번 앞으로 비스듬히 넘어지는 안상준의 뒤통수를 강타했다. 안상준이 두 번째는 소리도 지르지 못하고 땅바닥에 쑤셔 박혔을 때 경철은 목청껏 소리쳤다.

"가자!"

산이 울렸다. 이것이 철수의 신호다. 경철은 둘씩 짝을 이룬 박삼과 세 부하가 아직도 두 다리로 땅을 딛고 있는 것을 보았다. 그러나 성봉과 명구 둘은 비틀거리고 있었는데 남은 안상준의 부하는 7, 8명이 되었다. 별장 쪽 천막에 있던 부하들도 이미 몰려와 있는 것이다. 경철은 그들에게로 몸을 날렸다. 가쁜 숨을 헐떡이던 박삼은 경철이 안상준의 부하들 속으로 뛰어드는 것을 보았다. 경철은 마치 주정뱅이가 비틀대는 것처럼 발을 떼면서 발끝과 주먹으로 정확히 사내들의 급소만 쳤다. 박삼은 입을 쩍 벌렸다. 안상준의 부하들은 모두 칼들을 쥐고 있었지만 하나같이 빗나간다. 박삼과 대일이 달려들어 가까운 곳에 있던 사내 하나를 돌로 찍어 넘어뜨린 것을 끝으로 서 있는 안상준의 부하는 없다.

경철이 달려와 성봉의 어깨를 잡았을 때 가슴이 벅찬 박삼은 지시도 잊고 하마터면 말을 뱉을 뻔했다. 그들은 칼을 맞은 성봉과 명구를 부축하고 곧장 풀숲으로 들어섰다. 그리고는 다시 산을 오르기 시작했다. 성봉과 명구는 각각 어깨와 등을 칼로 찔렸지만 중상은 아니었다. 산 중턱에서 걸음을 멈춘 그들은 성봉과 명구의 상처에 준비해 온 붕대를 감았다.

"형님, 해냈고만요."

참다못한 박살이 마침내 입을 열었을 때 경철이 마스크를 벗었다. 그리고는 머리만 끄덕일 뿐 입은 열지 않았다.

"죽은 사람은 없습니다."

정호열이 말하자 고춘태는 멍한 표정으로 머리만 끄덕였다. 새벽 2시였다. 수원의 룸살롱에서 영계를 끼고 있던 그는 달려온 정호열의 보고를 받는 중이다. 침을 삼킨 정호열이 고춘태를 보았다.

"다섯 놈이었는데 그중 한 놈이 귀신같다고 했습니다. 그놈 혼자서 다 해치웠다는 겁니다."

"그놈이 김경철이란 말이지?"

"마스크를 썼지만 그런 짓을 할 놈은 그놈밖에 없다고 하던데요. 키도 비슷하구요."

"안상준이는 아직 살았다구?"

"예, 하지만 의식불명입니다. 중태라는데요. 경호원하고 둘이서…"

"자세히 알아봐."

"지금 대전 성지병원 응급실에 있습니다. 애들을 보냈으니 곧 연락이 올 겁니다."

그때서야 고춘태의 눈빛이 또렷해졌다. 그가 정색하고 물었다.

"그럼 영동회는 누가 맡게 될 것 같나?"

"최광철이하고 권명환이가 다투게 될 것 같은데요. 권명환이 선배지만 최광철이의 세력이 더 큽니다."

"깨지겠군."

"둘 중에서 밀리는 놈이 우리한테 올 가능성이 많습니다."

"그럴 테지."

머리를 고덕이던 고춘태가 눈을 가늘게 떴다.

"그렇다면 김경철이 그놈은 우리 좋은 일만 시켜 주었다. 그렇지 않나?"

"경찰이 지금쯤 찾고 있을 겁니다. 마스크를 썼다지만 현장에 있던 놈들이 모두 그놈을 지목하고 있으니까요."

정호열이 얼굴을 펴고 웃었다.

"그놈이 우리한테는 공신인 셈이지요."

"안상준이 그놈."

의자에 등을 붙인 고춘태가 따라 웃었다.

"밤하늘의 별을 처음 본다면서 상가에서 폼을 잡더니 누워서 별을 또 보았구만 그래."

"김경철은 어제 저녁 8시부터 오늘 아침 8시까지 나하고 같이 있었습니다."

가슴을 편 정팔호가 눈을 부릅뜨고 조 형사를 보았다.

"나하고 둘이서만 있었던 것도 아니오. 서울에서 내려온 손님 둘하고 넷이서 같이 있었으니까 지금이라도 확인해 보셔."

"그건 내가 알아서 할 테니까 가만있어."

40대 중반의 조 형사가 의심쩍은 시선으로 정팔호를 보았다.

"서툴게 알리바이 만들지 말어. 당신도 가게 될 테니까."

"이 양반이 날 뭘로 보는 거야?"

시뻘겋게 얼굴이 달아오른 정팔호가 으르렁거렸다.

"그럼 형사님 기분 좋게 해 줄라고 같이 있었던 것을 아니라고 해야 된단 말이오?"

아침 10시 반이었다. 빠찡코의 사무실로 정팔호와 같이 출근했던 경철은 기다리고 있던 형사들에 의해 연행되었다.

그리고는 지금 한 시간째 조사를 받고 있는 중이다. 정팔호가 손바닥으로 책상을 두드렸다. 목청이 커서 그가 말할 때마다 주위의 시선이 모아졌다.

"그럼 어젯밤 9시부터 12시까지 룸살롱 영지에서 같이 술을 마셨고 12시부터는 미진 호텔에서 잤으니까 하나하나 확인해보면 될 것 아닙니까?"

경철의 진술과 같았으므로 조 형사는 입을 벌리고 하품을 했다.

"서울 사람이라는 증인 두 명의 연락처를 대."

"지금도 미진 호텔에 있을 거요. 315호실하고 316호실의 강수길하고 유문종이오."

정팔호가 거침없이 말했다.

"그 사람들 어젯밤 술에 떡이 됐으니까 지금도 자빠져 자고 있을 거요."

조 형사의 시선이 경철에게로 옮겨졌다.

"미리 말을 맞춘 건 아니지?"

"아닙니다."

경철이 예의바르게 대답했지만 정팔호는 또 흥분했다.

"증인 또 있어. 룸살롱 지배인, 웨이터에다가 아가씨들, 그리고 또 호텔 프론트 직원도 있어."

경철이 경찰서를 나왔을 때는 오후 5시가 되어 있었다.

조 형사는 증인으로 아가씨들까지 불러 확인한 다음에야 일단 풀어 준 것이다. 그러나 마빈 빠찡코와 숙소를 당분간 벗어나지 말라는 지시를 받았다. 그때에는 안상준과 황창섭의 의식은 돌아와 있었다. 그러나 안상준은 전신이 마비되어 손가락하나 까딱 못하게 된데다 황창섭은 성대가 찢어졌고 어깨뼈가 부숴진데다 눈이 돌아가는 바람에 병신이 되었다.

"식사나 하십시다."

경찰서앞 사거리를 건넜을 때 정팔호가 불쑥 말하더니 경철을 옆쪽의 허름한 식당으로 끌었다. 이른 저녁이어서 식당에는 손님이 그들 둘 뿐이었지만 정팔호는 구석에 자리를 잡았다. 마주 앉았을 때 그가 눈을 껌벅이며 경철을 보았다.

"염려놓으십시오. 증인들은 돈을 먹은 이상 절대로 뒤집지는 않을 겁니다."

그는 이제 경철에게 완벽한 존댓말을 썼다.

"교육도 철저하게 시켰단 말입니다. 토씨 하나 틀리지 않을 테니까요."

정팔호는 미리 중인들을 매수하여 놓은 것이다. 서울에서 사업차 내려왔다는 두 손님도 정팔호가 부동산 사업을 할 때 알게 된 건달들이었지만 전과가 깨끗한 시민이었다. 그리고 룸살롱 지배인과 웨이터 두 명, 아가씨 네 명에다가 호텔 직원 두 명한테는 각각 5백만 원씩 지급하면서 각서까지 받았다. 거기에다 정팔호는 서울에서 데려온 건달 하나를 경철의 대역으로 시켰는데 인상착의도 비슷한 놈을 골랐으므로 중인들의 진술을 한결 부드럽게 만들어 주었을 것이다.

사고가 일어났다는 전화를 받았을 때 최광철은 애인의 배위에 올라타고 한창 절정을 향해 치닫고 있던 중이었다. 그냥 받지 않고 끝내려다가 벨소리에 신경이 쓰여 전화기를 들었던 그는 팬티도 입지 않고 집을 뛰쳐나왔다. 그러나 이미 상황은 끝난 후였다. 대전으로 달려가는 승용차 안에서 그는 차츰 안정을 찾았으며 성지병원에 도착했을 때는 거의 조치를 끝내었다. 그러나 루비 빠찡코의 관리자이며 극동건설의 이사 직함을 갖고 있는 권명환도 같은 고속도로를 달려 내려오면서 부하들한테 지시를 내리는 바람에 약간의 혼선이 생겼다. 부하들은 중복된 지시를 받았을 때는 문제가 없었지만 권명환과 최광철의 지시가 달랐을 때는 당황했다. 그래서 거의 같은 시간에 성지병원에 도착했던 둘은 경황도 없었겠지만 서로 아는 체도 안 했다. 병원 응급실은 수원 영동회가 전세를 낸 것과 같았다. 안상준과 황창섭 그리고 세 명의 부하가 중태였고 나머지 16명은 모두 한두 군데 부러지거나 깨져서 차마 눈뜨고 볼 수 없는 참상이었다. 응급실 주변을 맴돌며 핸드폰의 배터리가 다 나가도록 전화질을 해대던 둘이가 마주 앉은 것은 오후 6시경이었다. 마스크를 썼다지만 범인은 김경철이 분명했고 태연히 빠찡코로 출근했던 그놈이 경찰에 연행되었다는 소식에 일단 관심을 조직 수습으로 돌렸던 그들이다. 그런데 갑자기 김경철이 풀려났다는 연락으로 인한 위기감이 둘의 회동으로 연결된 것이다. 유성 미라보 호텔의 라운지 안이었다. 사건이 일어난 지 겨우 한나절이 지났을 뿐인데도 영동회는 분열양상을 보이고 있었는데 라운지의 상황이 그것을 보여 주었다. 마치 다른 조직 보스들의 회동처럼 권명환과 최광철의 추종자들이 대립된 상태로 몰려서 있었던 것이다. 권명환이 먼저 입을 열었다.

"이 봐, 이럴 때 일수록 뭉쳐야 돼. 이런 때를 기회로 삼는 허튼 짓은 안 하는 게 좋아."

"말씀 삼가시오. 형님."

최광철이 그래도 형님 소리는 했다. 어깨를 편 그가 권명환을 똑바로 보았다.

"나도 체면이 있는 놈이고 영동회에서는 형님 못지않게 공헌을 했습니다. 그런데 이런 상황에서 최광철의 지시는 받을 필요 없다고 날 깔아뭉개는 이유는 뭡니까?"

"이게 회장님 측근에서 돌더니만 아예 위아래가 없어졌구만"

그래."

이제는 권명환도 눈을 치켜떴다.

"넌 나한테 보고를 했어야 했다. 그런데 오늘 한 번도 보고를 하지 않았어. 그것이 무슨 속셈이냐?"

"영동회를 위해서요."

다부지게 말한 최광철이 어깨를 폈다.

"그리고 난 이제까지 회장님한테 직접 보고만 해 왔소. 회장님이 이렇게 되신 것을 기회로 뛰어오를 생각일랑 마시오."

"이런 개새끼"

"욕하지 말어."

그러나 둘의 목소리는 낮았으므로 뒤쪽의 부하들은 듣지 못했다. 먼저 자리에서 일어난 사람은 권명환이다. 그가 최광철을 내려다보았다.

"꿈꾸지 마라. 최광철이. 예전처럼 네 뜻대로 안 될 테니까."

"당신이나 조심해."

이제 최광철의 권명환에 대한 형님 호칭도 없어졌다. 그들은 김경철에 대한 위기감으로 만나게 되었지만 그 이야기는 한마디도 나오지 않았다.

호텔에서 나온 최광철은 유성 톨게이트를 지나 곧장 수원으로 달렸는데 그에게 아직도 응급실에 누워있는 안상준은 이미 관심 밖이었다. 그가 옆자리에 앉힌 송준수를 바라보았다.

"석창이한테 황제살롱을 맡긴다고 해. 그 자식은 욕심이 많아서

솔깃할 거다."

"권 이사한테서도 어떤 제의가 있었던 것 같습니다. 이 새끼가 질질 뺀단 말입니다."

그러자 최광철이 쓴웃음을 지었다.

"그렇다면 네가 직접 가서 물어봐라. 무엇을 원하느냐고."

"그런 놈이 그럴만한 가치가 있습니까?"

"이럴 땐 그런 놈 가치도 튀는 법이다."

조석창은 송준수와 같은 급이었지만 지금은 변두리 룸살롱의 지배인으로 밀려난 처지였다. 돈에 인색해서 부하들한테 인심을 잃은 것이 원인이었으나 합기도 5단의 날리는 싸움꾼이다. 송준 수가 힐끗 최광철을 보았다.

"형님, 저한테는 무엇을 주실랍니까?"

퍼뜩 눈을 치켜떴던 최광철이 빙긋 웃었다. 어제까지만 해도 송준수가 이런 말을 꺼냈다면 주먹이 날아갔을 것이다. 최광철이 머리를 끄덕였다.

"내 자리를 줄 놈은 너밖에 없다. 네가 2인자가 되는 거야."

"고맙습니다. 형님."

그때 핸드폰이 울렸으므로 송준수는 귀에 붙였다.

"여보세요."

"난 정팔호인데."

순간 얼굴을 굳힌 송준수가 힐끗 최광철에게 시선을 주고는 물었다.

"무슨 일이야?"

"너, 돼지를 잡고 있지? 우석이 말이다."

"이 새끼가 무슨 말을 하는 거야?"

"이런 씨발놈 봐라? 이 새끼가 세상 돌아가는 것을 아직 모르고 있나보네."

정팔호가 느긋한 목소리로 말을 이었다.

"우석이를 당장에 마빈 앞에다 데려다 놔. 한 시간 안에 내 놓지 않는다면 최광철이 직영 영업장이 모두 박살난다."

"뭐라고 이 새끼야?"

"한 시간이다."

그러고는 통화가 끊겼으므로 송준수는 가쁜 숨을 뱉었다.

"누구냐? 무슨 일이야?"

긴장한 최광철이 송준수를 바라보았다.

"무슨 일이냐니까?"

돼지가 풀려난 것은 그로부터 정확하게 한 시간 십 분 후인 저녁 8시 20분이었고 놓여진 장소도 마빈 앞이 아니라 변두리의 조그만 정형외과 앞이었다. 송준수의 연락을 받은 정팔호는 부하 둘을 보내어 돼지를 인수했다가 곧장 병원에다 입원시켰다. 어깨뼈가 부러진 데다 머리도 터져 있었기 때문이다.

"기회가 왔습니다."

돼지를 입원시키고 난 정팔호가 번들거리는 눈으로 경철을 보았다. 빠찡코사무실 안에는 박삼과 함께 셋이 모여 앉아 있었다.

"최광철은 권명환이와의 대권 싸움에 정신이 없다는 게 증명되었단 말이오."

"쪼개지겄는디요."

박삼도 거들었다.

"두 놈 세력이 막상막하인 게로 반절로 쪼게질 것 같습니더."

"고춘태가 가만있을 것 같지가 않아."

정색한 경철이 박삼을 보았다.

"정보원을 풀어, 최광철, 권명환은 물론이고 고춘태한테도. 그리고 그 동안에 우리는 세력을 키운다."

경철의 말에는 이제 권위가 배어 나왔고 정팔호와 박삼이 순순히 머리를 끄덕이는 것으로 증명도 되었다.

경철이 빠찡코를 나왔을 때는 새벽 2시였다. 이번에 숙소로 삼은 월세 아파트는 걸어서 5분 거리였으므로 그는 인적이 끊긴 거리를 걸었다. 30미터쯤 뒤쪽으로 조심스럽게 따르고 있는 사내는 정팔호가 붙여 준 경호원이다. 경호원 소리에 질색을 한 경철이 화까지 내었지만 정팔호는 막무가내였던 것이다. 경호원이 아니라 연락병이라고 우기는 통에 마지못해 내버려두었으나 거북했다. 백대우는 고아원 출신으로 고등학교 때까지는 축구선수였다니 뛰기는 잘 할 것이다. 경철이 아파트의 정문 안으로 들어섰을 때였다. 놀이터의 시소 받침대에 앉아있던 사내가 일어섰는데 뒤쪽에서 발자국 소리가 들리더니 어느새 백대우가 사내 앞을 가로막고 섰다.

"허, 경호원도 달고 다니네."

하면서 웃는 사내의 얼굴이 보안등 빛에 희미하게 드러났다. 경찰서의 조 형사였다. 다가선 그가 버릇처럼 입을 쩍 벌리고는 하품을 했다.

"어이구, 나도 늙었나 봐. 이맘때면 삭신이 쑤셔."

"웬일입니까?"

"이 봐, 시소나 탈까?"

몸을 돌린 조 형사가 시소의 한쪽 끝에 앉더니 눈으로 앞쪽을 가리켰다.

"한 시간이나 기다렸어. 빠찡코 앞을 감시시킨 정보원 놈이 어머니가 아프다고 집에 가 버리는 바람에."

조 형사가 다시 눈으로 앞쪽을 가리켰으므로 경철은 시소 끝에 앉았다. 조 형사가 떠오르려고 발을 굴렀지만 제자리였다. 경철이 두 발을 땅에다 꽉 박고는 협조해 주지 않았기 때문이다.

"이런 제기."

투덜거린 조 형사가 정색했다.

"영동회가 두 개로 쪼개지고 있어, 알고 있겠지?"

"모릅니다."

"서로 세력을 모으려고 두 놈은 안상준이 한테는 연락원 한 두 놈씩만 붙여 놓았을 뿐이야. 우습지 않어?"

"박종필이가 갔던 길을 안상준이 그대로 가는 거지, 안상준이도 목이 매달릴지 몰라."

경철이 퍼뜩 시선을 들었다. 조 형사는 목이 매달릴 것이라고 표현한 것이다. 그것은 박종필의 타살을 말하는 것인지도 모른다. 경철의 시선을 받은 조 형사가 빙그레 웃었다. 왜소한 체격에 점퍼 차림이어서 쪼들리는 상인 같은 분위기였지만 눈이 강했다.

"알리바이를 제법 완벽하게 만들어 놓았더군, 하지만 허점은 있기 마련이야. 특히 돈으로 매수된 족속들은."

"자네 파트너 말인데…."

조 형사의 시선이 은근해졌다.

"자네가 너무 취해서 그 짓도 안하고 잤다면서? 그런데 흔들려. 다시 부르면 뭔가가 나올 것 같아."

긴장한 경철의 시선을 잡은 조 형사가 얼른 뛰어 올랐는데 다시 시소의 널빤지에 엉덩이를 부딪치며 제자리로 되었다. 경철의 방심을 이용해서 가라앉히려고 했다가 실패한 것이다.

"이런 제기."

혀를 찬 조 형사가 다시 정색했다.

"누가 압력을 넣은 거야. 그것이 누구라고 생각하나? 싸움에 정신이 없는 두 놈일까? 아니면?"

"그년이 돈까지 덥석 먹고는."

얼굴을 일그러뜨린 정팔호가 이를 악물었다. 새벽 3시였다. 경철의 전화를 받고 달려온 정팔호는 점퍼 차림에다 머리도 부수수했다. 자다가 나온 것이다.

"안 되겠어. 내가 그년을 잡아 족쳐야지"

정팔호가 벌떡 일어서자 경철도 따라 일어섰다.

"나도 같이 가지."

"직접 가시려오?"

경철이 머리를 끄덕였다.

"아무래도 지키는 놈들이 있을 것 같아. 혼자 두지는 않고 있을 거야."

"맞는 말씀이오."

정색한 정팔호의 목소리가 낮아졌다.

"조 형사가 다시 부를 때까지 지키고 있을 지도 모릅니다."

그들은 아파트의 뒤쪽 문으로 나와 어두운 거리를 걸었다. 이제는 백대우도 바짝 뒤에 붙어서 따른다.

"조 형사가 나한테 그 정보를 준 이유가 뭘까?"

불쑥 경철이 묻자 정팔호가 머리를 기울였다.

"인사를 바라는 것 아닐까요?"

"그런 것 같지가 않았어."

"한번 언질이나 줘보지 그랬소? 나중에 사례하겠다는 식으로 말이오."

"그럴 분위기가 아니었어."

"어쨌든 우리한테 호의적인 것은 사실 아닙니까? 그년을 만나서 단속을 해 놓아야 합니다."

마음이 급한 정팔호가 손을 크게 휘저어 택시를 세웠다. 여자의 집은 지난번에 돈을 줄 때 가보아서 알고 있는 것이다.

여자가 세 들어 살고 있는 연립주택 근처에 도착한 것은 그로부터 30분종 후였다. 차 한 대가 겨우 지날 수 있는 골목으로 들어서면서부터 정팔호의 걸음이 조심스러워졌다. 길가에 바짝 붙여 주차된 차량들을 지나던 정팔호가 문득 걸음을 멈추더니 경철을 돌아보았다.

"저기 앞쪽에 아홉 번째 전봇대 밑의 차를 보시오. 운전석에 사람이 있습니다."

이미 그것을 본 경철이 머리를 끄덕였다. 그들은 차체 뒤로 몸을 웅크리고 앉았다. 다행히 골목에는 보안등도 켜있지 않아서 이쪽은 보이지가 않았을 것이다.

"다른 길은 없나?"

경철이 묻자 정팔호가 턱으로 앞쪽을 가리켰다.

"저 곳 뿐이오."

차가 세워진 정면이 바로 현관이다. 운전석의 사내는 똑바로 앉아 있었는데 조수석의 의자는 세워져 있지 않았다. 의자를 눕히고 또 하나가 누워있다는 증거였다.

"저놈들을 족쳐놓고 들어갑시다."

정팔호가 말했다가 경철의 시선을 받더니 입맛을 다셨다. 그랬다가는 사태가 걷잡을 수 없이 확대될 것이었다. 여자를 은밀하게 다시 설득시키는 것이 최선의 방법이었고 정팔호도 알고는 있다.

"뒤쪽으로 들어가겠어."

눈을 가늘게 뜨고 연립주택을 바라보며 말했다.

"벽을 타고 올라가겠어."

여자는 5층 연립주택 5층에 산다. 정팔호가 눈을 크게 떴으나 경철이 몸을 숙이고는 돌아 나갔으므로 서둘러 뒤를 따랐다.

갈증 때문에 눈을 뜬 윤경하는 일어나 비틀거리며 냉장고로 다가갔다. 어젯밤은 침대에서 소주를 세 병이나 마신 것이다. 연립주택은 원룸 식의 15평형이었는데 혼자 살기에는 딱 좋았다. 석 달 전까지 친구하고 둘이서 반지하인 셋방에서 살던 때와 비교하면 궁궐이나 다름없었다. 냉장고에서 꺼낸 생수 병을 병째로 벌컥 들이킨 윤경하는 손등으로 턱에 흘러내린 물을 닦았다. 그때였다. 갑자기 목에 강한 충격이 왔으므로 왈칵 물을 토해 낸 윤경하는 털썩 방바닥에 엉덩이를 찧으며 주저앉았다.

"그대로 있어."

귀에서 더운 숨결과 함께 사내의 목소리가 울렸을 때 윤경하는 입을 딱 벌렸지만 목에서 소리가 뱉어지지 않았다.

그 때서야 앞에 선 사내의 윤곽이 보였다. 장신이었고 방안이 어두웠으나 얼굴 윤곽이 드러났다. 어디선가 본 얼굴이었다.

"누구세요?"

하고 윤경하가 물었지만 목구멍으로 거친 바람만 새어 나왔다. 사내가 한 걸음 다가서더니 윤경하의 어깨를 두 손으로 눌렀다. 억센 힘이어서 공포에 질린 윤경하의 이마에 땀방울이 배어 나왔다.

"난 김경철이다."

사내가 말했을 때 윤경하는 몸서리를 쳤다. 경찰서에서 형사가 보여 주던 사진이었다. 그리고 다른 모습의 사진도 정팔호가 보여 주고는 머리속에 넣으라고 했다. 그래서 윤경하는 형사가 김경철을 찾아내라면서 여러 장의 사진을 펼쳐 보였을 때 어렵지 않게 김경철의 사진을 찾았던 것이다. 김경철이 윤경하의 앞에 앉았다. 베란다 쪽 커튼이 바람에 흔들거렸다. 그는 베란다로 들어온 것이다.

"네가 소리를 지를까 봐 목을 가볍게 친 거야. 소리를 내지 않겠다고 약속하면 말을 할 수 있게 해 주마."

김경철의 말에 윤경하가 크게 머리를 끄덕였다. 침을 삼켜도 목구멍이 찢어질 것처럼 아팠던 것이다. 그 때 손을 들었던 김경철이 움직임을 멈추고는 정색했다.

"참, 네가 약속을 우습게 아는 여자라는 걸 깜빡했다. 내가 듣기로는 네가 나에 대해서 증언을 바꾸는 것 같다던데."

그러자 윤경하가 머리를 흔들었다. 눈에 눈물이 잔뜩 고여 있었다.

"네 집 앞에 감시하는 놈들도 있었어, 그 놈들하고 말을 맞춘 거냐?"

다시 윤경하가 머리를 흔들었고 경철이 머리를 치켜떴다.

"허튼 짓 하면 한 번에 죽인다. 알겠어?"

윤경하가 머리를 끄덕인 순간 경철이 손을 뻗었다. 엄지와 검지로 목울대를 가볍게 잡고 힘을 주었다가 놓았을 때 윤경하는 긴 숨과 함께 신음소리를 냈다. 목소리가 나오는 것이다. 경철이 물었다.

"왜 증언을 번복하려는 거냐?"

"그 사람들이 내 동생을 잡고 있어요."

헐떡이며 말한 윤경하가 기침을 했다. 손끝으로 얼굴의 땀을 씻으며 윤경하가 경철을 바라보았다.

"바른 대로 말하지 않으면 동생 얼굴을 찢는다고 했어요. 그리고 나도 감옥에 집어넣을 것이라고, 다 알고 있다면서."

"그 놈들이 누구야?"

"동양건설 전무님요."

"정호열이?"

윤경하가 머리를 끄덕이자 경철은 어금니를 물었다. 고춘태가 움직인 것이다. 영동회의 권영환과 최광철이 세력 싸움으로 정신이 없는 사이에 고춘태는 차근차근 다가오고 있는 것이다. 고춘태에게 경철은 장애물이 될 가능성이 컸기 때문이다. 이윽고 얼굴을 편 경철이 윤경하를 바라보았다.

"네 동생은 어디 있어?"

"미성에 나가요."

미성은 왜 고급 룸살롱이다. 자매 둘이 룸살롱에 나가고 있는 것이다.

"지금 잡혀 있는 곳이 어디야?"

"걔 애인이 동경에 나가거든요. 박덕배라고, 걔한테 연락을 받았으니까 걔가 알고 있을 거예요."

"내가 오늘 중으로 빼내 줄 테니까 기다려라."

정색한 경철이 윤경하를 보았다.

"나는 내가 스승처럼 모셨던 회장님의 원수를 갚았다. 하반신 불구가 된 회장님은 저항도 못한 채 목이 매달렸어."

바짝 다가앉은 경철이 윤경하를 쏘아보았다.

"부탁한다."

"죄송해요."

윤경하가 눈물이 글썽해진 눈으로 경철을 보았다.

"제 동생은 죄 없어요. 동생만 빼내 주시면 시키신 일은 다 할게요."

"어이, 조 형사. 그 윤 뭐라고 하는 중인 불렀어?"

다가온 이영규 계장이 묻자 조민식 형사가 자판을 두드리던 손을 멈췄다.

"아침 7시에 복통을 일으켜서 119에 실려 동방 병원 응급실로 갔습니다. 지금 입원실에 누워 있어요."

"어? 왜?"

놀란 이영규가 묻자 조민식이 다시 자판을 두드리기 시작했다.

"담당 의사한테 물어보았더니 생리 불순에다가 위출혈 가능성도 있다는 구만요. 오늘 내시경 검사를 해야 된답니다."

"씨발년, 술 처먹고 맨날 박으니까 그런 거야."

이맛살을 찌푸린 이영규가 조민식을 쏘아보았다.

"병원에 가서라도 알아 봐."

"예, 그렇지 않아도 가 볼 참이었습니다."

조민식이 키를 눌러 컴퓨터를 껐다.

"괜찮을 것 같으면 데려오지요."

시계를 올려다본 서재석이 눈을 찌푸렸다. 오후 12시 반이 되어가고 있었다.

"이 씨발놈은 30분이 지났는데도 안 와."

"야, 자장면 곱기로 시켰지?"

비디오를 보던 원경호가 물었을 때 벨이 울렸다.

"누구요?"

문으로 성큼 다가 간 서재석이 물었다.

"배달이요."

아파트 복도를 울리는 목소리를 듣자 서재석이 서둘러 문고리를 풀었다. 그가 문을 열어 젖혔을 때였다. 중국집의 배달통이 얼굴에 찍혔으므로 그는 비명도 지르지 못하고 뒤로 넘어졌다. 그 서슬에 원경호는 벌떡 일어섰지만 쏟아져 들어온 사내 중의 하나가 야구 배트로 머리를 내려치는 바람에 TV를 안고 엎어졌다.

"야, 쥑이면 안 돼."

하고 소리친 사내는 박삼이다. 그러자 서경재의 머리를 겨누었던 사내의 배트가 어깨로 내려쳐졌다.

"아이고오."

서경재가 자지러지는 비명을 뱉더니 두 눈을 까뒤집고 누웠다. 아파트 안으로 뛰어온 사내는 넷이었다. 그 중 하나가 안방에서 놀라 눈이 둥그레진 여자를 끌고 나왔는데 윤경하의 동생 윤경선이다.

"자, 가자."

박삼이 군말 없이 말하자 사태를 알아차린 윤경선이 사내에게 잡힌 손을 빼냈다.

"잠깐만요, 내 가방 가지구요."

최광철은 영동회의 모체라고 할 수 있는 극동건설의 부장 직함을 가지고 있는 반면에 권명환은 이사였다. 최광철에게 유리한 점이 있다면 영동회의 행동대 격인 극동건설 노무부를 장악하고 있다는 것하고 직계 간부급들이 막강하다는 점일 것이다. 그러나 권명환의 세력은 숫자상으로는 최광철을 압도했다. 그는 루비 빠찡코와 3개의 업소를 직접 관리하는 데다 그의 심복 8명이 업체의 영업부장으로 박혀 있어서 오직 미도클럽과 다른 2곳을 관리하는 최광철과는 그런 면에서 비교가 안 되었다. 그래서 처광철은 지금 사흘 째 동분서주 하면서 세력을 끌어 모았는데 그의 주요 공략 대상은 권명환의 심복 영업부장들이었다. 안상준은 의식을 회복하고 중환자실로 옮겨졌지만 아직 말도 못하는데다가 하반신이 마비되었다. 박종필과 우연하게 같은 처지가 되었지만 한 가지가 더 붙었다. 박종필은 말은 할 수 있었던 것이다. 오후 4시가 되었을 때 최광철은 겨우 조석창을 끌어들일 수 있었다. 전에는 쳐다보지도 않았던 놈이었지만 시내의 나이트클럽 영업 부장에다 극동건설의 과장 자리를 약속하고 한 편으로 만든 것이다. 조석창이 방을 나갔을 때 전화벨이 울렸다. 직통 전화였다. 전화기를 귀에 붙이자 굵은 목소리가 울렸다.

"최 부장, 요즘 고생이 많으시지?"

고춘태의 목소리였다. 긴장한 그가 허리를 세웠다가 곧 어깨를 폈다.

"웬일이십니까?"

"이틀 후에 총회가 열린다고 들었는데, 잘 되겠소?"

"글쎄요. 그거야 회원들이."

최광철이 심호흡을 했다. 이틀 후 정오에 영동회의 간부급 52명이 모여 임시 회장을 선출하게 되는 것이다. 임시 회장 후보로 나선 사람은 권명환과 최광철 둘뿐이었고 현재까지 최광철은 18명의 지지를 약속 받았다. 고춘태가 낮게 말했다.

"최 부장이 열세인 것 같은데 내가 조금 도와드릴까?"

"신경써주셔서 고맙습니다만 아직."

입에서 손이 나올 지경이었지만 최광철은 침만 삼켰다. 함정일 지도 모르는 것이다. 만일 회원들에게 고춘태의 도움을 받았다는 사실이 알려지면 애써 모은 표도 날아간다. 적의 도움을 받은 것이니 배신자로 몰릴 것이다. 그러자 고춘태가 짧게 웃었다.

"안 회장을 친 범인을 잡는다면 아마 최 부장한테 20표는 모일 텐데, 그렇게 생각지 않소?"

"하, 하지만 김경철은 증인들의 증언으로 풀려났지 않습니까?"

최광철의 다급한 말에 고춘태가 다시 웃었다.

"증인은 만들면 되지, 어때? 나한테 신세 좀 지겠소?"

"좋습니다. 만납시다."

눈을 치켜 뜬 최광철이 잇사이로 말했다.

어쨌든 대권은 잡아놓고 봐야하는 것이다. 이번에 밀려나면 영동회를 떠나게 된다.

〈2권에서 계속〉

조폭사 1 忠

1판 1쇄 인쇄 | 2010. 10. 15
1판 1쇄 발행 | 2010. 10. 20

지은이 | 이원호
펴낸이 | 박연
펴낸곳 | 스토리뱅크

등록일자 | 2009년 11월 17일
등록번호 | 제313-2009-250호
주 소 | 서울 마포구 용강동 469 하나빌딩 3층
전 화 | 02)704-3331   팩 스 | 02)704-3360

ISBN 978-89-964778-4-6 04810
ISBN 978-89-964778-3-9 (세트)

* 잘못 만들어진 책은 구입처에서 교환해 드립니다.

※ 이 소설은 2000년 출간된 『야차』의 개정판입니다.